저니맨
김태식

저니맨 김태식 11

설경구 장편소설

초판 1쇄 찍은 날 § 2018년 5월 3일
초판 1쇄 펴낸 날 § 2018년 5월 10일

지은이 § 설경구
펴낸이 § 서경석

총괄팀장 § 최하나
편집책임 § 이선근
편집 § 김슬기

펴낸곳 § 도서출판 청어람
등록번호 § 제387-1999-000006호
등록일자 § 1999. 5. 31
어람번호 § 제1-2894호

주소 § 경기도 부천시 부일로 483번길 40 서경B/D 3F (우) 14640
전화 § 032-656-4452 팩스 § 032-656-4453
http://www.chungeoram.com
E-mail § chungeorambook@daum.net

ISBN 979-11-316-91722-6 04810
ISBN 979-11-316-91421-8 (세트)

설경구 장편소설

FUSION FANTASTIC STORY

11

저니맨 김태식

도서출판 청어람

저니맨 김태식

Contents

1. 그때와 지금은 다르다

워싱턴 내셔널스 VS 샌디에이고 파드리스.

워싱턴 내셔널스는 내셔널 리그 동부 지구에 속해 있는 팀이었다.

현재 내셔널 리그 동부 지구 선두를 달리고 있었고, LA 다저스와 함께 내셔널 리그 팀들 가운데 월드 시리즈 우승 후보로 꼽히는 강팀이었다.

반면 샌디에이고 파드리스는 내셔널 리그 서부 지구 최하위였다.

스몰 마켓의 한계라는 평가와 함께 젊은 선수들을 팀의 주축으로 개편한 리빌딩도 별다른 효과를 드러내지 못하고 있는 실정이었다.

그래서일까.

전문가들은 두 팀의 올 시즌 첫 맞대결에서 워싱턴 내셔널스가 압도적으로 우세할 것이라고 점쳤다.

그렇지만 전문가들의 예측은 빗나갔다.

최종 스코어 7 : 2.

양 팀의 3연전 첫 경기 결과였다.

전문가들의 예상을 깨고 샌디에이고 파드리스는 워싱턴 내셔널스와의 3연전 1차전에서 완승을 거두었다.

샌디에이고 파드리스가 완승을 거둘 수 있었던 요인은 두 가지.

우선 리그 최약체라고 평가받던 샌디에이고 파드리스의 타선이 경기 초반부터 폭발했다.

워싱턴 내셔널스의 1차전 선발투수는 숀 두리틀.

팀의 1선발이자, 지난 시즌 사이영상 후보까지 올랐던 좋은 투수였다. 그렇지만 샌디에이고 파드리스 타선은 숀 두리틀의 명성에 전혀 기죽지 않고 초반부터 불을 뿜었다.

특히 1회 초 2사 만루 상황에서 하비에르 게레로가 그랜드슬램을 쏘아 올렸던 것이 결정적이었다.

미구엘 마못의 백투백 홈런까지 터지면서, 숀 두리틀을 1회에 강판시키는 엄청난 화력 쇼를 선보였다.

또 하나의 요인은 샌디에이고 파드리스의 선발투수로 출전했던 파넬슨 레이먼의 눈부신 호투였다.

파넬슨 레이먼은 워싱톤 내셔널스의 강타선을 상대로 7이닝 2실점의 빼어난 호투를 펼쳤다.

그리고 이어진 2차전.

2차전의 양상은 1차전과 또 달랐다.

경기 초반부터 난타전이 벌어진 가운데 경기는 7회에 접어들었다.

6 : 7.

한 점 뒤진 채로 샌디에이고 파드리스의 7회 초 공격이 시작됐다.

워싱턴 내셔널스의 마운드에는 팀의 세 번째 투수로 6회 초에 등판했던 닉 슬라이스가 여전히 지키고 있었다.

7회 초의 선두 타자인 맷 부쉬가 평범한 외야플라이로 물러났지만, 불붙은 샌디에이고 파드리스의 타선은 쉽게 식지 않았다.

6번 타자 하비에르 게레로와 7번 타자 미구엘 마못이 연속 안타를 터뜨리며 또 한 차례 득점 찬스를 만들어냈다.

1사 1, 3루의 득점 찬스.

태식이 그라운드로 향해 있던 고개를 돌려서 팀 셔우드 감독을 바라보았다.

마침 태식을 바라보고 있던 팀 셔우드 감독이 더 망설이지 않고 대타 카드를 꺼내 들었다.

팀 셔우드 감독이 선택한 대타 카드.

태식이 아니라 라이언 피어밴드였다.

'좋은 결정!'

라이언 피어밴드를 대타자로 기용하는 팀 셔우드 감독의 선택을 확인한 순간, 태식이 희미한 웃음을 머금었다.

서운함 따위는 없었다.

오히려 내심 바라고 있던 상황이었다.

'공존(共存)!'

태식이 최근 들어 대타자로 출전을 하기 시작했지만, 기존 팀의 대타 요원이었던 라이언 피어밴드를 포지션 경쟁자라고 생각하고 있지 않았다.

오히려 라이언 피어밴드와의 공존을 모색했다. 그리고 공존을 통해서 시너지 효과를 만들어낼 가능성은 충분했다.

투수도 타석에 들어서는 내셔널 리그의 특수성 때문이었다.

승부처에서 해결사 역할을 해줄 수 있는 두 명의 대타 요원을 보유한다면?

상대팀에게는 엄청난 부담으로 작용할 것이 틀림없었다.

그리고.

팀 셔우드 감독의 낙점을 받은 라이언 피어밴드는 타석이 아닌 태식의 곁으로 다가와 있었다.

"무슨 일로 찾아왔지?"

"선배의 조언이 필요해서요."

"조언?"

"어떤 공을 노리는 것이 좋을까요?"

라이언 피어밴드가 질문한 순간, 태식이 의아한 시선을 던졌다.

예기치 못했던 상황이었기 때문이다.

그런 태식의 눈에 확신에 찬 라이언 피어밴드의 표정이 보였다.

'날 믿는다?'

라이언 피어밴드의 확신에 찬 표정에 담긴 감정은… 신뢰였다.

'왜?'

자신을 신뢰하는 이유에 대해 고민하던 태식은 이내 답을 찾아냈다.

선발투수로 등판했을 당시, 타석에도 들어섰던 태식은 야수들보다 더 뛰어난 활약을 선보였다. 그리고 LA 다저스와의 경기에서 처음으로 대타자로 출전했을 때도 태식은 역전 적시타를 때려냈었다.

그런 태식의 활약상이 강렬한 인상을 심어주었기 때문에 라이언 피어밴드가 신뢰를 갖고 자신에게 찾아와 있는 것이리라.

"내 생각엔… 슬라이더를 노리는 게 좋을 것 같아."

"왜입니까?"

"하비에르 게레로와 미구엘 마못에게 연속 안타를 허용했던 구종이 싱커였거든. 닉 슬라이스는 싱커 승부를 배제하려고 할 거야."

태식이 조심스럽게 충고를 건네자, 라이언 피어밴드가 힘껏 고개를 끄덕였다.

더그아웃을 빠져나와 천천히 타석을 향해 걸어가고 있는 라이언 피어밴드의 모습을 지켜보던 태식의 입가로 이내 웃음이 번졌다.

문득 예전 기억이 떠올랐기 때문이다.

'언제였더라?'

태식이 가물가물한 기억을 더듬었다. 그리고 얼마 지나지 않아 무척 씁쓸했던 기억을 떠올리는 데 성공했다.

"타석에서 무게중심이 너무 앞에 쏠려 있어. 그래서 유인구에 제대로 대처를 못 하는 거야. 그리고 공을 좀 더 아껴. 집중력도 높이고."

신체 나이가 가장 좋았던 시절인 스무 살 시절로 돌아가는 기적이 벌어지기 전, 태식은 마경 스왈로우스 2군에 머물렀다.

당시 2군에서도 주전 경쟁에서 밀렸던 태식은 주로 더그아웃에서 경기를 지켜보는 입장이었다. 그리고 아직 어린 선수들에게 경험을 바탕으로 이런저런 충고를 건넸었다.

그렇지만 경험이 부족한 어린 선수들에게 충고를 건넸을 때 돌아왔던 반응은 태식의 기대와 달랐다.

"네, 알겠습니다. 그런데… 제가 알아서 할게요."

태식이 건넸던 충고에는 진심이 담겨 있었다.

아까운 기회를, 또 아까운 젊음을 낭비하고 있는 어린 선수들이 안타까워서 건넸던 충고였는데.

그런 태식의 충고를 귀담아듣는 선수들은 없었다.

'지금은 달라!'

그렇지만 지금은 달랐다.

세계 최고의 선수들이 모여 있는 메이저리그.

그런 만큼 메이저리그에서 뛰고 있는 선수들의 자존심과 개성은 무척 강했다. 그러나 태식이 건네는 충고에 메이저리그에서 뛰는 선수들이 귀를 기울이고 있었다.

'내가… 변해서인가?'

예전의 태식은 저니맨이었다.

이 팀, 저 팀을 옮겨 다니는 과정에서 아까운 시간을 허비해 버리고 등 떠밀려 은퇴를 당하기 직전의 퇴물 야구 선수.

그것이 예전의 태식이 처해 있었던 현실이었다.

반면 지금 태식의 처지는 백팔십도 달라져 있었다.

메이저리그 무대에 승격해서 실질적인 팀의 에이스 역할을 맡고 있을뿐더러, 타석에서도 맹활약을 펼치고 있었다.

팀 내에서 확고한 위치를 구축한 상황.

그래서 태식의 충고에 귀를 기울이는 것인지도 몰랐다.

어쨌든.

라이언 피어밴드는 태식이 건넨 충고를 흘려듣지 않았다.

따악!

닉 슬라이스가 던진 슬라이더를 노려 때려서 1, 2루 간을 꿰뚫는 깔끔한 우전 안타를 터뜨렸다.

7 : 7.

팀 셔우드 감독의 대타 작전이 적중하면서 경기는 다시 균형이 맞추어졌다. 그리고 팀 셔우드 감독은 또 한 번 대타 작전을 펼쳤다.

"김태식, 대타자로 출전해!"

이미 마음의 준비를 하고 있었던 태식이 타석을 향해 걸어갔다.

태식이 대타자로 타석에 들어서자, 워싱턴 내셔널스의 홈 관중들이 술렁였다.

투수의 타석에서 대타자로 또 다른 선발투수 가운데 한 명인 태식을 기용한 팀 셔우드 감독의 용병술이 낯설기 때문이리라.

물론 태식이 대타자로 출전한 것은 이번이 처음이 아니었다.

지난 LA 다저스와의 경기에서 이미 대타자로 출전했던 적이 있었다.

그렇지만 단 한 차례였을 뿐이었다.

또, 샌디에이고 파드리스는 인기 구단이 아니었다.

지난 시즌에 이어서 올 시즌에도 내셔널 리그 서부 지구 최하위를 달리고 있기에 팬들의 관심이 크지 않았다.

샌디에이고 파드리스가 헐값에 영입한 한국인 선발투수가 좋은 피칭을 하고 있다는 사실은 어느 정도 알려져 있었지만, 팬들의 관심을 확 잡아끌 정도는 아니었다.

초반에 잠깐 반짝하다가 이내 소리 소문 없이 사라질 것이라고 예상한 사람들이 대부분이리라.

그러니 태식이 대타자로 등장했던 것을 알고 있는 워싱턴 내셔널스의 홈 관중들이 드문 것은 어쩌면 당연했다.

그렇지만 워싱턴 내셔널스의 코칭스태프와 선수들은 달랐다.

맞대결이 예정되어 있었던 샌디에이고 파드리스에 대한 전력분석을 거쳤을 터였다.

당연히 태식이 지난 LA 다저스와의 경기에서 대타자로 등장했던 것도 알고 있었다.

"투수 교체!"

태식이 대타자로 기용된 순간, 워싱턴 내셔널스의 감독인 데이브 마르티네즈가 마운드로 걸어 올라왔다.

그는 닉 슬라이스를 내리고 스테판 스트라스버그를 투입했다.

'예상보다 이른 투입!'

태식 역시 워싱턴 내셔널스에 대해 나름의 분석을 거쳤다. 그리고 워싱턴 내셔널스의 데이브 마르티네즈 감독은 철저하리만치 분업 야구를 강조하는 편이었다.

필승조와 추격조, 패전 처리조.

중간 계투진을 셋으로 분류했고, 특히 필승조 운용을 엄격하게 지켰다.

8회에는 스테판 스트라스버그, 9회에는 네이선 로즈를 투입한다는 원칙을 가능한 고수해 왔었는데.

오늘 데이브 마르티네즈 감독의 투수 운용은 달랐다.

7회 1사 상황에서 스테판 스트라스버그를 투입했다.

'왜일까?'

닉 슬라이스의 교체는 충분히 납득이 됐다.

연속 안타를 얻어맞으면서 동점을 허용했으니까.

그렇지만 태식은 닉 슬라이스 다음에 마운드로 올라올 투수가 찰스 로드니일 확률이 높다고 판단했다.

일단 찰스 로드니를 올려서 위기를 넘기고, 공식처럼 8회에 스테판 스트라스버그를 투입할 것이라고 예상했는데.

그런 태식이 예상은 빗나갔다.

그리고.

데이브 마르티네즈 감독이 자신의 원칙을 버리면서까지 스테판 스트라스버그를 일찍 투입한 데는 어떤 이유가 있을 것이다.

'오늘 경기를 꼭 잡겠다는 의지가 강해!'

샌디에이고 파드리스와 워싱턴 내셔널스의 3연전을 앞두고 전문가들은 워싱턴 내셔널스의 압도적인 우세를 점쳤다.

그들 중 대다수가 객관적인 전력에서 월등히 앞서는 워싱턴 내셔널스가 스윕 승을 거둘 거라 예상했다.

그렇지만 막상 뚜껑이 열리고 나자, 결과는 달랐다.

3연전 첫 경기에서 압승을 거둔 것은 워싱턴 내셔널스가 아니라, 샌디에이고 파드리스였다. 그리고 3연전 두 번째 경기도 모두의 예상과 다르게 흘러갔다.

초반부터 난타전이 벌어진 가운데 워싱턴 내셔널스가 근소하게 앞서갔지만, 샌디에이고 파드리스는 끈질기게 따라붙었다.

결국 7회에 접어들며 균형이 맞춰진 상황.

만약 여기서 추가 실점까지 허용한다면?

경기의 분위기는 샌디에이고 파드리스로 넘어갈 확률이 높았다.

그 사실을 잘 알고 있기 때문에 워싱턴 내셔널스의 데이브 마르티네즈 감독이 비교적 일찍 스테판 스트라스버그를 투입한 것이었다.

'그 이유가… 다가 아냐!'

태식이 두 눈을 빛냈다.

데이브 마르티네즈 감독이 가장 신뢰하는 필승조인 스테판 스트라스버그를 일찍 투입한 이유는 하나 더 있었다.

바로 자신이었다.

스테판 스트라스버그의 주 무기는 직구.

160㎞에 육박하는 불같은 강속구를 바탕으로 타자들을 압도하는 파이어볼러 유형의 투수였다. 그리고 팀 셔우드 감독이 대타자로 기용한 태식은 투수였다.

'선입견!'

태식이 문득 떠올린 것은 선입견이라는 단어였다.

―투수는 야수에 비해 타격 능력이 떨어진다.

이런 선입견을 데이브 마르티네즈 감독은 은연중에 갖고 있을 터였다. 그리고 기록지 정도는 살펴보았을 가능성이 충분했다.

'직구에 약하다고 판단한 거야!'

태식은 다르빗 유와의 대결에서 고전했고, 데이브 마르티네즈 감독은 그 기록지를 이미 봤을 확률이 높았다.

'150㎞대 초중반의 빠른 직구를 던지는 다르빗 유를 상대하는 과정에서 김태식은 고전했다. 그 이유는 배트 스피드가 직구 구속을 따라가지 못했기 때문일 것이다. 그렇다면 다르빗 유보다 직구의 구속이 더욱 빠른 스테판 스트라스버그를 올린다면 김태식을 범타로 요리할 수 있을 것이다!'

이것이 데이브 마르티네즈 감독이 내렸던 판단일 터였다. 그리고 이런 판단을 내렸기 때문에 스테판 스트라스버그를 일찍 마운드에 올렸던 것이었고.

'직구 승부!'

거기까지 생각이 미친 태식은 타석에서 직구를 노렸다.

그리고.

태식의 예상은 적중했다.

슈아악!

스테판 스트라스버그는 태식을 상대로 초구로 직구를 던졌다.

'몸 쪽!'

과감한 몸 쪽 직구 승부를 확인한 태식이 마음속으로 타이밍을 계산하며 망설이지 않고 배트를 휘둘렀다.

따악!

묵직한 타격음이 울려 퍼졌다.

천천히 1루로 달려 나가던 태식이 펜스를 훌쩍 넘기고 떨어지는 타구를 확인하며 허공에 들어 올린 주먹을 불끈 움켜쥐었다.

—바뀐 투수의 초구를 노려라.

야구계에 격언처럼 내려오는 말이었다. 그리고 대타자로 타석에 들어선 김태식은 그 격언을 충실히 따랐다.

바뀐 투수인 스테판 스트라스버그가 던진 초구를 과감하게 공략했다.

'넘어… 갔다!'

김태식이 때린 타구가 쭉쭉 뻗어나가 펜스를 훌쩍 넘기고 떨어지는 것을 확인한 후에야 팀 셔우드가 안도의 한숨을 내쉬었다.

그리고 땀으로 흥건하게 젖은 모자를 벗었다가 다시 눌러썼다.

모험수.

김태식에게 먼저 투타 겸업을 제안했던 것은 마이크 프톡터 단장과 자신이었다. 그리고 김태식은 그 제안을 절반 정도 받아들였다.

투타 겸업은 어렵다. 그러나 대타자로 출전하는 것은 가능하다.

이렇게 대답했으니까.

그렇지만 김태식을 대타자로 기용하는 것은 말 그대로 모험수였다.

만약 김태식을 대타 카드로 활용하는 작전이 실패한다면?

비난이 쏟아지기 딱 좋은 케이스였기 때문이다.

팬들의 비난만 쏟아지는 것이 아니었다.

팀의 결속력에도 악영향을 미칠 수 있었다.

"투수인 김태식을 굳이 대타 요원으로 활용하는 이유가 뭡니까? 이게 저희 야수들을 믿지 못한다는 증거가 아닙니까?"

선수들 사이에서 이런 불만들이 쏟아져 나올 가능성은 충분히 존재했다.

이런 위험성을 팀 셔우드가 몰랐을까?

그럴 리 없었다.

그럼에도 불구하고 팀 셔우드가 김태식을 대타자로 기용한 데는 반등의 계기를 마련해야 한다는 절박함이 기저에 깔려 있었다.

그리고.

현재까지 김태식을 대타자로 활용하는 것은 성공적이었다.

2타수 2안타.

대타성공률 100%를 기록하고 있을뿐더러, 두 개의 안타 모두 승부처에서 터져 나온 결정적인 적시타였다.

'이제… 계산이 서기 시작한다!'

모험을 감행한 대가는 분명히 있었다.

팀 셔우드의 입가로 비로소 여유 있는 미소가 떠올랐다.

"만약 스윕을 한다면?"

현재 내셔널 리그 동부 지구 선두를 달리고 있는 워싱턴 내셔널스는 분명히 강팀이었다.

객관적인 전력에서 샌디에이고 파드리스에 훨씬 앞서 있다는 평가를 받고 있었지만, 막상 시리즈가 시작된 후의 결과는 달랐다.

샌디에이고 파드리스가 워싱턴 내셔널스를 상대로 먼저 2승을 거두었다. 그리고 3연전 마지막 경기까지 잡아서 워싱턴 내셔널스를 상대로 스윕을 거둔다면 샌디에이고 파드리스는 4연승을 달리는 셈이었다.

"너무… 앞서갔나?"

마이크 프록터가 쓰게 웃었다.

불과 얼마 전까지만 해도 연승은 꿈도 꾸지 못했던 샌디에이고 파드리스였다.

오히려 연패를 당하는 것에 익숙했었다.

그렇지만.

"질 것 같지 않아."

마이크 프록터가 작게 중얼거렸다.

강팀인 워싱턴 내셔널스를 상대로 스윕을 할 수도 있다는 기대를 품는 이유는 내일 경기의 선발투수가 김태식이었기 때문이다.

김태식 VS 트레버 고든.

양 팀의 4선발과 3선발의 맞대결이었다. 그렇지만 김태식은 샌디에이고 파드리스의 실질적인 에이스 역할을 맡고 있었다.

마이크 프록터는 선발투수로 등판할 김태식이 최소 퀄리티 스타트 이상을 해줄 것이라는 믿음이 있었다.

그뿐이 아니었다.

김태식은 경기의 승부처에서 대타자로 출전해서 뛰어난 해결사 능력을 선보였다. 그런데 내일 경기에서는 선발투수로 등판하는 만큼, 최소 두 차례 이상 타석에 들어설 터였다.

타석에 선 김태식에게 어떤 기대가 되는 것이 이제는 당연하게 느껴졌다.

어쨌든.

만약 김태식의 호투를 바탕으로 다음 경기도 승리해서 워싱턴 내셔널스를 상대로 스윕을 거둔다면?

샌디에이고 파드리스는 본격적인 상승세를 탈 가능성이 있었다.

자신과 팀 셔우드 감독이 그토록 애타게 찾던 반등의 계기를 만들어낸 셈이랄까.

'빚을… 졌군."

마이크 프록터가 커피를 한 모금 마셨다.

로스팅이 잘못된 탓일까.

커피는 오늘따라 탄내가 강했다.

그렇지만 마이크 프록터는 미간을 찌푸리거나 불평을 늘어놓지 않았다.

기분 탓일까.

탄내가 강하게 풍기는 커피가 오히려 구수하게 느껴졌기 때문이다.

마이크 프록터가 희미한 웃음을 머금은 채 얼마 전의 기억을 떠올렸다.

"김태식 선수에게 부탁을 하나 하려고 합니다. 현재 위기에 봉착해 있는 샌디에이고 파드리스를 위해 투수만이 아니라 야수로서도 경기에 나서줄 수 있겠습니까?"

마이크 프록터가 부탁을 꺼냈을 때, 김태식 선수의 에이전트를 맡고 있는 데이비드 오는 강하게 반대 의사를 피력했다.

또, 그는 김태식 선수에게 관심을 드러내는 구단이 많다는 이야기를 넌지시 흘렸었다.

재계약 협상 테이블에서 유리한 위치를 선점하기 위해서 꺼냈던 허언이 아니었다.

현재까지 김태식 선수가 보이고 있는 활약은 모두의 예상을 빗나가게 만들 정도로 뛰어났다.

다른 구단들이 관심을 드러내는 것.

어쩌면 당연한 일이었다.

'만약 그때 우려했던 대로 빅 마켓 구단들이 김태식 선수 영입에 뛰어든다면?'

마이크 프록터가 슬쩍 미간을 찡그렸다.

가능하면 벌어지지 않았으면 하는 가정이었지만, 이 가정은 현실이 될 가능성이 높았다. 그리고 자신의 우려가 현실이 된다면, 김태식 선수를 지키는 것은 어려울 터였다.

스몰 마켓 구단인 샌디에이고 파드리스는 빅 마켓 구단들의 자금력을 상대로 이길 수 있는 가능성이 희박했기 때문이다.

"무슨 수가 없을까?"

마이크 프록터의 고민이 깊어졌다.

제 발로 굴러온 복덩이나 다름없는 김태식 선수를 마이크 프록터는 다른 구단에 빼앗기고 싶지 않았다.

"방법을 바꿔야 해."

마이크 프록터가 고심 끝에 찾아낸 해법은 문화 차이였다.

한국과 미국.

두 나라의 문화에는 차이가 있었다. 이 문화 차를 이용해서 기존과 다른 방식으로 접근해야 했다.

다시 커피를 한 모금 마신 마이크 프록터가 입을 뗐다.

"마음을 얻어야 해!"

샌디에이고 파드리스와 워싱턴 내셔널스의 3연전 마지막 경기.

예상을 깨고 2승을 먼저 거둔 샌디에이고 파드리스의 타선은 쉽게 식지 않았다.

1회 초 공격부터 워싱턴 내셔널스의 선발투수인 트레버 고든을 거칠게 몰아붙였다.

1사 후 호세 론돈과 코리 스프링어의 연속 안타로 만든 1사 1, 3루의 찬스에서 타석에 들어선 4번 타자 티나 코르도바는 적시 2루타를 터뜨렸다.

1 : 0.

선취점을 뽑아내는 데 성공했고, 1사 2, 3루의 찬스에서 5번 타자 맷 부쉬가 외야플라이를 때려내서 추가점을 올렸다.

2 : 0.

두 점의 리드를 안은 채 태식이 마운드에 올랐다.

슈아악!

태식이 초구로 선택한 공은 몸 쪽 직구.

오늘 경기 주심의 스트라이크존 너비를 확인하기 위해서 몸 쪽 높은 코스에 형성되는 직구를 던졌던 것이다.

그렇지만 태식은 원래의 목표를 달성하는 데 실패했다.

딱!

워싱턴 내셔널스의 리드오프인 애드리안 산체스가 초구부터 과감하게 배트를 휘둘렀기 때문이다.

빗맞은 타구는 멀리 뻗지 않았다.

우익수가 앞으로 달려 나오면서 어렵지 않게 타구를 잡아내며 비교적 쉽게 첫 아웃 카운트를 잡아냈다.

2번 타자 라이언 짐머맨과의 승부도 마찬가지 양상이었다.

슈아악!

노 볼 원 스트라이크에서 바깥쪽 직구를 던진 순간, 라이언 짐머맨이 힘껏 배트를 휘둘렀다.

딱!

배트 상단에 맞은 타구가 높이 떠올랐다.

이번에는 중견수가 원래 수비 위치에서 거의 움직이지 않고 타구를 포구하는 데 성공했다.

1회 말, 두 개의 아웃카운트를 손쉽게 잡아낸 태식이 3번 타자 브라이스 하퍼와의 승부를 시작했다.

슈아악!

여전히 주심의 스트라이크존 너비를 확인하겠다는 소기의 목적을 달성하지 못한 태식은 초구로 몸 쪽 직구를 던졌다.

따악!

브라이스 하퍼 역시 앞선 두 타자와 마찬가지였다.

몸 쪽 높은 코스의 직구가 들어오자, 망설이지 않고 배트를 휘둘렀다.

묵직한 타격음이 흘러나온 순간, 태식이 재빨리 고개를 돌렸다.

쭉쭉 뻗어나간 타구는 폴대를 살짝 빗나가는 파울 홈런이 됐다.

'좋은 타자!'

워싱턴 내셔널스의 대표적인 프랜차이즈 스타이자 중심 타선에 포진된 브라이스 하퍼는 역시 좋은 타자였다.

151㎞.

태식이 던진 직구의 구속은 150㎞대 초반이었지만, 전혀 타이밍이 밀리지 않았다. 그리고 손목 힘도 장사였다.

만약 태식이 던졌던 몸 쪽 직구의 제구가 뜻대로 되지 않아 조금만 더 가운데로 몰렸다면?

폴대 안쪽으로 들어가며 솔로 홈런이 됐을 가능성이 높았다.

가슴이 철렁 내려앉은 것은 사실이었지만, 정작 태식의 표정은 밝았다.

애드리안 산체스부터 브라이스 하퍼까지.

세 타자를 상대하는 과정에서 오늘 어떤 식으로 투구를 펼쳐야 할지에 대한 힌트를 얻었기 때문이다.

슈악!

브라이스 하퍼를 상대로 태식이 던진 2구째 공은 커브.

몸 쪽 승부를 하다가 큰 타구를 허용한 후임에도 다시 과감하게 몸 쪽으로 파고드는 커브를 확인한 브라이스 하퍼는 배트를 내밀지 못하고 움찔했다.

'역시… 직구에 포커스를 맞추고 들어왔어!'

워싱턴 내셔널스 타자들이 노림수를 갖고 들어온 구종은 직구였다.

이 부분을 일찍 간파했으니, 앞으로 경기를 풀어나가기 쉬울 것이었다.

그리고 3구째.

슈악!

태식은 슬라이더를 선택했다.

스트라이크존을 통과할 듯하다가 마지막에 바깥쪽으로 휘어져 나가는 유인구.

부우웅.

브라이스 하퍼는 참아내지 못하고 크게 헛스윙을 했다.

"스트라이크아웃!"

삼자범퇴.

1회 말 워싱턴 내셔널스의 세 타자를 상대하는 과정에서 태식이 던진 공을 고작 여섯 개에 불과했다.

가볍게 이닝을 마무리하고 마운드에서 걸어 내려오던 태식의 입가로 여유 있는 미소가 떠올랐다.

'서둘러!'

첫 이닝을 마치고 난 후, 태식은 워싱턴 내셔널스 타자들이 서두른다는 느낌을 확실히 받았다.

'왜 이렇게 서두르지?'

과감함과 조급함.

엇비슷해 보이지만, 분명히 차이가 컸다.

'이전의 샌디에이고 파드리스와 비슷하달까?'

태식이 진단한 이전 샌디에이고 파드리스 팀의 문제는 조급함이었다.

타자들은 조급함에 빠져서 타석에서 서둘렀던 것이 부진의 원인 중 하나였다. 그런데 오늘 워싱턴 내셔널스의 타자들도 마찬가지처럼 느껴졌다.

'스윕 패를 당할 위기에 처해서야!'

잠시 뒤, 태식이 그 이유를 찾아냈다.

한 시즌은 무척 길었다. 그렇지만 경기 일정이 나오고 나면, 감독을 비롯한 코칭스태프들과 선수들은 한 시즌의 대략적인 플랜을 짜게 마련이었다.

워싱턴 내셔널스의 감독인 데이브 마르티네즈와 선수들은 리그 최약체로 손꼽히는 샌디에이고 파드리스와의 3연전에서 스윕을 거두는 것을 내심 목표로 잡았을 것이다.

또, 샌디에이고 파드리스에게 스윕을 거두는 것을 동력으로 내셔널 리그 동부 지구 선두 자리를 확고히 하려 했을 터였다.

그렇지만 그 계획은 빗나갔다.

샌디에이고 파드리스와의 첫 맞대결에서 스윕은커녕 먼저 두 경기를 내주었기 때문이다. 게다가 두 팀의 3연전 마지막 경기에서도 경기 초반에 2점을 먼저 실점하면서 뒤지고 있었다.

오히려 스윕을 당할 위기에 처해 있는 상황이니 워싱턴 내셔널스의 선수들의 마음이 조급해지는 것은 당연했다.

'이게… 다가 아냐!'

태식이 두 눈을 빛냈다.

워싱턴 내셔널스 선수들이 조급한 데는 두 가지 이유가 더 있었다.

우선 올 시즌이 개막된 후 단 한 번도 빼앗기지 않았던 내셔널 리그 동부 지구 선두 자리를 위협받고 있었다.

내셔널 리그 동부 지구 1위 팀인 워싱턴 내셔널스가 2연패를 당하는 사이, 동부 지구 2위였던 애틀란타 브레이브스는 연승을 거두었다.

어느덧 반경기 차로 격차가 좁혀진 상황.

만약 오늘 경기까지 패한다면 애틀란타 브레이브스에게 내셔널 리그 동부 지구 선두 자리를 빼앗길 수도 있다는 점이 워싱턴 내셔널스 선수들을 초조하게 만드는 요인이었다.

또 하나의 이유는 태식이었다.

'날… 의식하고 있어!'

태식은 샌디에이고 파드리스의 4선발로 메이저리그 경력을 시작했다. 그렇지만 현재는 실질적인 팀의 에이스 역할을 맡고 있었다.

워싱턴 내셔널스 선수들이 그런 태식의 호투 행진에 대해 모를 리가 없었다.

매 경기 호투를 거듭하는 태식을 상대로 어서 빨리 동점을 만들어야 한다는 생각이 워싱턴 내셔널스 선수들을 더욱 조급하게 만드는 것이었다.

'만약 추가점을 뽑아낸다면?'

더욱 쉽게 경기를 풀어갈 수 있다는 확신을 품은 채 태식이 더그아웃으로 돌아왔다.

2. 마법을 부려볼까?

2회 초, 샌디에이고 파드리스의 공격은 6번 타자 하비에르 게레로부터 시작이었다.

따악!

최근 타격감이 가파른 상승세를 타고 있는 하비에르 게레로는 오늘 경기 첫 타석부터 좋은 타격감을 선보였다.

라인 드라이브성 타구는 중견수의 키를 훌쩍 넘기고 펜스를 직격했다.

하비에르 게레로가 2루타를 터트리며 공격의 물꼬를 튼 순간, 더그아웃에서 지켜보던 태식의 표정이 밝아졌다.

'효과가 있었어!'

"오늘 경기의 MVP로 뽑혀서 제가 인터뷰를 하고 있긴 하지만,

개인적으로는 다른 선수가 경기의 MVP라고 생각하고 있습니다. 하비에르 게레로 선수입니다."

LA 다저스와의 3연전 마지막 경기의 MVP로 선정되고 난 후, 태식은 인터뷰에서 하비에르 게레로를 언급했었다.

하비에르 게레로 역시 그 사실을 알고 있을 터.

그 인터뷰 후 하비에르 게레로는 타석에서 가파른 상승세를 타기 시작했다.

그리고 하나 더.

오늘 경기에 임하는 하비에르 게레로의 집중력은 더욱 대단했다. 그 이유를 태식은 짐작하고 있었다.

"오늘 승리투수가 되는 데 내가 일조할 겁니다."

경기 전, 하비에르 게레로가 태식을 찾아와서 건넸던 말이었다. 그 약속을 지키기 위해서 하비에르 게레로는 더욱 경기에 집중하고 있는 것이었다.

무사 2루 상황에서 타석에 들어선 7번 타자 미구엘 마못.

태식이 다시 경기에 집중하려 했을 때, 이안 드레이크가 곁으로 다가와 있었다.

'왜?'

이안 드레이크를 발견한 태식이 의아한 시선을 던졌다.

원래라면 대기 타석으로 향했어야 할 이안 드레이크가 자신의 곁으로 다가와 있었기 때문이다.

"볼 배합 때문에 할 말 있어?"

이안 드레이크의 포지션은 포수.

태식과 배터리로 호흡을 맞추고 있었다. 그래서 태식이 질문을 던지자, 이안 드레이크가 고개를 흔들었다.

"다른 이유 때문에 찾아왔습니다."

"다른 이유? 뭔데?"

"뭘 노릴까요?"

"응?"

"타석에서 제가 어떤 구종에 노림수를 가져야 할까요?"

이안 드레이크의 질문을 받은 태식이 이내 고개를 끄덕였다.

올 시즌 현재까지 이안 드레이크가 기록하고 있는 타율은 1할대 중반에 불과했다.

포수로서의 수비 능력이나 볼 배합에서는 괜찮은 활약을 선보이고 있었지만, 타격 능력이 너무 떨어졌다.

이것이 이안 드레이크가 고심 끝에 태식을 찾아온 이유였다.

'변화가… 시작됐다!'

자신의 곁으로 다가와서 조언을 구하고 있는 이안 드레이크를 확인한 태식의 입가로 희미한 미소가 떠올랐다.

내심 바라고 있었던 변화였기 때문이다.

'덕수와… 비슷해!'

이안 드레이크는 KBO 리그에서 배터리로 호흡을 맞추었던 용덕수와 무척 비슷한 유형이었다.

물론 지금은 처해 있는 상황이 많이 달라졌다.

용덕수는 현재 KBO 리그에서도 손꼽히는 공격형 포수로 변모해 있었으니까.

그렇지만 태식을 만나기 전의 용덕수는 수비력은 괜찮은 편이지만, 공격력은 부족하다는 평가를 받았던 선수였다. 그리고 지금 자신의 곁으로 다가와 있는 이안 드레이크도 엇비슷한 평가를 받고 있었다.

'똑같이 충고하면 돼!'

이미 문제에 대한 해법을 알고 있는 상황.

이안 드레이크의 공격력을 향상시킬 방법은 분명히 있었다.

문제는 시간.

당장 이안 드레이크의 부족한 공격력을 향상시킬 방법은 태식에게도 없었다.

'마법을 부려볼까?'

그렇지만 이안 드레이크가 고심 끝에 자신을 찾아온 이상, 어떤 식으로든 해법을 제시해 주고 싶었다. 그래서 태식이 미구엘 마못을 상대하기 위해서 마운드에 서 있는 트레버 고든을 유심히 바라보기 시작했다.

"나라면… 직구를 노릴 거야."

"직구… 요?"

예상치 못했던 대답이기 때문일까.

이안 드레이크가 당황한 기색을 드러냈다. 그리고 태식은 이안 드레이크가 당혹스러운 표정을 짓는 이유를 짐작할 수 있었다.

이안 드레이크가 1할대 중반의 저조한 타율을 기록하고 있는 가장 큰 원인은 빠른 공에 배트 스피드가 따라가지 못한다는 약점이 이미 드러났기 때문이다. 그런데 트레버 고든의 직구를 노리라고 했으니 당황하는 것이 당연했다. 그렇지만 태식이 이런 충고를 건넨 데는 분명한 이유가 있었다.

"알고 있어."

"뭘요?"

"네가 직구에 약하다는 것을 트레버 고든도 알고 있다는 뜻이야."

"그건… 그렇겠죠."

이안 드레이크가 순순히 수긍했다.

워싱턴 내셔널스의 전력 분석원들이 이 사실을 놓쳤을 리 없었고, 당연히 트레버 고든에게도 정보가 전해졌을 터였다.

"그래서 직구 위주로 승부할 거야. 그리고 바로 이 점을 노리라는 거야."

"저도 그러고 싶은데……."

"다행인 점은 트레버 고든이 파이어볼러 유형의 투수가 아니라는 거야."

트레버 고든은 불같은 강속구로 타자들을 압도하는 유형의 투수가 아니었다.

그의 직구 평균 구속은 140㎞대 중반.

대신 다양한 유인구로 타자들의 배트를 끌어내는 스타일이었다.

"배트를 짧게 쥐고 머리를 비워. 무조건 직구가 들어올 거라는 확신을 갖고 평소보다 반박자 빨리 스윙을 시작해."

"그럼… 안타를 때려낼 수 있을까요?"

"그건 나도 모르지."

"……?"

"그렇지만 안타를 때려낼 가능성은 분명히 높아질 거야."

태식이 말을 끝맺은 순간, 이안 드레이크가 힘껏 고개를 끄덕이고 서둘러 대기 타석으로 걸어갔다.

"스트라이크아웃!"

7번 타자 미구엘 마못은 풀카운트에서 트레버 고든의 포크볼에 속아 헛스윙하며 삼진으로 물러났다.

1사 2루로 바뀐 상황.

타석에는 이안 드레이크가 들어섰다.

"내 충고를… 흘려듣지는 않았군!"

평소에 비해 배트를 짧게 쥐고 있는 이안 드레이크의 손의 위치를 확인한 태식의 입가로 희미한 미소가 번졌다. 그리고 태식의 예측은 적중했다.

슈아악!

트레버 고든은 이안 드레이크를 상대로 초구에 직구를 던졌다.

딱!

머리를 비우라는 태식의 충고처럼 이안 드레이크는 망설이지 않고 배트를 휘둘렀다.

'늦었다!'

배트를 짧게 쥔 채 평소보다 반박자 빠르게 배트를 휘둘렀음에도 이안 드레이크의 배트 스피드는 트레버 고든의 직구에 밀렸다.

멀리 뻗지 못한 타구를 잡아내기 위해서 2루수가 뒷걸음질을 쳤다. 우익수도 타구를 잡기 위해서 열심히 달려왔다.

그렇지만 이안 드레이크의 타구는 2루수와 우익수가 모두 잡기 어려운 위치에 떨어지는 텍사스 안타가 됐다.

아쉬운 점은 이안 드레이크의 타구가 안타가 될 것이란 확신을 가지지 못한 탓에 2루 주자인 하비에르 게레로가 홈으로 들어오지 못했다는 점이었다.

1사 1, 3루로 바뀐 상황에서 태식이 타석으로 들어섰다.

'외야플라이!'

깊숙한 외야플라이만 쳐내도 추가점을 올릴 수 있는 상황이었다. 그리고 추가점을 올릴 수 있다면, 그 의미는 무척 컸다.

가뜩이나 조급한 상황인 워싱턴 내셔널스 타자들은 점수 차가 석 점차로 벌어지면 더욱 타석에서 서두를 테니까.

트레버 고든도 지금이 중요한 승부처임을 알고 있기 때문일까.

신중하게 승부를 이어갔다.

"볼!"

어느덧 풀카운트까지 이어진 승부.

태식이 배트를 고쳐 쥐었다.

비록 태식의 타격감이 절정이라고 해도, 태식의 포지션은 투수였다.

투수에게 볼넷을 허용하는 것을 트레버 고든은 원치 않을 터였다.

'승부할 거야!'

태식이 승부를 할 거라는 확신을 가진 채 트레버 고든을 노려보았다. 그가 결정구로 사용할 구종은 짐작이 갔다.

'포크볼!'

슈악!

트레버 고든의 손에서 공이 떠난 순간, 태식이 배트를 아래에서 위로 퍼 올리는 어퍼 스윙을 시도했다.

따악!

높이 솟구친 타구가 외야로 뻗어나갔다.

5 : 0.

샌디에이고 파드리스가 다섯 점 리드한 가운데 경기는 후반으로 접어들었다.

7회 초 공격이 진행되고 있었지만, 팀 셔우드는 그라운드가 아닌 경기의 기록지를 살피는 데 여념이 없었다.

6이닝 무실점.

피안타는 단 하나만 허용했고, 무사사구 경기를 펼치고 있는 김태식의 투구는 거의 완벽에 가까웠다.

투구 수는 고작 69개.

가히 이상적이라고 할 수 있을 정도로 투구 수 관리가 잘되어 있었다.

"노련해!"

벤치에 앉아서 담담한 표정으로 그라운드를 지켜보고 있는 김태식을 힐끗 살핀 팀 셔우드가 혼잣말을 꺼냈다.

워싱턴 내셔널스의 강타선을 상대로 김태식이 호투할 수 있었던 비결은 크게 두 가지.

일단 구위가 좋았다.

150㎞대 초중반의 직구는 힘이 있었고, 유인구의 궤적은 예리해서 타자들의 헛스윙을 수차례 유도했다.

또 하나의 요인은 심리전에서 우세승을 거두었기 때문이다.

스윕 패를 당할 위기에 처한 워싱턴 내셔널스 타자들이 타석에서 서두른다는 것을 김태식은 간파하고 있었다. 그래서 유인구를 간간히 섞으면서 빠른 승부를 펼쳐 워싱턴 내셔널스 타자들의 범타를 유도했다.

그뿐만이 아니었다.

김태식은 타석에서도 노련했다.

두 점 차로 앞서고 있던 상황에서 시작된 2회 초 공격.

1사 1, 3루 상황에서 타석에 들어섰던 김태식은 팀 셔우드의 기대에 120% 부응했다.

양 팀의 점수 차를 벌리는 결정적인 쓰리런 홈런을 터뜨렸으니까.

'수 싸움에서 이겼어!'

김태식이 쓰리런 홈런을 터뜨릴 당시에 공략했던 공은 포크볼이었다. 그리고 실투가 아니었다.

팀 셔우드가 보기에 트레버 고든이 풀카운트에서 던졌던 포크볼의 궤적은 무척 날카로웠다. 그러나 김태식의 스윙은 완벽에 가까웠다.

마치 포크볼이 들어올 것을 알고 있었던 것처럼 완벽한 어퍼스윙을 했다.

그렇지만.

더 놀라운 것은 이안 드레이크의 타석이었다.

그동안 타석에서 무기력하기 짝이 없는 모습을 선보이고 있었던 이안 드레이크였지만, 오늘은 달랐다.

비록 텍사스 안타였긴 했지만, 그는 안타를 기록했다. 더 고무적인 것은 자신감 있는 스윙이었다는 점이었다.

'마치 직구가 들어올 것을 확신한 듯한 스윙이었어!'

팀 셔우드는 이안 드레이크의 타석에서의 모습뿐만 아니라, 타석에 들어서기 전의 모습에도 주목했다.

'김태식을 찾아갔어!'

이안 드레이크는 대기 타석으로 향하는 대신, 김태식의 곁으로 다가갔었다. 그리고 김태식을 만난 후에 이안 드레이크의 타격이 바뀌었던 것이다.

'조언을 해줬어!'

팀 셔우드의 입가로 희미한 미소가 떠올랐다.

김태식이 메이저리그에 승격한 후 보여주었던 활약은 무척 뛰어났다.

투수로서도, 또 타자로서도 가히 완벽에 가까웠다.

어떤 불만 요소를 찾기 힘들 정도였다.

그렇지만 사람의 욕심은 끝이 없는 법.

팀 셔우드는 김태식에게 아쉬움을 느끼는 것이 한 가지 있었다.

바로 팀의 구심점이자 리더 역할을 해주지 못한다는 점이었다.

그러나 서서히 상황이 바뀌고 있었다.

라이언 피어밴드와 이안 드레이크가 김태식을 먼저 찾아가서 조언을 구하고 있는 것이 그 증거였다.

"스트라이크아웃!"

맷 부쉬가 삼진으로 물러나면서 샌디에이고 파드리스의 7회초 공격은 삼자범퇴로 끝이 났다.

불과 얼마 전까지만 해도 추가 득점을 올리지 못하고 있는 것으로 인해서 불안감을 느꼈었는데.

이제는 상황이 또 바뀌었다.

"불안하지 않아!"

팀 셔우드는 더 이상 불안감을 느끼지 않았다.

여전히 마운드를 김태식이 지키고 있었기 때문이다.

김태식이라면 다섯 점차의 리드를 능히 지켜낼 수 있을 거라는 믿음이 팀 셔우드에게 생긴 것이었다.

"나만이 아냐!"

팀 셔우드가 수비를 위해 그라운드로 나서는 선수들을 살폈다.

선수들의 표정에는 불안감이 없었다. 또, 조급한 기색도 느껴지지 않았다.

'이겼다!'

아직 경기 후반부였지만, 팀 셔우드는 오늘 경기의 승리를 확신했다.

이제 남은 자신의 역할은 김태식에게 완투를 맡기느냐, 아니면, 체력 안배를 위해서 일찍 마운드에서 내려오도록 만드느냐를 결정하는 것뿐이었다.

"이제 첫 고비는 넘긴 셈이군!"

팀 셔우드가 여유를 되찾았다.

3. 유명 인사

<송나영의 MLB 취재 수첩>

송나영이 취재한 기삿거리를 올리는 칼럼은 어느덧 10회째를 맞이해 있었다. 그리고 오늘 송나영의 MLB 취재 수첩의 제목은 '탈꼴찌에 성공한 샌디에이고 파드리스의 달라진 팀 분위기를 엿보다'였다.

"오래 걸렸지!"

칼럼 제목을 확인한 태식이 쓰게 웃었다.

송나영이 칼럼에 적어놓은 제목처럼 샌디에이고 파드리스는 내셔널 리그 서부 지구 최하위를 벗어났다.

주축 선수들이 부상으로 이탈하면서 콜로라도 로키스의 성적이 하락세에 접어든 사이, 샌디에이고 파드리스가 4위로 올라선 것이었다.

그렇지만 태식은 못내 아쉬움이 남았다.

샌디에이고 파드리그가 내셔널 리그 서부 지구 최하위에서 벗어나는 데까지 시간이 너무 오래 걸렸기 때문이다.

태식이 기대했던 것보다 시간이 오래 걸린 데는 샌디에이고 파드리스의 시즌 초반 성적이 워낙 안 좋았던 부분이 크게 작용했다.

내셔널 리그 서부 지구에 속한 다른 팀들과의 격차가 워낙 크게 벌어졌던 탓에, 격차를 따라잡는 데 그만큼 오랜 시간이 걸렸던 것이다.

또 하나의 이유는 샌디에이고 파드리스의 성적이 가파르게 상승 곡선을 타지 못해서였다.

물론 시즌 초반에 비하면 샌디에이고 파드리스의 최근 성적은 마치 전혀 다른 팀처럼 바뀌어 있었다.

일단 연패에 빠지는 경우가 드물었고, 일방적으로 무기력하게 패하는 경우도 줄어들어 있었다.

그렇지만 여전히 아쉬운 부분들은 존재했다.

일단 연승이 길게 이어지지 않았다.

올 시즌 샌디에이고 파드리스의 최다 연승은 3연승.

확실히 승리를 책임져 줄 수 있는 선발투수가 부족한 것과, 종종 역전을 허용하는 빈약한 중간 계투진의 영향이 컸다.

그러나 전반기가 끝나기 전에 내셔널 리그 서부 지구 최하위에서 벗어난 것은 분명히 호재라고 할 수 있었다.

"하여간… 붙임성은 알아줘야겠군!"

송나영의 칼럼을 읽기 시작했던 태식이 희미한 웃음을 머금었다.

내셔널 리그 서부 지구 최하위에서 벗어난 샌디에이고 파드리스의 달라진 팀 분위기를 엿보기 위해서 송나영은 부지런히 발품을 팔았다.

구단 내외 다양한 분야에서 일하는 사람들의 목소리를 담아냈으니까.

특히 인상적인 것은 샌디에이고 지역지의 기자이자, 오랫동안 샌디에이고 파드리스의 전담 기자로 일해 왔던 맷 스토닉과 가진 인터뷰였다.

S. 샌디에이고 파드리스가 마침내 내셔널 리그 서부 지구 최하위에서 벗어났다. 그렇지만 고작 4위에 불과하다. 그런데 팬들이나 매스컴의 반응이 너무 뜨거운 것이 아닌가? 마치 지구 우승이라도 차지한 분위기처럼 느껴진다. 내 착각인가?

—착각이 아니다. (웃음) 방금 말한 것처럼 지나칠 정도로 과열된 분위기라고 느낄 수도 있겠다. 그렇지만 샌디에이고 파드리스의 특수성을 간파한다면 이런 과열된 분위기를 이해할 수 있을 것이다.

S. 특수성? 무엇을 의미하는 것인가?

—샌디에이고 파드리스는 스몰 마켓이다. 그로 인해 오랫동안 지구 하위권에 머물렀다. 그리고 그건 마이크 프록터 단장이 새로 부임한 첫해도 마찬가지였다. 지난 시즌을 리빌딩에 집중하면서 팀을 젊은 선수들 위주로 개편하는 데 성공했지만, 솔직히 팬

들이나 우리 기자들은 올 시즌에도 큰 기대를 하지 않았다. 리빌딩이 제대로 효과를 발휘하려면 오랜 시간이 걸린다는 사실을 알기 때문이다. 실제로 올 시즌 초반에 샌디에이고 파드리스가 극심한 부진에 빠졌을 때, 팬들과 기자들은 이미 올 시즌을 거의 포기한 상황이었다. 그런데 샌디에이고 파드리스가 극적으로 반등을 했으니 어찌 축제 분위기가 아닐 수 있겠나? 굳이 표현하자면, 워낙 기대치가 낮았던 터라 기쁨도 더 큰 것이다.

S. (웃음) 무슨 뜻인지 대충 알 것 같다. 그럼 맷 스토닉 기자가 판단하는 샌디에이고 파드리스의 극적인 반등의 요인은 무엇인가?

—무엇일 것 같은가? 너무 당연한 대답이라 실망할 것 같지만 답하겠다. 올 시즌에 새로 샌디에이고 파드리스에 합류한 김태식 선수다.

S. 김태식 선수의 활약이 무척 뛰어난 것은 나도 인정하는 바다. 그렇지만 야구는 팀 스포츠다. 김태식 선수 혼자서 샌디에이고 파드리스를 변화시키는 데는 한계가 있는 것이 아닌가?

—지적한 대로 김태식 선수 혼자서 샌디에이고 파드리스의 성적을 모두 바꿀 수는 없다. 그렇지만 뛰어난 선수는 팀을 바꾼다. 그 선수가 팀에 막대한 영향력을 미치기 때문이다. 그래서 감히 이 자리에서 단언한다. 마이크 프록터 단장은 이번 오프시즌에서 역대급 잭팟을 터뜨렸다. 헐값에 세계 최고의 선수 중 한 명을 영입했으니까. 그렇지만 최악의 멍청한 실수를 저지르기도 했다.

S. 마이크 프록터 단장이 저지른 최악의 멍청한 실수가 대체

무엇인가?

—김태식 선수와 고작 1년 계약을 맺은 것이다. 선수의 기량에 대한 확신이 있었다면 좀 더 과감했어야 했다. 지금 내가 가장 우려하는 것은 내년 시즌에도 김태식 선수가 샌디에이고 파드리스에서 뛰는 모습을 볼 수 있는가 여부이다.

"고민이 많은가 보네."

인터뷰 내용을 모두 읽은 태식이 쓰게 웃었다.

샌디에이고 파드리스가 마침내 내셔널 리그 서부 지구 최하위에서 벗어났음에도 불구하고, 마이크 프록터 단장의 표정은 그리 밝지 않았다.

무척 고민이 많은 기색이었다. 그리고 태식은 마이크 프록터 단장이 고민하는 이유를 짐작하고 있었다.

마이크 프록터 단장이 고심 끝에 제안했던 재계약 조건을 에이전트인 데이비드 오가 이미 거절한 상황.

그로 인해 마음이 조급해진 것이었다.

"올 시즌이 다가 아니니까!"

태식이 작게 고개를 끄덕였다.

마이크 프록터는 샌디에이고 파드리스 단장 부임 후 2년차.

장기적인 플랜을 가지고 샌디에이고 파드리스의 청사진을 그리고 있었다. 그런 입장인 만큼, 태식의 재계약 여부는 무척 중요하리라.

"내 뜻대로 할 수 있는 부분이 아니니까."

태식이 혼잣말을 꺼냈다.

비록 태식의 의지가 분명히 반영이 되긴 하겠지만, 계약과 관련된 부분은 데이비드 오에게 상당 부분 결정권이 있는 상황이었다.

현재 태식이 어떻게 할 수 있는 부분은 없었다.

어쨌든.

그 외에도 칼럼에는 인상적인 부분이 존재했다. 바로 팀 동료인 미구엘 마못과 한 인터뷰였다.

태식이 놀란 것은 미구엘 마못이 송나영과 한 인터뷰 내용이 아니었다. 우선 그와 인터뷰를 했다는 사실이 놀라웠다.

꽤 오랫동안 함께 라커룸을 쓰고 있었지만, 태식은 미구엘 마못과 긴 대화를 나눈 적이 없었다.

미구엘 마못이 영어에 능숙하지 않은 데다가, 그는 무척 내성적인 성격의 소유자였다.

마주칠 때마다 짤막한 인사를 나눈 것이 전부였다.

송나영이 그런 미구엘 마못과 인터뷰를 했으니 어찌 놀랍지 않을까.

S. 김태식 선수와는 친한 편인가?

―물론 친하다. 라커룸이나 그라운드에서 마주칠 때 대화는 별로 나누지 않지만, 우린 좋은 팀 동료라고 생각한다.

S. 최근 들어 타격이 가파른 상승세를 타고 있다. 타격 상승세의 비결이 무엇이라고 생각하는가?

―비결은 김태식 선수다.

S. 김태식 선수가 조언을 해준 것인가?

—그건 아니다.

S. 그럼 왜 김태식 선수를 비결이라고 한 건가?

—선발투수인 김태식 선수가 야수인 나보다 타석에서 더 뛰어난 활약을 선보였다. 그로 인해 많은 자극을 받았고, 타석에서 더 집중하기 위해서 애썼던 것이 좋은 결과로 이어진 것 같다.

미구엘 마못의 인터뷰 내용을 모두 읽은 태식이 환하게 웃었다.

최근 들어 미구엘 마못의 타격이 상승세인 것은 분명했다.

시즌 초반에 2할대 초반이었던 타율은 어느덧 1할 가까이 상승해서 3할대 초반을 기록하고 있었다.

그렇지만 타격이 가파른 상승세를 타고 있는 이유까지는 몰랐는데, 송나영의 칼럼 덕분에 이유를 알 수 있었다.

"보답해야겠네."

시계를 확인한 태식이 집을 나섰다.

*　　　*　　　*

"오늘은 제가 삽니다."

송나영이 목소리를 높였다.

"여기 꽤 비쌀 것 같은데요."

태식이 고급스러운 레스토랑 내부를 살피며 덧붙였다.

"부담이 되시면 다른 데로 갈까요?"

"괜찮아요."

"정말 괜찮아요?"
"네. 괜찮다니까요."
"왜요?"
"그동안 많이 얻어먹었으니까 저도 한번 제대로 대접해야죠. 기자 송나영, 이래 봬도 염치는 있답니다."
큰소리를 치는 송나영을 바라보던 태식이 물었다.
"혹시 월급이 올랐나요?"
"김태식 선수는 직장 생활을 안 해봐서 잘 모르겠지만, 직장인의 월급이란 것은 쉽게 오르지 않는답니다."
"그런데 왜?"
"대신 보너스를 받았어요."
"보너스요?"
"네. 그것도 꽤 두둑하게. 김태식 선수는 관심이 없겠지만, 제가 연재하고 있는 칼럼이 한국에서 꽤 인기가 있거든요."
송나영의 생각은 틀렸다.
태식 역시 송나영이 쓰고 있는 칼럼을 꼼꼼히 읽고 있는 편이었으니까.
그렇지만 송나영의 칼럼이 한국에서 그 정도로 인기가 있는지는 알지 못했다.
"그래요?"
"그러니까 마음 놓고 드세요."
송나영이 한껏 거드름을 피웠다.
그러나 그도 잠시, 종업원이 음식을 탁자 위에 세팅하기 시작하자, 당황한 기색을 감추지 못했다.

"이거 뭐예요? 이런 음식들은 안 시켰는데."

탁자의 빈 공간이 부족할 정도로 음식들이 잔뜩 세팅되어 있는 것을 확인한 송나영이 제지에 들어갔다.

"서비스입니다."

"서비스요?"

"저희 레스토랑 오너가 김태식 선수의 팬입니다. 그래서 서비스를 드리는 것이니까 부담 가지실 필요 없습니다."

서비스로 나온 음식이라는 것을 알고 난 후에야 송나영이 안도한 기색을 드러냈다.

"고맙다고 전해주세요."

태식이 종업원에게 인사를 전해달라고 말할 때, 송나영이 어깨를 쫙 펴며 입을 뗐다.

"유명 인사와 다니니까 좋네요."

"아직 유명 인사까지는 아닙니다."

"이 정도면 유명 인사죠. 그리고… 축하해요."

갑자기 축하한다는 말을 건네는 송나영을 향해 태식이 의아한 시선을 던졌다.

"축하요? 갑자기 왜?"

"축하할 일이야 많죠. 일단 시즌 9승을 수확했잖아요."

"아, 네."

"그렇게 무덤덤하게 반응할 게 아니거든요. 여기 메이저리그에요. 메이저리그. 지금 엄청난 일을 하고 있는 거라니까요."

"그냥 예전과 다를 바 없이 경기에 나서는 게 다입니다."

"네, 네. 어련하겠어요. 내 예상대로 지금 본인이 얼마나 대단한 일을 하는지 전혀 실감하지 못하고 있네요."

예상했다는 듯 입을 삐죽이던 송나영이 덧붙였다.

"그리고 탈꼴찌를 한 것도 축하해요."

"감사합니다."

태식이 웃으며 대답했지만 송나영의 표정은 밝지 않았다.

태식의 심드렁한 반응이 마뜩잖은 걸까.

고개를 절레절레 흔들던 송나영이 다시 물었다.

"요새 국내 야구팬들의 최고 관심사가 뭔지 알아요?"

"뭔가요?"

"김태식 선수의 내년 시즌 연봉이요."

"네?"

"과연 김태식 선수이 어느 팀과 어떤 수준의 계약을 맺을까? 그리고 연봉이 대체 얼마나 될까? 이게 국내 야구팬들의 최고 관심사로 떠올랐답니다."

"그래요?"

"혹시 알려줄 수 있어요?"

"뭘요?"

"어느 팀으로 갈 것 같아요?"

아직 본격적으로 협상이 시작되지도 않은 상황.

그래서 태식이 대답을 하지 않았음에도 송나영은 개의치 않고 덧붙였다.

"기왕이면 양키스가 어때요?"

"뉴욕 양키스요?"

"네."

"왜요?"

"음, 일단 최고의 명문 구단 중 하나이기도 하고, 자금력도 풍부한 빅 마켓 구단이기도 하고, 그리고 또……."

"또 무슨 이유가 있나요?"

"연고지가 뉴욕이잖아요."

"……?"

"뉴요커가 되는 게 제 꿈 가운데 하나였거든요."

송나영이 사심을 드러낸 순간, 태식이 실소를 터뜨렸다.

태식이 뉴욕 양키스, 혹은 뉴욕 메츠로 팀을 옮기면 송나영도 취재를 위해 주거지를 뉴욕으로 옮길 것이다.

그렇게 된다면 꿈에 그리던 뉴요커가 될 수 있다는 것이 송나영의 계산이었다.

"아쉽겠네요."

"네?"

"그럴 일은 없을 것 같거든요."

태식이 잘라 말하자, 송나영이 아쉬운 기색을 노골적으로 드러냈다. 그리고 잠시 뒤, 한숨을 푹 내쉬었다.

"갑자기 왜 한숨을 쉬세요?"

"후회가 돼서요."

"무슨 후회요?"

"예전에 잠깐 그런 생각을 했던 적이 있어요."

"어떤 생각이요?"

"김태식 선수와 결혼하는 생각이요."

"네?"

전혀 예상치 못했던 폭탄 발언이었다. 그래서 태식이 당황한 기색을 드러낸 순간, 송나영이 두 눈을 흘겼다.

"안 돼요?"

"네? 그게 무슨……?"

"내 머리로 그런 생각을 하는 것도 안 되느냐고 물은 거예요."

"그야… 안 될 건 없죠."

송나영의 말이 옳았다.

그녀가 본인의 머릿속으로 무슨 생각을 하든 그건 그녀의 자유였다. 그리고 불쑥 호기심이 치밀었다.

"그 생각의 결론은 어땠나요?"

"당연히… 안 된다였어요."

송나영이 단호하게 대답했다.

"왜요?"

태식이 그 이유에 대해 묻자, 송나영이 망설이지 않고 다시 답했다.

"앞날이 캄캄하더라고요."

"……?"

"제가 그런 생각을 했을 당시에는 김태식 선수가 지금처럼 유명하지 않았거든요. 솔직히 말하면 당시에는 김태식 선수가 오래 지나지 않아서 소리 소문 없이 은퇴할 거라고 판단했었어요. 그리고 선수 생활을 은퇴한 후에 지도자나 해설가로 성공할 수 있을 것 같지도 않았고. 그래서 과연 내 월급으로 김태식 선수를 먹여 살릴 수 있을까? 이런 고민을 해봤는데 도무지 답이 나오지가 않았어요."

송나영이 진지한 표정으로 꺼낸 이야기를 들었음에도 서운하지는 않았다.

송나영의 나이도 적지 않은 상황.

결혼은 이상이 아니라 현실이었고, 이런 결론을 내린 것이 오히려 당연하다는 생각이 들었다.

“나름 구체적이었네요.”

“나름 진지했었거든요.”

송나영이 픽 웃으며 말을 더했다.

“그런데… 헛똑똑이였어요.”

“네?”

“당시만 해도 김태식 선수가 이렇게 유명해질 거라고는 꿈에도 몰랐거든요. 그때 과감하게 배팅을 했어야 했는데.”

송나영이 또 한 번 한숨을 내쉰 순간, 이번에는 태식이 단호하게 말했다.

“너무 늦었어요.”

“……?”

“후회란 아무리 빨라도 늦는 법이거든요.”

태식이 늦었다고 말하면서 떠올린 것은 지수였다.

지수를 처음 만났을 당시에도 태식은 유명한 선수가 아니었다. 그렇지만 지수는 송나영과 달랐다.

어떤 현실적인 계산 없이 태식을 만났다.

‘어려서인가? 아니면, 무모했던 건가?’

어느 쪽인지는 확실치 않았다. 그렇지만 한 가지는 확실했다.

‘보고 싶네!’

지수를 만나지 못한 지 꽤 오랜 시간이 흘러 있었기 때문에, 그녀가 보고 싶다는 생각을 했을 때였다.

딸랑.

문이 열리고 레스토랑 안으로 동양인 여성이 들어섰다.

무심코 고개를 돌렸던 태식이 두 눈을 크게 치켜떴다.

지금 레스토랑 안으로 들어온 동양인 여성이 낯익었기 때문이다.

마침 태식과 눈이 마주친 순간, 생긋 웃고 있는 여인.

바로 지수였다.

'혹시… 잘못 본 건가?'

태식이 눈을 비빈 순간, 송나영이 심상치 않음을 느끼고 물었다.

"왜 그래요?"

"저 여자분이 보이나요?"

"어떤 여자요?"

"저기 서 있는 여자분이요."

태식이 시선을 던지고 있는 곳으로 고개를 돌렸던 송나영이 잠시 뒤 놀란 표정을 감추지 못하고 드러냈다.

"혹시… 도레미 퍼블릭의 지수 씨 아닌가요?"

"다행이네요."

"뭐가요?"

"제가 잘못 본 게 아니었어요."

"네?"

송나영이 의아한 시선을 던졌다. 그렇지만 태식은 더 설명하는 대신, 자리에서 일어나 지수의 앞으로 다가갔다.

"여긴… 어떻게 온 거야?"

"오빠가 보고 싶어서 찾아왔죠."

"정말… 이야?"

"그럼요."

"하지만……."

"반응이 왜 이래요?"

"응?"

"꼭 나쁜 짓 하다가 들킨 사람 같은 반응인데요."

태식과 동석하고 있던 송나영을 힐끗 살핀 지수가 두 눈을 가늘게 뜨고 추궁했다.

그런 그녀의 모습이 너무 귀여웠다.

그래서 태식이 더 참지 못하고 지수를 힘껏 안으며 말했다.

"나도 보고 싶었어!"

'헐!'

송나영이 벌린 입을 다물지 못하고, 두 사람을 바라보았다.

인기 걸그룹인 '도레미 퍼블릭'의 리더이자, 연기자로도 확실히 자리를 잡은 지수는 절정의 인기를 구가하는 아이돌이었다.

그런 지수가 샌디에이고에 위치한 레스토랑에 불쑥 모습을 드러낸 것만으로도 놀라운 일이었는데.

진짜 놀랄 일은 그 후에 벌어졌다.

김태식 선수가 지수를 품에 안은 것이었다.

'내가 지금… 뭘 본 거야?'

혹시 잘못 본 게 아닐까 하는 생각이 들 정도로 충격적인 장면이었다.

송나영은 연신 눈을 비비고 나서야 자신이 잘못 본 게 아니라는 것을 깨달았다.

"두 사람이 왜……?"

탁자 앞으로 다가와 있는 두 사람을 번갈아 보며 송나영이 물은 순간, 김태식 선수가 대답했다.

"사귀는 사이입니다."

"누가요?"

"우리요."

"두 분이 사귀는 사이라고요?"

"왜요? 안 믿기나 보죠?"

"그게……."

"실은 저도 아직 가끔씩 안 믿길 때가 있습니다."

김태식 선수가 픽 웃으며 덧붙인 말을 들은 송나영이 자리를 권했다.

"일단… 앉을까요?"

나란히 앉아 있는 김태식과 지수를 코앞에서 마주하고 있음에도 여전히 이 상황이 쉬이 믿기지 않았다.

그 표정이 읽힌 걸까?

김태식 선수가 질문했다.

"저희가 그렇게 안 어울리나요?"

"그게……."

"그런가 보네요."

"아직 너무 당황스러워서요."

"누가 더 아까운가요?"

"그야 당연히……."

지수라고 답하려 했던 송나영이 도중에 입을 다물었다.

나이 면에서나, 인지도 면에서나 당연히 지수가 아깝다고 생각했었다. 그런데 그 말을 입 밖으로 내뱉기 전에 다시 생각해 보니, 꼭 그런 것도 아닌 것 같았다.

일단 인지도 측면에서는 김태식 선수도 지수에 못지않았다.

메이저리그라는 세계 최고의 무대에서 맹활약을 펼치기 시작하면서 김태식 선수는 국내외 팬들에게 크게 유명세를 탔다.

비록 두 사람이 활동하는 분야는 달랐지만, 김태식 선수의 인지도도 많이 올라가 있는 상황이었다.

특히 국외에서는 지수보다 김태식 선수의 인지도가 훨씬 더 높다는 것은 부인할 수 없는 사실이었다.

그리고 하나 더.

두 사람 사이의 나이 차가 많이 나기는 했지만, 김태식 선수는 동안이었다. 게다가 몸도 좋았다.

삼십 대 후반이라는 나이가 전혀 믿기지 않을 정도로.

실제로 두 사람이 나란히 앉아 있는 지금, 나이 차는 전혀 느껴지지 않았다.

"모르겠네요."

"네?"

"누가 아까운지 잘 모르겠다고요. 이제 보니… 두 분이 아주 잘 어울리는 것 같네요."

"그래요?"

그 대답이 마음에 든 걸까.

서로 마주 보면서 환하게 웃고 있는 두 사람을 바라보고 있자니, 송나영은 왠지 씁쓸한 기분이 들었다.

또, 아까 김태식 선수가 했던 말이 귓가에 되살아났다.

"그래서 아까 그런 말을 하셨던 거군요."

"어떤 말이요?"

"너무 늦었어요. 후회란 아무리 빨라도 늦는 법이거든요. 아까 이렇게 말했잖아요. 그 말을 했던 이유가 지수 씨 때문이었군요."

"맞아요."

김태식 선수가 순순히 수긍한 순간, 송나영이 지수에게 시선을 던졌다.

"두 분이 사귀는 것, 언제부터였어요? 김태식 선수가 메이저리그에 진출하고 난 후에 사귀기 시작한 건가요?"

"아니요. 훨씬 전부터였어요."

"훨씬 전이라면……?"

"제가 심원 패롯스 경기의 시구를 했을 무렵부터였어요."

"그때라면……."

송나영이 놀란 표정을 지었다.

도레미 퍼블릭의 리더인 지수가 심원 패롯스의 홈경기 시구를 했던 것은 송나영도 기억하고 있었다.

당시 지수의 시구가 '포넘 시구'라고 불리며 야구팬들 사이에서 크게 화제가 됐었기 때문이다.

그리고.

지수가 시구를 했을 당시, 김태식 선수는 아직 유명세를 타기 전이었다.

저니맨의 대명사였던 시절이다.

"왜 그랬어요?"

"네?"

"그러니까 왜 김태식 선수와 사귀었어요?"

"그건……."

바로 대답을 꺼내지 못하고 머뭇거리는 지수를 발견한 송나영이 자신의 실수를 깨닫고 다시 입을 뗐다.

"제 질문이 조금 이상했죠? 그러니까 제가 진짜 하고 싶었던 질문은 당시의 김태식 선수는 지금처럼 유명한 선수가 아니었잖아요. 그런데 왜 김태식 선수와 사귀었는지가 궁금한 거예요."

"같은 사람이니까요."

"네?"

"메이저리그에서 활약하고 있는 지금의 태식 오빠와 저니맨의 대명사였던 예전의 태식 오빠, 저한테는 똑같은 태식 오빠거든요."

'우문현답(愚問賢答)!'

지수에게서 돌아온 대답을 들은 송나영의 머릿속에 퍼뜩 떠오른 사자성어였다.

그와 동시에 또 한 가지 생각이 떠올랐다.

'졌다!'

변명의 여지조차도 없는 완패라는 생각이 들었다.

송나영과 지수.

두 사람 모두 엇비슷한 시기에 김태식을 만났었다.

그렇지만 송나영과 지수의 선택은 달랐다.

송나영은 당시 현실적인 조건을 따지느라 김태식 선수를 포기한 반면, 지수는 김태식이란 사람만 보고 포기하지 않았다.

그 차이가 이런 달라진 결과를 초래한 것이었다.

'대단하네.'

지수에게 새삼스러운 시선을 던지던 송나영이 두 사람의 관계를 인정했다. 그리로 그 순간, 송나영은 본연의 임무인 기자로 돌아왔다.

'특종 중의 특종이네!'

메이저리그에 진출해서 맹활약 중인 김태식과 수많은 팬들의 사랑을 한 몸에 받고 있는 톱스타 지수의 열애 소식.

이건 분명히 특종감이었다.

소가 뒷걸음질을 치다가 쥐를 잡는 것처럼 엉겁결에 특종을 잡은 셈이었다. 그래서 송나영이 물었다.

"두 분의 열애 소식. 제가 기사로 써도 되나요?"

"송 기자님, 조금만 더 기다려 줄래요?"

"왜요?"

"태식 오빠가 올 시즌을 마치고 나서 그 소식이 알려졌으면 해서요."

"……?"

"제가 판단하기에 오빠한테는 지금이 가장 중요한 시기 같거든요."

'옳은 말만 골라서 하네!'
송나영이 속으로 한숨을 내쉬었다.
보통 옳은 말만 하는 사람은 얄미운 법이었다.
그런데 지수는 얄밉지 않았다.
그 이유는 사랑하는 사람인 김태식을 진심으로 아끼고 배려하는 마음이 고스란히 전해졌기 때문이다.
"맨입으로요?"
송나영이 짓궂은 표정으로 김태식 선수를 바라보며 말했다.
"그냥은 어렵겠죠?"
"기브 앤 테이크. 기자의 기본이죠."
"그럼 다른 특종을 드릴 것을 약속드리죠."
"어떤 특종이요?"
"재계약에 돌입한 후 제 거취에 대해서 어느 정도 윤곽이 나오면 가장 먼저 송 기자님에게 알려 드리겠습니다."
아까도 말했듯 현재 국내 야구팬들 사이에 최고의 관심사는 김태식 선수가 내년 시즌을 앞두고 어느 팀과 어느 정도 연봉으로 계약을 맺는가 여부였다.
그러니 이 정도면 두 사람의 열애설에 걸맞는 특종이라는 생각이 들었다.
그렇지만 송나영은 여기서 만족하지 않았다.
"단, 한 가지 조건이 있어요."
"뭐죠?"
"지금은 아니지만, 언젠가 두 분의 열애 소식도 제가 가장 먼저 기사를 내고 싶어요."

송나영이 내건 조건을 들은 김태식이 혀를 내둘렀다.
“많이 변하셨네요.”
“네?”
“예전보다 욕심이 많아지셨는데요.”
김태식이 넌지시 핀잔을 놓았다.
결국 두 가지 특종을 모두 독점하겠다는 뜻이 아니냐?
이건 너무 욕심이 과한 것이 아니냐?
김태식이 방금 건넨 말에는 이런 질책이 담겨 있었다.
그렇지만 송나영은 당당하게 대꾸했다.
“사랑을 잃었으니 일에서라도 성공해야죠.”
“네?”
“절대 물러설 수 없다는 뜻입니다.”
송나영이 강조했다. 그러나 속내는 조금 달랐다.
이렇게 고집을 부리는 이유.
특종에 대한 욕심 때문만은 아니었다.
진짜 이유는 김태식 선수와 지수의 열애 소식을 다른 기자들보다 먼저 기사로 내보내서 축하해 주고 싶었기 때문이다.
그리고.
질투가 날 정도로 다정한 모습을 연출하고 있는 두 사람을 바라보던 송나영이 퍼뜩 떠올린 것은 얼마 전에 은퇴했던 김철수 선수였다.
대학 졸업 후, 삼산 치타스에서 선수 생활을 시작했던 김철수 선수는 크게 주목받지 못하던 선수였다. 그러나 한성 비글스로 이적한 삼십 대 초반부터 갑자기 두각을 드러냈고, 결국 FA 대박 계약을 체결했다. 그리고 미모의 스포츠 채널 아나운서와 결혼까지 한 후, 한성 비글스에서 아름답게 선수 생활을 마무리했다.

사랑과 성공.

야구팬들은 두 마리 토끼를 모두 잡은 김철수 선수를 부러워했다.

그래서 야구팬들 사이에 한때 '인생은 김철수처럼'이라는 말이 유행했던 적이 있었다.

그렇지만 김태식 선수와 비교한다면 김철수 선수는 달빛과 반딧불의 차이였다.

저니맨의 대명사에서 메이저리그 진출을 성공한 데다가, 메이저리그 진출 후에도 맹활약을 펼쳐서 내년 시즌 엄청난 대박 계약이 거의 확정적인 상황.

그리고 아직 끝이 아니었다.

미모와 고운 마음까지 겸비한 톱스타 지수와의 사랑까지.

김태식이야말로 성공과 사랑이라는 두 마리 토끼를 모두 잡은 셈이었다.

그런 만큼 앞으로 '인생은 김철수처럼'이란 표현이 '인생은 김태식처럼'이란 표현으로 바뀔 가능성이 높았다.

"인생은 김태식처럼!"

"네?"

"아니에요. 혼잣말이었으니까 신경 쓰지 마세요."

무심코 속에 담고 있던 말을 입 밖으로 내뱉었던 송나영이 자리에서 일어났다.

"왜 벌써 일어나세요?"

김태식 선수의 질문을 받은 송나영이 웃으며 대답했다.

"저도 눈치는 있거든요."

"네?"

"오랜만에 만났을 텐데 두 분이서 좋은 시간 보내세요."

"그래도 식사는 마저 하시고……."

송나영이 고개를 흔들었다.

"음식이 입에 안 맞아서요. 그냥 집에 가서 라면 끓여 먹을래요."

4. 잠을 좀 설쳤어요

배가 고팠던 걸까.

새로 주문한 크림 스파게티를 맛있게 먹고 있는 지수를 태식이 가만히 바라보았다. 그 시선을 느낀 지수가 고개를 들었다.

“왜 그렇게 봐요?”

“그게…….”

“뭐 묻었어요?”

“아니.”

“그럼 너무 게걸스럽게 먹었어요?”

태식이 웃으며 고개를 흔들었다.

“신기해서.”

지수를 빤히 바라보고 있었던 진짜 이유는 신기해서였다.

일단 이곳에 찾아올 거라 예상치 못했던 지수와 지금 이렇게 마주 앉아 있다는 것이 신기했고, 한국이 아닌 머나먼 이국땅에서 이렇게 마주 앉아 있다는 것도 신기했다.

"진짜 어떻게 온 거야?"

"아까 말했잖아요. 보고 싶어서 찾아왔다고."

"그건 나도 들었지만… 혹시 미국 스케줄이 있었어?"

"아니요."

"그럼 진짜 내가 보고 싶어서 일부러 찾아온 거야?"

태식이 놀란 표정을 짓자, 지수가 배시시 웃으며 대답했다.

"실은 스케줄이 있긴 해요."

"그랬구나."

"그런데 갑자기 잡힌 스케줄이에요."

"갑자기 잡힌 스케줄?"

"대타로 참석했거든요."

"대타?"

제대로 말뜻을 이해하지 못한 태식이 고개를 갸웃한 순간, 지수가 화제를 돌렸다.

"요즘 정말 야구를 잘하는가 봐요."

"응?"

"구단에서 정성을 다하던데요."

지수가 꺼낸 이야기.

이번에도 제대로 알아듣기 어려웠다.

"그게… 무슨 소리야?"

그래서 태식이 재차 묻자, 지수가 설명을 더했다.

"마이크 프록터라는 분이 초대를 했어요."

"단장님이… 지수, 너를 초대했다고?"

"음, 엄밀히 말하면 제가 아니라 어머님을 초대하셨죠."

"어머니를?"

"네."

"갑자기 왜?"

"시구자로 초대하고 싶다고 구단 직원이 찾아왔었어요."

금시초문이었다.

그래서 태식이 놀란 기색을 감추지 않은 채, 다시 물었다.

"그럼 어머니도 오신 거야?"

"아니요. 어머님은 장거리 비행이 부담스럽다고 거절하셨어요."

"그랬구나."

지수의 대답을 들은 순간, 서운함과 안도감이 동시에 깃들었다.

어머니를 만날 수 없다는 것이 서운했고, 어머니가 오지 않으신 이유가 병환 때문이 아니라는 것을 알았기에 안도한 것이었다.

"이제 제가 대타라고 한 이유를 알겠어요?"

"그럼?"

"제가 어머니 대신 시구자로 나서게 됐어요."

"지수가 시구를 한다고?"

"네."

"언제?"

"모레 경기요."

"모레 경기?"

태식이 두 눈을 가늘게 좁혔다.

원래 선발 로테이션대로라면 태식은 내일 경기에 선발투수로 출전하기로 되어 있었다. 그렇지만 팀 셔우드 감독은 지친 선발진에 하루 휴식을 준다는 핑계로 트리플 A로 내려보냈던 카일 맥그리스를 불러올렸다. 그리고 카일 맥그리스에게 선발투수로 출전할 기회를 주었던 바람에 태식의 선발 등판은 하루 미뤄졌다.

'설마… 이것 때문이었나?'

당시에는 별다른 의심을 하지 않았다.

팀 셔우드 감독이 밝혔던 대로 선발진에 하루 휴식을 주기 위해서 카일 맥그리스를 콜업해서 기회를 주는 것이라 생각하고 무심코 넘겼었다.

그렇지만 지수와 얘기를 나누고 난 후인 지금은 생각이 바뀌었다.

팀 셔우드 감독이 카일 맥그리스를 콜업한 것과 지수의 시구가 무관하지 않다는 생각이 들었다.

'계산했다?'

태식이 놀란 기색을 드러냈을 때였다.

"한국인의 날 행사가 있다고 하던데요."

"나도 들었어."

데이비드 오를 통해 샌디에이고 파드리스 구단에서 마련한 한국인의 날 행사가 잡혔다는 소식은 이미 전해 들었다.

그렇지만 태식은 크게 신경을 쓰지 않았다.

그날, 어떤 행사가 준비되었는가에 대해 미리 언질을 받지 못했기에 그저 명목상의 행사일 거라 여겼기 때문이다.

또, 그날 선발투수로 출전하기 때문에 경기 준비를 하는 것만도 바빴었다.

"비즈니스 좌석 항공 표에 최고급 호텔의 스위트룸까지 제공하더라고요. 마이크 프록터라는 분이 괜히 이런 호의를 베푸는 것은 아니겠죠?"

"지수 말이 맞아."

"역시 야구를 잘해서군요."

"이유가 하나 더 있어."

"뭔가요?"

"최대한 호의를 베풀어서 내 마음을 잡으려 하는 거야."

따로 부연을 덧붙이지 않았지만, 지수는 태식이 꺼낸 말뜻을 제대로 알아들었다.

"재계약을 앞두고 있기 때문이군요."

"어떻게 알았어?"

"저도 비슷한 경험이 있거든요."

"응?"

"소속사 계약 기간 만료가 다가오니까 저희 대표님이 갑자기 너 살해주시려고 애쓰시더라고요."

"비슷한 케이스야."

태식이 고개를 끄덕였다.

어쨌든.

마이크 프록터 단장의 의도는 먹힌 셈이었다.

예상치 못했던 지수와의 만남으로 인해 태식의 마음이 조금 움직였으니까.
"그나저나 뭘 하고 싶어? 여기까지 왔으니 하고 싶은 것 없어?"
"음, 일단 샌디에이고 시내 구경을 좀 할까요?"
"좋지, 내가 안내할게."
"그리고… 다음은 오빠 집으로 가봐요."
"우리 집?"
"네."
"거긴 왜?"
예상치 못한 제안이었다.
그래서 태식이 당황하자, 지수가 두 눈을 가늘게 좁히며 추궁했다.
"왜 그렇게 놀라요?"
"그게……."
"혹시 저 몰래 우렁 각시라도 숨겨뒀어요?"
물론 그건 아니었다.
태식이 당황한 이유는… 집이 더러워서였다.
남자 혼자 사는 집이 얼마나 깨끗할까?
지저분한 집 내부를 지수에게 보여주고 싶지 않은 것이었다.
"아깝지만 호텔 스위트룸은 그냥 비워둬야겠어요."
"왜?"
"우렁 각시를 숨겨뒀나 확인해 보려고요."
"그러지 말고……."

"실은 혼자 있기 무서워서요."

"……?"

"오빠 집에서 자도 돼죠?"

태식이 머리를 긁적였다.

방금 지수가 한 말의 의미를 파악하는 데 시간이 걸렸기 때문이다.

"그러니까… 같이 있어 달란 뜻이야?"

"안 돼요?"

"안 된다기보다는……."

"역시 우렁 각시를 숨겨둔 거죠?"

"아니라니까. 돼."

"정말요?"

"그래. 단 조건이 있어."

"뭔데요?"

"우리 집 말고 스위트룸에서 같이 있자."

"왜요?"

"우리 집으로 가면 밤새 청소만 하다 끝날 것 같으니까."

"……?"

"그러니까… 그러니까 내 말은 청소를 하느라 다른 일은 아무것도 못 할 것 같은 걱정이 들어서 말이지."

태식이 덧붙인 말을 들은 지수가 두 뺨을 붉혔다.

그런 지수의 모습을 가만히 바라보던 태식이 한마디를 더했다.

"이렇게 와줘서 고마워."

*　　　　*　　　　*

샌디에이고 파드리스 VS LA 다저스.

샌디에이고 파드리스가 한국인의 날로 지정한 경기의 상대는 LA 다저스였다.

LA 다저스의 선발투수는 알렉스 우즈였다.

양 팀 4선발들의 맞대결.

그러나 두 투수가 올 시즌에 거두고 있는 성적은 절대 4선발에 어울리지 않았다.

9승과 7승.

태식과 알렉스 우즈가 현재까지 거둔 승수였다.

비록 4선발이었지만, 타 팀의 에이스들에 못지않은 승수를 거두고 있는 상태였다.

더 놀라운 것은 태식과 알렉스 우즈 모두 아직까지 패전을 기록하지 않았다는 점이었다.

승률 100%.

아직까지 메이저리그에서 승률 100%를 기록하고 있는 유이한 두 투수의 맞대결을 앞두고 관심이 고조됐다.

"괜찮아요?"

"네?"

"많이 피곤해 보이는데요."

데이비드 오가 건넨 말을 들은 태식이 속으로 뜨끔했다.

지수와 함께 보냈던 시간.

꿈처럼 느껴질 정도로 좋았다.

이렇게 함께할 수 있는 시간이 그리 길지 않다는 것을 알기에 서로 더욱 뜨겁게 사랑을 나누었다.

그래서 피곤한 기색이 얼굴에 남아 있으리라.

"눈도 충혈됐고. 혹시 잠을 설쳤어요?"

의아한 시선을 던지고 있는 데이비드 오에게 태식이 대답했다.

"네, 잠을 좀 설쳤어요."

"왜요?"

"그게… 한국인의 날 행사가 열린다고 하니 가슴이 벅차서요."

데이비드 오는 아직 태식과 지수의 관계에 대해 알지 못했다.

그러니 지수와 함께 밤을 보내느라 잠을 설쳤다고 솔직하게 말할 수는 없었다.

그래서 태식이 급조한 변명을 꺼내자, 데이비드 오가 이해한다는 듯 고개를 끄덕였다.

"마이크 프록터 단장이 신경을 많이 썼더군요."

"그래요?"

"혹시 도레미 퍼블릭이란 걸그룹을 아세요?"

"압니다."

"그럼 도레미 퍼블릭의 리더인 지수 씨도 알고 있어요?"

"물론 압니다."

"진짜 알고 있어요? 김태식 선수는 야구만 신경 쓰는 타입이라서 걸그룹에 대해서는 전혀 모를 줄 알았는데요?"

의외라는 시선을 던지고 있는 데이비드 오를 확인한 태식이 쓰게 웃었다.

그냥 단순히 알고 있는 사이가 아니었다.

태식과 지수는 연인 관계였으니까.

'어젯밤도 함께 보냈다는 사실을 알고 나면 데이비드 오가 어떤 반응을 보일까?'

불쑥 호기심이 치밀었다.

그러나 태식은 애써 호기심을 누르고 화제를 돌렸다.

"그런데… 데이비드 오는 지수 씨를 어떻게 아세요?"

"저도 남자입니다."

"……?"

"걸그룹을 좋아한다는 뜻입니다. 특히 지수 씨의 팬이죠."

"그래요?"

태식이 새삼스러운 시선을 던졌다.

아까 데이비드 오가 놀랐듯이 태식도 놀랐다.

에이전트 업무에만 매달리는 데이비드 오가 걸그룹에는 전혀 관심이 없는 줄 알았기 때문이다.

"어쨌든 마이크 프록터 단장이 지수 씨를 한국인의 날 행사에 초청했습니다. 시구 행사를 맡기기 위해서요."

"그렇군요."

태식이 대수롭지 않게 고개를 끄덕였다.

이미 알고 있는 정보였기 때문이다.

"그뿐이 아닙니다. 한국의 유소년 야구 선수들도 일부 초청했습니다."

이건 금시초문이었다.

“오늘 경기 관람을 할 유소년 야구 선수들을 약 서른 명 정도 초청했다고 합니다. 그리고 행사를 하나 더 준비한 것 같은데, 그건 저에게도 끝까지 알려주지를 않네요.”

‘아직… 끝이 아니다?’

지수를 시구자로 초청한 것.

항공료와 체류비를 부담하면서 한국의 유소년 야구 선수들을 초청한 것.

이 두 가지만으로도 마이크 프록터가 한국인의 날 행사를 위해서 신경을 많이 썼다는 것이 느껴졌는데.

데이비드 오는 아직 끝이 아니라고 했다.

‘또 뭘 준비한 걸까?’

태식이 궁금해할 때, 데이비드 오가 신중한 표정으로 말했다.

“오늘 경기가 무척 중요한 것, 아시죠?”

“구단에서 준비한 한국인의 날에 열리는 경기라서요?”

“물론 그런 부분도 있지만… 오늘 경기는 김태식 선수에게 특히 중요한 경기입니다. 두 자릿수 승수를 거둘 수 있는 날이니까요.”

10승.

두 자릿수 승수를 거둔다는 것은 메이저리그에서 뛰고 있는 선발투수에게 특별한 의미가 있었다.

세계 최고의 무대인 메이저리그에서도 수준급 선발투수라는 것을 증명해 주는 지표였으니까.

"딱 10승만 거둬주십시오. 그럼 제가 이번에 사기를 당한 것을 만회하고도 남을 정도로 대박 계약을 체결할 것을 약속드리겠습니다."

실제로 데이비드 오 역시 이런 말을 했던 적이 있었다. 그리고 마침내 두 자릿수 승수를 기록할 기회가 찾아와 있었다.

태식도 기대가 되는 것은 마찬가지였다.

메이저리그 데뷔 시즌에 두 자릿수 승수를 기록하는 것은 특별한 의미였으니까.

그러나 데이비드 오의 표정에는 우려가 가득했다.

"왜 그런 표정을 짓고 있습니까?"

"불안해서요."

"뭐가 그렇게 불안합니까?"

"우선 상대가 만만치 않습니다. 알렉스 우즈의 올 시즌 활약은 분명히 많은 사람들의 기대치를 웃돌고 있으니까요."

데이비드 오의 우려는 일리가 있었다.

7승 무패. 방어율 2.14.

팔꿈치 부상에서 복귀해서 4선발로 올 시즌을 시작한 알렉스 우즈의 성적은 LA 다저스의 특급 에이스인 클라이튼 커쇼와 비교하더라도 손색이 없을 정도였다.

부상과 재활을 마치고 돌아온 알렉스 우즈는 예전과 전혀 다른 투수로 변모해 있었다.

"또 하나 걱정되는 것은 김태식 선수의 상태입니다. 제가 봐왔던 모습 중에 가장 지쳐 보이거든요. 혹시… 체력적으로 문제가 생긴 것이 아닙니까?”

태식의 나이는 삼십 대 후반.

시즌이 중반으로 접어들면서 체력적으로 한계가 찾아온 것이 아니냐?

데이비드 오가 우려하는 부분이었다.

그러나 이번에는 괜한 우려였다.

태식이 피곤한 기색인 것은 일시적인 문제였으니까.

그리고 오늘 경기를 치르는 데는 아무 문제가 없었다.

믿는 구석이 있기 때문이다.

“가끔은 정신력이 육체의 한계를 극복하는 법이죠.”

“네?”

“버프를 받았기 때문에 오늘 경기는 제가 이길 겁니다.”

5. 기립의 이유

'태극기?'

그라운드에 들어선 태식의 시선이 관중석으로 향했다.

한국인의 날 행사를 맞아서 교민들이 많이 찾아왔기 때문일까.

관중석 곳곳에 태극기가 펼쳐져 있었다.

머나먼 이국땅인 미국에서 태극기를 마주한 순간, 태식의 가슴이 뜨거워졌다.

그리고.

"동해물과 백두산이……."

익숙한 목소리가 태식의 귓가를 사로잡았다.

고개를 돌린 태식의 눈에 애국가를 부르는 지수의 모습이 보였다.

마이크 프록터 단장의 초청을 받아 팻코 파크를 찾은 지수는 오늘 경기의 시구만 맡은 것이 아니었다.

경기 시작 전, 애국가도 불렀다.

'대단하네!'

애국가를 열창하고 있는 지수를 바라보던 태식이 감탄했다.

펫코 파크를 찾은 수만 관중 앞에서 조금도 떨지 않고 애국가를 부르는 지수의 모습은 최고의 톱스타다웠다.

태극기와 애국가로 인해 뜨거워졌던 태식의 가슴은 펫코 파크를 찾은 관중들로 인해 더욱 뜨겁게 달궈졌다.

그들 나라의 국가가 아님에도 불구하고, 펫코 파크를 찾은 미국인들은 애국가가 흘러나오기 시작하자 일제히 기립했다.

'왜?'

관중들이 기립한 이유를 찾던 태식의 표정이 밝아졌다.

'나… 때문이야!'

한국에서 온 새로운 에이스.

샌디에이고 파드리스의 홈 팬들은 혜성처럼 등장한 태식에 대한 애정이 각별했다. 그리고 태식에 대한 애정이 각별해진 계기는 두 가지였다.

우선 태식의 활약 덕분에 샌디에이고 파드리스가 시즌 초반의 극심한 부진을 딛고 반등에 성공했기 때문이다.

그리고 또 하나의 이유는… 릭 켄거닉 기자가 작성한 특집 기사 때문이었다.

<한국에서 날아온 저니맨 김태식 선수를 여러분께 소개합니다>

태식에 대한 사전 정보 없이 인터뷰에 참가했던 것이 못내 미안했기 때문일까?

릭 켄거닉 기자는 당시의 일에 대한 사죄의 의미로 멋진 기사를 쓰겠다고 약속했다. 그리고 릭 켄거닉 기자는 그 약속을 지켰다.

신문 지면 1면을 모두 할애해서 릭 켄거닉은 태식에 관한 특집 기사를 작성했다. 그가 쓴 기사에서 돋보였던 것은 철저한 취재였다.

태식에 관한 정보를 얻기 위해서 인터넷을 샅샅이 뒤졌던 것은 기본이었다. 그는 기사 작성을 위해서 직접 한국으로 찾아가는 정성과 열정을 쏟아부었다.

실제로 기사 중간에는 전(前) 심원 패룻스 감독인 이철승과의 인터뷰도 실려 있었다. 그리고 그가 던졌던 질문은 날카로웠다.

'함께 야구를 했던 김태식 선수는 어땠는가?' 같은 질문은 과감히 생략했다.

대신 누구도 주목하지 않았던 태식의 트레이드를 주도했던 이유, 또 태식이 KBO 리그에 잔류하지 않고 메이저리그에 도전한 이유에 대해 물었다.

그게 다가 아니었다.

이철승 감독과의 인터뷰를 통해 태식과 박순길 단장의 사이가 껄끄러웠다는 이야기를 듣고 난 후, 릭 켄거닉 기자는 심원 패룻스의 단장인 박순길을 직접 찾아가서 인터뷰 요청을 했다.

더 놀라운 것은 박순길 단장이 릭 켄거닉의 인터뷰 요청에 응했다는 점이었다.

Q) 지난 시즌, 심원 패롯스 소속이었던 김태식 선수의 활약은 무척 뛰어났던 편이었다. 그런데 지난 시즌이 끝나고 난 후, 연봉 인상 폭은 크지 않았다. 내 생각에는 연봉 인상 폭이 크지 않았던 것이 김태식 선수가 메이저리그에 도전하게 되었던 계기 중 하나인 것 같다. 연봉 인상 폭을 크지 않게 책정했던 특별한 이유가 있는가?

A) 구단별로 연봉 책정의 기준이 있다. 김태식 선수가 지난 시즌에 우리 팀 선수로서 좋은 활약을 펼쳤지만, 겨우 한 시즌에 불과했다. 아니, 지난 시즌 중에 트레이드되었으니 심원 패롯스 소속 선수로 뛴 것은 한 시즌도 되지 않았다. 그리고 김태식 선수의 많은 나이도 고려 대상이었다.

Q) 그렇지만 김태식 선수는 메이저리그에 진출한 올 시즌에도 뛰어난 활약을 펼치고 있는 중이다. 너무 성급한 판단이라고 생각하지 않는가?

A) 내가 생각하는 인생은 선택의 연속이다. 당시에는 내가 옳다고 판단하는 쪽으로 선택을 했을 뿐이다.

Q) 메이저리그에서 뛰고 있는 김태식 선수의 활약상을 지켜보고 있는가?

A) 관심 있게 지켜보고 있다.

Q) 속이 쓰리지 않는가?

A) 물론… 속이 쓰릴 때도 있다.

Q) 그렇지만 샌디에이고 파드리스 팬들은 당신을 은인이라고

생각하고 있다. 이렇게 훌륭한 선수를 샌디에이고 파드리스로 보내주었으니까. 혹시 김태식 선수에게 따로 전할 말이 있는가?

A) 기왕 갔으니 국위 선양을 위해서라도 잘했으면 좋겠다.

박순길 단장은 태식의 선전을 바랐다.

그렇지만 태식은 감동을 받지 않았다.

그 말이 진심이 아니라는 것을 알고 있었으니까.

사람이란 쉽게 변하는 동물이 아니었다.

박순길 단장이 인터뷰에 응한 이유도 태식을 내친 것에 대해서 팬들을 납득시킬 변명을 하기 위해서였다.

그렇지만 릭 켄거닉은 순진하지 않았다.

여러 경로로 조사를 해서 태식이 부친상을 당했을 때, 박순길 단장 이하 심원 패롯스 프런트가 보인 무성의하기 짝이 없는 대응을 기사에 담았다.

또, 이것이 태식이 심원 패롯스를 떠나기로 결심한 결정적인 계기라는 추측을 덧붙이기도 했다.

어쨌든.

릭 켄거닉이 작성한 특별 기사의 반향은 컸다.

어려운 가정 형편 때문에 대학 진학을 과감히 포기하고 바로 프로에 진출했지만, 적응에 실패해서 주목받지 못했던 태식의 어린 시절 이야기.

저니맨의 대명사로서 이 팀, 저 팀을 옮겨 다니던 태식의 젊은 시절 이야기.

마경 스왈로우스 2군에서조차 주전 자리를 꿰차지 못하고 은퇴를 종용받았던 시절의 이야기.

트레이드를 통해 심원 패롯스로 이적한 후 극적인 반등에 성공했지만, 야구 선수로서 많은 나이와 박순길 단장과의 불화로 인해서 실력에 걸맞는 제대로 된 평가와 대우를 받지 못했던 이야기까지.

릭 켄거닉 기자는 치열한 취재를 바탕으로 태식의 인생을 담담하고 정확하게 서술했다. 그리고 거기서 끝이 아니었다.

메이저리그로 이적하는 과정도 자세하게 전했다.

월드 베이스볼 클래식에서의 빼어난 활약 덕분에 메이저리그의 여러 구단들의 관심이 있었고, 더 좋은 계약 조건을 제시한 구단이 있었음에도 불구하고 태식이 샌디에이고 파드리스를 선택한 이유.

릭 켄거닉 기자는 KBO 리그에서 저니맨으로 여러 팀을 전전했던 태식이 샌디에이고 파드리스의 프랜차이즈 스타가 되고 싶다는 욕심을 가졌기 때문이라고 분석했다.

또, 에이전트의 반대에도 불구하고 태식이 부진에 빠진 샌디에이고 파드리스를 위해서 대타자로 출전하겠다고 고집을 피웠다는 것도 기사 말미에 밝혔다.

하늘에서 뚝 떨어진 선수.

혜성처럼 메이저리그 무대에 등장한 태식에 대해 샌디에이고 파드리스의 팬들과 메이저리그 팬들이 갖고 있었던 생각이었다.

그렇지만 릭 켄거닉 기자의 기사가 나온 후, 팬들의 생각이 바뀌었다.

KBO 리그를 대표하는 저니맨의 대명사.

이 팀, 저 팀을 전전하며 오랫동안 KBO 리그에서 뛰었지만, 단 한 차례도 빛나지 못했던 선수.

그래서 팬들에게서 잊히고 은퇴까지 종용당했지만 마지막의 마지막까지 야구를 포기하지 않았던 선수.

그 덕분에 은퇴 기로에서 벗어나 극적으로 반등하면서 세계 최고의 무대인 메이저리그에 진출한 선수.

태식의 인생은 파란만장했다.

여러 굴곡이 많았지만, 끝까지 야구를 포기하지 않았던 태식의 인생사에 대해 알고 난 후 팬들의 사랑은 더욱 각별해졌다.

스토리!

데이비드 오가 단언했던 대로 태식이 가진 스토리가 샌디에이고 파드리스 팬들의 마음을 움직이는 데 성공했기 때문이다.

만약 그게 다였다면 반향은 크지 않았으리라.

그러나 세계 최고의 무대인 메이저리그에 도전장을 던진 태식이 선보이고 있는 활약은 눈부셨다.

명실공히 샌디에이고 파드리스의 에이스 역할을 할 뿐 아니라, 현재까지는 슈퍼스타라 불리는 클라이튼 커쇼나 메디슨 범거너와 비교하더라도 손색이 없는, 아니, 오히려 더 뛰어난 활약을 펼치고 있었다.

게다가 시즌 초반 어려움에 처한 샌디에이고 파드리스를 위해서 에이전트의 강한 반대에도 불구하고 자청해서 대타자로 출전했다는 것은 샌디에이고 파드리스 팬들의 마음을 사로잡는 데 결정적인 역할을 했다.

"무궁화 삼천리……."

지수가 가늘게 떨리는 목소리로 부르는 애국가가 이어지는 가운데 태식이 기립하고 있는 팻코 파크 관중들을 둘러보았다.

이들이 기립한 이유.

샌디에이고 파드리스 소속 선수로 활약하고 있는 태식에 대한 존경과 존중의 의미를 표현하는 것이었다.

"…길이 보전하세!"

마침내 지수가 부르는 애국가가 끝이 났다.

짝짝짝짝!

그 순간, 기립하고 있던 관중들이 일제히 박수를 쳤다.

훌륭한 가창력으로 애국가를 부른 지수와 샌디에이고 파드리스를 위해 열심히 뛰고 있는 태식.

오롯이 두 사람을 위해서 보내주는 수만 관중의 박수였다.

"잘했다!"

태식이 지수의 곁으로 다가가며 말했다.

"엄청 떨렸어요."

살짝 상기된 표정으로 지수가 엄살을 부렸다.

"전혀 안 떠는 것 같던데."

"아니에요. 엄청 떨렸어요. 이렇게 많은 사람들 앞에서 노래를 부른 것은… 이번이 처음이거든요."

"그랬어?"

"새삼 더 멋있어 보이는데요."

"누가? 내가?"

"네."

"갑자기 왜?"
"매일 이렇게 많은 사람들 앞에서 긴장하거나 기죽지 않고 경기를 펼치는 거잖아요. 오빠는 떨리거나 부담스럽지 않아요?"
"나도 사람인데 당연히 떨리지."
"그런데 어떻게 긴장하지 않아요?"
"즐기려고 노력하거든."
"즐긴다?"
"그래. 그러니까 너도 즐겨!"
태식이 지수와 함께 마운드로 걸어 올라갔다.
한국인의 날 행사를 맞아 시구는 지수가 맡았고, 그 시구를 태식이 받기로 되어 있었기 때문이다.
"예전 생각이 나네."
"저도요."
"많이 변했네. 나도, 그리고 너도."
"그러게요."
"그럼… 즐겨볼까?"
태식이 지수에게 공을 건네고 홈 플레이트로 향했다.
슈악!
지수가 힘껏 와인드업을 하며 시구를 마쳤다.
손을 흔들며 환하게 웃고 있는 지수를 보며 태식도 환하게 웃었다.
'멋진 날!'
오랫동안 기억에 남을 아주 멋진 날이 될 것 같다는 생각이 들었다. 그리고 좋은 기억만 남기기 위해서는 하나가 더 필요했다.

'이제 나만 잘하면 돼!'

1회 초, LA 다저스의 공격.

태식이 크게 숨을 고른 후 초구를 뿌렸다.

슈아악!

태식이 초구로 선택한 공은 바깥쪽 직구.

따악!

LA 다저스의 리드오프인 맷 테일러는 기다리지 않고 초구부터 과감하게 배트를 휘둘렀다.

1, 2루 간을 꿰뚫는 우전 안타를 허용한 태식이 고개를 돌렸다.

151㎞.

전광판에 찍혀 있는 구속을 확인한 태식이 작게 고개를 끄덕였다.

비록 LA 다저스의 리드오프인 맷 테일러에게 우전 안타를 허용했지만, 당혹스럽지는 않았다.

직구 구속은 평소와 다르지 않았고, 바깥쪽 꽉 찬 코스로 파고든 제구도 완벽했기 때문이다.

'잘 쳤어!'

이건 태식의 잘못이나 실수가 아니었다.

맷 테일러가 잘 공략한 것이었다.

무사 1루에서 타석에 들어선 것은 2번 타자 마이크 터너.

슈아악!

태식은 초구로 몸 쪽 직구를 던졌다.

따악!

그리고 마이크 터너 역시 과감하게 스윙했다.
이번에는 유격수의 키를 넘기는 좌전 안타가 터졌다.
'이번에도 잘 쳤어!'
태식이 고개를 갸웃했다.
구속도 제구도 나쁘지 않았음에도 불구하고, 마이크 터너에게 또 한 번 안타를 허용한 것이었다.
'괜찮아!'
태식이 스스로를 다독이면서 3번 타자 코레이 시거를 상대했다.
슈악!
코레이 시거를 상대로 던진 초구는 슬라이더였다. 그리고 코레이 시거는 앞선 두 타자와 달랐다.
초구부터 과감하게 공략하지 않고 그냥 지켜보았다.
"볼!"
태식과 코레이 시거의 승부는 풀카운트까지 이어졌다.
슈아악!
풀카운트에서 태식이 선택한 결정구는 너클볼이었다.
딱!
예상대로 코레이 시거는 배트 중심에 공을 맞추지 못했다. 배트 상단에 맞은 타구는 살짝 떠올랐다.
내야플라이가 될 거라 예상했는데.
타구는 태식의 예상보다 더 멀리 뻗었다.
2루수의 키를 넘기고 떨어지는 행운의 안타가 됐다.
타다닷.
그리고 2루 주자였던 맷 테일러는 빠른 타구 판단으로 홈까지 파고들었고, 1루 주자였던 마이크 터너도 3루에 안착했다.

0 : 1.

선취점을 허용한 순간, 태식이 입술을 깨물었다.

지수가 찾아와서 경기를 보고 있었다. 또, 마이크 프록터 단장이 초청한 한국의 유소년 야구 선수들도 경기장을 찾아와 있었다.

그래서 더 잘 던지는 모습을 보여주고 싶었는데.

경기는 태식의 뜻대로 풀리지 않았다.

경기 초반부터 3연속 안타를 허용하면서 선취점을 내줬으니까.

게다가 아직 끝이 아니었다.

슈악!

4번 타자 코스비 벨린저를 상대로 원 볼 투 스트라이크에서 던진 몸 쪽 공은 깊었다.

퍽!

'최악!'

코스비 벨린저에게 사구를 허용한 순간 태식의 머릿속에 깃든 생각이었다.

그리고 태식은 무사 만루의 절체절명의 위기에 처했다.

6. 공이 떠요

경기가 마음먹은 대로 풀리지 않기 때문일까.

고개를 갸웃하고 있는 김태식의 모습을 지켜보던 지수가 두 손을 모았다.

"오빠!"

지수가 한숨을 내쉬었다.

1회 초부터 선취점을 허용한 데다가, 단 하나의 아웃 카운트도 잡아내지 못한 채 무사 만루의 위기에 몰려 있는 김태식의 모습은 무척 낯설었다.

샌디에이고 파드리스에 입단한 후, 이렇게 흔들리는 모습을 보이는 것이 처음이었기 때문이다.

팻코 파크를 찾은 홈 관중들도 예상치 못한 김태식의 초반 부진한 투구로 인해 술렁이기 시작한 순간, 지수의 마음이 무거워졌다.

상황이 이렇게 된 것이 꼭 자신 탓인 것 같아서였다.

'그냥 혼자 조용히 있다가 돌아갈걸 그랬어!'

시구자로 초청되어 샌디에이고로 날아왔을 때, 그냥 혼자 관광을 하고 호텔에서 지냈어야 했다는 후회가 들었다.

시구를 하는 당일 김태식과 잠깐 만나고 나서 다시 조용히 돌아갔어야 했는데.

김태식과 좀 더 많은 시간을 함께 보내고 싶다는 욕심을 자신이 부린 탓에 경기에 집중하지 못한다는 생각이 들었기 때문이다.

"내 탓이야!"

그래서 지수가 후회하고 있을 때였다.

"지수 씨 탓이 아니에요."

갑자기 들려온 목소리를 듣고 지수가 고개를 돌렸다. 그리고 송나영을 발견한 지수가 인사를 건넸다.

"송 기자님."

"지수 씨 탓이 아니니까 너무 자책하지 말아요."

송나영이 비어 있던 옆자리에 앉으며 위로했다.

"그렇지만……."

그러나 지수의 표정은 밝아지지 않았다.

여전히 김태식의 부진한 투구가 자신의 탓이라는 생각이 머릿속을 떠나지 않았기 때문이다.

"금세 경기 초반의 위기를 넘기고 원래 김태식 선수로 돌아갈 거예요. 그러니까 걱정할 것 없어요."

"어떻게 그렇게 확신하세요?"

"이래 봬도 제가 김태식 선수 전담 기자거든요."

"……?"

"그래서 김태식 선수의 경기는 그동안 많이 지켜봤어요. 아까도 말했듯이 금방 위기를 극복하고 최고의 모습을 되찾을 거예요."

"그렇다면 좋겠지만……."

"근거도 있어요."

"어떤 근거인가요?"

지수가 묻자 송나영이 확신에 찬 표정으로 대답했다.

"우선 경험이 풍부하거든요."

"경험?"

"경험이 많아서 금방 본인의 문제점을 찾을 수 있을 거예요. 그리고 문제점을 찾아내면 해결할 수 있는 능력도 갖추고 있고요. 그리고 또 다른 근거도 있어요."

"뭔가요?"

"버프!"

"버프요?"

버프라는 표현.

낯설지 않았다.

예전에 매니저가 썼던 표현이었기 때문이다.

"사랑의 버프까지 받았는데 이렇게 쉽게 무너지겠어요?"

송나영이 짓궂은 표정으로 말했다.

지수가 말귀를 알아듣고 두 뺨을 붉힌 순간, 송나영이 다시 입을 뗐다.

"아직 가장 결정적인 근거가 남아 있어요."

"그 근거가 뭔가요?"

송나영이 망설임 없이 대답했다.

"지금 마운드에 서 있는 것이… 다름 아닌 김태식 선수니까요."

따악!

무사 만루에서 타석에 등장한 작 피더슨의 스윙은 매서웠다.

배트 중심에 걸린 타구는 낮은 포물선을 그리며 뻗어나갔다.

'적시타!'

중견수 앞에 떨어지는 적시타를 얻어맞고 추가 실점까지 허용했다고 판단했던 태식이 두 눈을 빛냈다.

중견수인 미구엘 마못은 타구가 그라운드에 떨어질 때까지 기다리지 않았다.

배트에 공이 맞는 순간, 타구 판단을 마친 미구엘 마못이 맹렬하게 앞으로 대시하는 것이 보였다.

'잡을 수 있을까?'

노 바운드로 처리하기가 쉽지 않다는 생각이 들었다.

그리고 만약 공을 뒤로 빠뜨린다면?

1점을 내주는 데서 끝나지 않을 것이었다.

루상의 주자들이 모두 홈으로 들어오면서 경기가 급속도로 LA 다저스 쪽으로 기울어질 확률이 높았다.

그러나 이미 내친걸음이었다.

'잡아라!'

태식이 속으로 외친 순간, 전력 질주를 하며 앞으로 대시하던 미구엘 마못이 몸을 던지며 글러브를 쭉 내밀었다.

탁!

어려울 거라 예상했는데.

미구엘 마못이 앞으로 쭉 내민 글러브 속으로 작 피더슨의 잘 맞은 타구가 거짓말처럼 빨려 들어갔다.

대단한 호수비.

그리고 아직 끝이 아니었다.

미구엘 마못은 후속 동작도 빨랐다.

스프링처럼 벌떡 일어나며 지체 없이 홈으로 송구했다.

태그업을 시도했던 3루 주자 마이크 터너는 빠르고 정확한 송구가 포수에게로 향하는 것을 확인하고 다시 3루로 돌아갔다.

어렵사리 오늘 경기의 첫 아웃 카운트를 잡은 순간, 태식이 호수비를 펼친 미구엘 마못에게 손을 들어 감사를 표했다.

유니폼에 묻은 흙은 툭툭 털던 미구엘 마못은 태식과 시선이 마주쳤음에도 아무런 제스처도 취하지 않고 돌아섰다.

그렇지만 서운하지는 않았다.

미구엘 마못이 멋쩍게 웃는 것을 확인했기 때문이다.

원래 미구엘 마못의 성격이 내성적인 편임을 알기에 그 반응을 확인하고 희미하게 웃던 태식이 이내 표정을 굳혔다.

미구엘 마못의 호수비 덕분에 추가 실점 위기를 넘겼지만, 작 피더슨의 타구도 배트 중심에 걸린 잘 맞은 타구였기 때문이다.

'왜… 이렇게 맞아 나가는 거지?'

태식이 답을 찾지 못해서 고민하고 있을 때였다.

이안 드레이크가 마운드 위로 걸어 올라왔다.

'흐름을 끊기 위해서 올라오는군!'

이안 드레이크가 마운드를 방문하는 이유가 흐름을 끊기 위함이라고 판단했을 때였다.

"공이 떠요."

그가 불쑥 꺼낸 말을 들은 태식이 의아한 시선을 던졌다.

비록 정타가 계속 나오긴 했지만, 제구는 잘되고 있다고 판단했다.

그런데 배터리로 호흡을 맞추고 있는 이안 드레이크의 판단은 달랐다.

'정말… 일까?'

태식이 고민에 잠겼다.

이안 드레이크는 젊은 포수였다.

당연히 포수로서 경험도 많지 않았다.

그런 만큼 그가 착각했을 가능성도 충분했다.

그렇지만 태식은 이안 드레이크의 충고를 흘려듣지 않았다.

'수비력은 갖췄어. 그리고 신중한 성격이고.'

태식이 겪고 경험했던 이안 드레이크의 성격은 무척 신중한 편이었다.

그는 공이 뜬다는 충고를 건네기 위해서 마운드에 오르기 전에 무척 많이 고민했을 것이다.

그런 그가 장고 끝에 마운드에 올라와서 이런 충고를 던진 데는 확신이 있기 때문일 터였다.

"언제부터 공이 떴지?"
"코레이 시거를 상대할 때부터요."
"처음부터가 아니고?"
"네."
"일단… 알겠어!"
태식이 고개를 끄덕였지만, 이안 드레이크는 포수석으로 돌아가지 않았다.
"왜? 아직 더 할 말 있어?"
"너클볼 던져도 괜찮습니다."
"응?"
"몸을 던져서라도 막겠습니다."
이안 드레이크가 비장한 표정으로 덧붙였다.
루상에 주자가 꽉 차 있는 상황.
유인구를 던지다가 자칫 공이 뒤로 빠지기라도 한다면 추가 실점을 허용하는 상황이었다. 그래서 태식이 유인구를 던지는 것에 부담감을 느낄 것을 우려해서 이안 드레이크가 먼저 말한 것이었다.
"알았다. 그리고… 고맙다."
"오히려 제가 고맙죠."
"응?"
"덕분에 요새 타격이 조금씩 살아나고 있으니까요."
이안 드레이크가 웃으며 말했다. 그리고 말을 마쳤음에도 이안 드레이크는 마운드 위를 떠나지 않았다.
혹시 아직 할 말이 더 남았나 하는 생각에 태식이 빤히 바라보았지만, 이안 드레이크는 입을 꾹 다물고 있었다.

잠시 뒤, 태식의 시선을 느낀 이안 드레이크가 작게 말했다.

"신경 쓰지 마세요."

"응?"

"생각할 시간이 필요할 것 같아서 그냥 서 있는 겁니다."

그제야 이안 드레이크가 떠나지 않고 마운드 위에 서 있는 이유를 알아챈 태식이 쓰게 웃었다.

이안 드레이크의 말대로였다.

태식에게는 생각할 시간이 필요했다. 그리고 이안 드레이크가 시간을 벌어주는 사이, 태식이 고민에 잠겼다.

'아까 생각이 맞았어. 맷 테일러와 마이크 터너는 내 공을 잘 공략한 거야. 아마… 볼 배합을 예상했을 거야."

어느덧 올 시즌 전반기가 막바지로 치달아가고 있었다. 그리고 태식은 그 동안 열 차례가 넘게 선발투수로 등판했다.

그때마다 태식의 초반 볼 배합은 비슷했다.

주심의 스트라이크존 너비를 확인하기 위해서 바깥쪽과 몸쪽 공을 높낮이를 달리하며 번갈아 던졌다.

패턴이 반복되었으니 읽혔을 것이었고, 맷 테일러와 마이크 터너는 그 부분을 간파해서 공략한 것이었다.

'코레이 시거를 상대할 때부터 공이 떴다고 했어!'

이안 드레이크의 지적이 정확하다면, 분명히 어떤 이유가 있을 터였다. 당시의 기억을 떠올리기 위해 태식이 애쓸 때였다.

"이제 가야겠네요."

주심이 어서 경기를 재개하라고 재촉했다.

더 버티지 못하고 이안 드레이크가 마운드를 내려갔다. 그렇지만 그는 자신이 해야 할 일을 잊지 않았다.

"제가 최대한 시간을 벌어볼게요."

이안 드레이크는 마지막까지 시간을 벌기 위해 최선을 다했다.

일단 최대한 천천히 걸어서 홈 플레이트 쪽으로 향했다. 그리고 주심에게 뭔가 이야기를 하더니 더그아웃으로 돌아갔다.

'미트 교체!'

포수 미트를 교체한다는 핑계를 대며 이안 드레이크가 더그아웃으로 향한 것이었다. 그리고 더그아웃으로 걸어갈 때도 이안 드레이크는 서두르지 않았다.

최대한 천천히 걸음을 옮겼다.

덕분에 시간을 번 태식이 코레이 시거와의 승부를 떠올렸다.

투 볼 투 스트라이크 상황에서 코레이 시거를 상대로 태식이 던졌던 회심의 직구는 바깥쪽 꽉 찬 코스를 통과했다.

그렇지만 주심은 스트라이크 선언을 하지 않았다.

그로 인해 풀카운트로 바뀐 순간, 태식은 화가 났었다.

스트라이크라고 판단한 공을 주심이 잡아주지 않았으니까.

'그래서… 몸에 힘이 들어갔어!'

풀카운트에서 코레이 시거를 상대로 던졌던 공은 너클볼.

코레이 시거는 배트 중심에 공을 맞추지 못했다.

배트 상단에 맞은 타구는 살짝 떠올랐고, 태식은 내야플라이가 될 거라 예상했다. 그러나 타구는 예상보다 멀리 뻗으며 텍사스 안타가 됐다.

'운이 없었어!'

당시에 태식은 그렇게 판단하고 무심코 넘겼다. 그렇지만 지금은 생각이 바뀌었다.

'높았어!'

너클볼이 높았기 때문에 빗맞았음에도 불구하고 타구가 예상보다 멀리 뻗어나갔던 것이다.

그리고 그게 끝이 아니었다.

코레이 시거에게 적시타를 얻어맞으며 선취점을 허용하고 나서, 태식은 초조해졌다.

한국인의 날 행사가 열리며 지수가 경기를 직접 지켜보고 있는 상황.

게다가 오늘은 두 자릿수 승수를 쌓을 수 있는 절호의 기회였다.

그래서 더 잘하고 싶었는데.

경기가 뜻대로 풀리지 않자 초조해졌고, 더 빠른 볼을 던져야 한다는 강박관념에 사로잡혀서 몸에 더욱 힘이 들어갔다.

이것이 코스비 벨린저에게 사구를 허용하고, 작 피더슨을 상대할 때도 공이 높게 형성되면서 안타성 타구를 허용한 이유였다.

'욕심을 버리자!'

다른 경기들보다 더 잘하고 싶다는 욕심이 문제였다. 그러다 보니 자꾸 몸에 힘이 들어가며 제구가 뜻대로 되지 않은 것이었다.

'몸에 힘을 빼자!'

더 늦기 전에 문제점을 알아낸 것이 그나마 다행이었다.
'자, 다시 시작해 보자!'
툭.
로진백을 떨군 태식이 와인드업을 했다.
슈아악!
6번 타자 체이스 어틀리를 상대로 태식이 선택한 초구는 몸쪽 직구였다.
타자의 무릎 높이로 낮게 제구된 직구가 포수의 미트로 파고든 순간, 체이스 어틀리가 움찔하며 뒤로 물러났다.
"스트라이크!"
주심이 스트라이크를 선언한 순간, 체이스 어틀리가 불만을 표출했다.
너무 깊었다. 그리고 낮았다.
이렇게 판단했기 때문에 주심의 판정에 불만을 품은 것이었다.
그러나 주심의 판정은 바뀌지 않았다. 그리고 태식은 주심과 신경전을 벌이는 체이스 어틀리를 살피는 대신, 이안 드레이크를 바라보았다.
만족스러운 걸까.
고개를 힘껏 끄덕이며 공을 돌려준 이안 드레이크가 엄지를 추켜올렸다.
'돌아왔다!'
이안 드레이크가 엄지를 추켜올리는 제스처에 담긴 의미.
몸에서 힘을 뺀 덕분에 다시 예전의 공으로 돌아왔다는 뜻이었다.

슈악!

2구째는 커브.

낙차 큰 커브가 스트라이크존을 통과했다.

직구에 대비하고 있었던 체이스 어틀리는 배트를 내밀지 못했다.

노 볼 투 스트라이크.

유리한 볼카운트에서 태식이 선택한 구종.

너클볼이었다.

공을 뒤로 빠뜨리지 않기 위해서 잔뜩 긴장하고 있는 이안 드레이크를 향해 태식이 너클볼을 던졌다.

슈악!

한가운데로 날아드는 너클볼을 확인한 체이스 어틀리가 힘껏 배트를 휘둘렀다.

딱!

그러나 궤적 변화가 심한 너클볼을 제대로 공략하는 데는 실패했다.

배트 하단에 맞은 타구는 2루수 앞으로 굴러갔다.

'됐다!'

앞으로 전진하면서 타구를 잡아낸 2루수가 재빨리 베이스 커버를 들어온 유격수에게 송구했다.

송구를 받은 유격수도 베이스를 스치듯 터치한 후 지체 없이 1루로 송구했다.

"아웃!"

체이스 어틀리가 전력 질주 했지만, 1루심은 간발의 차로 아웃을 선언했다.

공수 교대.

태식은 깔끔한 병살타를 유도해 내면서 1사 만루의 위기에서 벗어났다.

3회 말, 샌디에이고 파드리스의 공격은 7번 타자 미구엘 마못부터 시작이었다.

슈아악!

"스트라이크!"

몸 쪽 꽉 찬 코스로 파고든 알렉스 우즈의 직구를 확인한 태식이 내심 감탄했다.

2m에 육박할 정도로 알렉스 우즈는 장신이었다. 그리고 좌완 오버핸드스로 유형인 알렉스 우즈가 던진 공은 타자의 무릎 근처로 낮게 제구가 되면서 홈 플레이트를 통과했다.

구속은 154㎞.

설령 몸 쪽 직구를 던질 것을 예상했다 하더라도 타자가 좋은 타구를 만들어내기 힘들 정도로 알렉스 우즈의 구위는 위력적이었다.

올 시즌 벌써 7승을 거두면서 팀의 에이스인 클라이튼 커쇼에 못지않은 활약을 펼치는 데는 그만한 이유가 있었다.

'구속이 더 올라갔어!'

팔꿈치 부상을 당하기 전, 알렉스 우즈의 직구 평균 구속은 140㎞대 후반이었다.

그런데 팔꿈치 인대 접합 수술을 마치고 돌아온 알렉스 우즈의 직구 평균 구속은 150㎞대 중반이었다.

약 5㎞가량 직구 평균 구속이 상승해 있었다.

실제로 팔꿈치 인대 접합 수술을 마치고 돌아온 후, 오히려 구속이 상승하는 경우가 종종 존재했다.

알렉스 우즈 역시 그런 케이스들 가운데 하나일 거라고 태식이 판단했을 때였다.

슈아악!

알렉스 우즈가 2구를 던졌다.

2구 역시 몸 쪽 직구.

딱.

몸 쪽 직구가 들어올 것을 예상했다는 듯 미구엘 마못이 힘차게 스윙했다. 그러나 미구엘 마못의 타구는 파울 라인을 벗어나 더그아웃 쪽으로 향했다.

'늦어. 그리고 제구가 완벽에 가까워!'

아까 예상대로였다.

수 싸움에 성공했음에도 미구엘 마못은 안타를 만들어내지 못했다.

후우.

알렉스 우즈의 공을 공략하는 것이 쉽지 않음을 느꼈기 때문일까.

미구엘 마못이 한숨을 내쉬며 다시 타석으로 돌아왔다.

그렇지만 그는 쉽게 물러나지 않았다.

유인구는 잘 참아냈고, 스트라이크존을 통과하는 공은 필사적으로 커트해 냈다.

어느덧 9구째까지 이어진 승부.

슈아악!

부웅!

10구째 승부 끝에 미구엘 마못은 삼진으로 물러났다.

아쉬운 기색으로 더그아웃으로 돌아오던 미구엘 마못의 시선이 대기 타석으로 걸어 나가고 있던 태식과 마주쳤다.

"초반에는 공략하기 힘들 것 같아요!"

미구엘 마못이 건넨 말을 들은 태식이 두 눈을 빛냈다.

최근 타격감이 상승세인 미구엘 마못이 알렉스 우즈의 공을 상대하고 난 후 꺼내놓은 감상평이었다.

"그 정도로 구위가 좋아?"

"직접 겪어보면 알 수 있겠지만, 내 생각엔 그래요."

"그럼……?"

"아무래도 후반에 승부를 거는 게 좋을 것 같아요!"

'후반에 승부를 걸자?'

미구엘 마못이 던진 말을 태식이 되뇌고 있을 때, 8번 타자 이안 드레이크는 범타로 물러났다.

2사 주자 없는 상황에서 태식이 타석으로 들어섰다.

0 : 1.

샌디에이고 파드리스가 한 점차로 뒤진 채 경기는 6회 말로 접어들었다.

1회에 선취점을 허용하면서 큰 위기에 처했던 태식은 그 후에는 별다른 위기 없이 마운드를 지켰다.

그렇지만 샌디에이고 파드리스 타선은 알렉스 우즈의 호투에 눌려서 전혀 득점 찬스를 만들어내지 못했다.

퍼펙트게임.

알렉스 우즈는 5회까지 안타는 물론이고, 볼넷도 허용하지 않는 완벽한 피칭을 펼치고 있었다.

태식 역시 첫 타석에서 범타로 물러났다.

"안타가 될 줄 알았었는데!"

알렉스 우즈를 상대했던 첫 타석을 떠올리던 태식이 아쉬운 기색을 드러냈다.

수 싸움에는 성공했다.

바깥쪽 커브가 들어올 것을 예상했고, 그 예상은 적중했다. 그렇지만 배트 중심에 공을 맞추지 못했다.

배트 하단에 비껴 맞은 타구는 2루수 앞으로 굴러가는 평범한 땅볼이 됐다.

"아무래도 후반에 승부를 거는 게 좋을 것 같아요!"

알렉스 우즈의 공을 상대한 후, 미구엘 마못이 건넸던 말의 의미를 태식은 이해할 수 있었다.

단순히 구위가 뛰어난 것이 다가 아니었다.

제구도 완벽했다.

'투구 폼이… 바뀌었어!'

알렉스 우즈에 대한 태식의 생각이 바뀌었다.

팔꿈치 인대 접합 수술 후에 알렉스 우즈의 평균 직구 구속이 상승한 이유는 수술의 영향이 아니라, 투구 폼이 변했기 때문이다.

'팔의 각도가 높아졌어!'

부상 이전에 비해 알렉스 우즈는 팔의 스윙 각도가 달라져 있었다.

팔을 스윙하는 각도가 높아지면서 공을 손에서 놓는 릴리스 포인트의 위치도 자연스레 높아졌다.

이것이 알렉스 우즈의 직구 평균 구속이 증가한 진짜 이유.

그리고 구속만 증가한 것이 아니었다.

유인구의 위력도 더욱 좋아졌다.

특히 커브의 낙차가 더욱 커지면서 위력이 배가됐다.

'이거였어!'

알렉스 우즈가 부상에서 복귀한 올 시즌에 이전과 전혀 다른 투수처럼 느껴질 정도로 뛰어난 활약을 펼치는 이유.

바로 여기에 있었다.

"하지만… 약점이 없는 것은 아냐!"

슈아악!

6회 말의 선두 타자인 미구엘 마못을 상대하는 알렉스 우즈의 투구를 지켜보던 태식이 혼잣말을 꺼냈다.

153㎞.

전광판에 찍혀 있는 직구의 구속.

경기의 초반과 비교해 크게 다르지 않았다.

그렇지만 태식이 주목한 것은 다른 것이었다.

79개.

어느덧 80개에 육박해 있는 알렉스 우즈의 투구 수를 확인한 태식이 LA 다저스의 더그아웃을 살폈다.

투수 왕국.

LA 다저스 팀 앞에 따라붙는 수식어였다.

작년 사이영상 수상자인 특급 에이스 클라이튼 커쇼를 필두로 수준급 선발투수들이 즐비한 LA 다저스의 선발투수진은 메이저리그에서도 최강이라는 평가를 받고 있었다.

그리고 부상에서 복귀한 알렉스 우즈 역시 LA 다저스의 막강 선발진의 한 축으로 활약하고 있었다.

그렇지만 알렉스 우즈의 올 시즌 최대 투구 수는 102개에 불과했다.

평균 투구 수는 90개 언저리.

부상에서 복귀한 알렉스 우즈의 투구 수를 벤치에서 철저하게 관리해 주는 것이 첫 번째 이유.

또 하나의 이유는 LA 다저스의 벤치 역시 알렉스 우즈의 투구 수가 80개를 넘어가면 구위가 감소한다는 사실을 간파하고 있었기 때문이다.

'교체 시점이 언제일까?'

이것이 태식이 LA 다저스 더그아웃을 유심히 살핀 이유였다.

'미구엘 마못과의 승부에 따라 달라질 거야.'

어느덧 풀카운트까지 이어진 승부.

슈악!

딱!

미구엘 마못이 알렉스 우즈의 커브를 노려 쳤다.

그렇지만 정타는 되지 못했다.

배트 상단에 맞은 타구는 높이 떠올랐지만, 멀리 뻗지는 못했다.

좌익수가 여유 있게 타구를 잡아내면서 알렉스 우즈는 6회 말의 첫 번째 아웃 카운트를 잡아냈다.

방금 전, 자신의 타격이 마음에 들지 않아서일까.

미구엘 마못이 고개를 갸웃하면서 더그아웃으로 돌아왔다.

그 모습을 지켜보던 태식이 고개를 끄덕였다.

지금 미구엘 마못이 보이고 있는 반응.

아까와는 의미가 다르다는 것을 알아챘기 때문이다.

어쨌든.

태식이 판단하기에 미구엘 마못은 타석에서 자신의 소임을 다 했다.

비록 안타를 때려내지는 못했지만, 미구엘 마못은 두 차례 타석에서 모두 쉽게 물러나지 않았다.

첫 번째 타석에서는 10구 승부.

두 번째 타석에서는 6구 승부.

긴 승부를 펼치면서 알렉스 우즈의 투구 수를 최대한 늘렸다.

아까 본인의 이야기처럼 후반에 승부를 걸기 위해서 의식적으로 알렉스 우즈와 끈질긴 승부를 가져갔던 것이다.

그리고 하나 더.

아이러니하긴 하지만 미구엘 마못이 알렉스 우즈를 상대로 안타를 기록하지 못하고 범타로 물러난 것 역시 태식이 판단하기에는 다행이었다.

'교체는 없다!'

알렉스 우즈의 투구 수는 어느덧 80개가 훌쩍 넘어 있었다.

평소라면 LA 다저스의 벤치가 투수 교체를 염두에 두고 있을 터였다.

그러나 지금은 특별한 상황이었다.

알렉스 우즈가 5과 1/3이닝 동안 퍼펙트게임 행진을 이어나가고 있었기 때문이다.

완벽에 가까운 투구를 펼치고 있는 중이니, 지금 시점에 투수 교체를 감행하기는 어려웠다.

퍽!

그리고 변수가 발생했다.

이안 드레이크가 알렉스 우즈와의 대결 중에 사구를 맞은 것이었다.

알렉스 우즈가 던진 몸 쪽 직구는 깊었고, 이안 드레이크는 공을 피하기 위해 물러나지 않았다.

이를 악문 채로 버티고 서 있다가 허벅지에 공을 맞고 1루로 걸어 나갔다.

'됐다!'

대기 타석에 서 있던 태식이 두 눈을 빛냈다.

'최상의 결과!'

이안 드레이크가 사구를 맞고 출루한 것.

결과적으로는 최고의 상황이라는 생각이 퍼뜩 들었다.

이안 드레이크에게 사구를 허용하면서 알렉스 우즈의 퍼펙트 게임 행진은 끝이 났다.

그렇지만 아직 안타를 허용한 것은 아니었다.

노히트노런 기록은 깨지지 않은 상태였다.

또, 노히트노런이란 대기록 달성의 여지가 남은 상황인데 알렉스 우즈를 교체하는 선택을 내리기는 여전히 어려웠다.

예상대로 LA 다저스 벤치는 움직이지 않았다.

1사 1루 상황에서 태식이 오늘 경기 두 번째 타석에 들어섰다.

'이중고!'

천천히 타석으로 걸어 들어가던 태식이 떠올린 단어였다.

노히트노런 행진을 이어가고 있는 알렉스 우즈는 지금 두 가지 어려움을 동시에 맞이하고 있음이 분명했다.

우선 투구 시에 힘이 들어갔다.

오늘 경기에서 완벽에 가까운 제구를 선보이던 알렉스 우즈가 이안 드레이크에게 갑자기 제구 난조를 드러내며 사구를 허용한 것.

이것에 몸에 힘이 들어갔다는 증거였다.

그리고.

알렉스 우즈가 갑자기 몸에 힘이 들어가면서 투구 밸런스가 무너진 이유는 능히 짐작이 갔다.

'퍼펙트게임을 의식했어!'

마운드에서 기록에 신경 쓰지 않으려고 애쓴다 해도 그게 마음먹은 대로 되는 법이 아니었다.

5이닝까지 퍼펙트게임을 이어온 데다가, 6회 말에도 그는 첫 단추를 잘 꿰었다.

6회 말의 첫 타자이자 오늘 경기에서 가장 끈질기게 알렉스 우즈를 괴롭혔던 미구엘 마못을 풀카운트 승부 끝에 범타를 유도한 순간, 그는 무의식중에 퍼펙트게임에 대한 욕심이 생겼으리라.

또 하나의 어려움은 알렉스 우즈의 투구 폼이 변했다는 점이었다.

태식이 대기 타석에서 유심히 지켜보았던 알렉스 우즈의 투구 폼은 경기 초반과는 달라져 있었다.

거의 귀까지 닿을 정도로 높았던 팔의 스윙 각도가 벌어지면서, 스윙의 궤적이 조금 아래로 처져 있었다.

7. 투수의 심리

'80개 언저리부터였어!'

알렉스 우즈의 투구 폼이 변한 시점.

투구 수가 80개 근처에 다다랐을 무렵부터였다. 그리고 아까 미구엘 마못이 외야플라이를 때린 후 고개를 갸웃한 이유도 여기에 있었다.

'커브의 궤적이 바뀐 거야!'

미구엘 마못은 알렉스 우즈의 커브를 노려 쳤다.

이미 첫 타석에서 알렉스 우즈와 끈질긴 승부를 펼친 덕분에 미구엘 마못은 커브의 궤적을 기억하고 있었을 터.

미구엘 마못은 두 번째 타석에서 그 기억을 바탕으로 스윙을 했을 것이다.

낙차가 무척 컸던 커브의 궤적을 떠올리면서 스윙을 했을 터였지만, 공은 배트 중심에 걸리지 않았다.

배트 상단에 맞으면서 높이 떠올랐다.

기억 속에 남아 있던 커브의 궤적에 맞춰 스윙을 했음에도 불구하고, 배트 중심에 맞지 않았던 이유.

커브의 궤적이 바뀌었기 때문이다.

이것이 미구엘 마못이 고개를 갸웃한 이유일 터.

그렇지만 태식은 이미 그 이유를 알아챈 후였다.

'몰라!'

크게 숨을 내쉰 후 타석에 들어선 태식이 1회 초의 기억을 떠올렸다.

오늘 경기 초반부터 잇따라 안타를 허용하면서 태식은 선취점을 내줬다.

또 대량 실점을 허용할 수도 있었던 절체절명의 위기에 처했었다.

당시의 태식은 무척 당황했었다.

또, 당시에 처했던 상황이 잘 이해가 가지 않았다.

'구위도 좋고, 제구도 괜찮다.'

이렇게 판단했는데 자꾸 LA 다저스 타자들에게 정타를 허용하는 이유를 알 수가 없었다.

"공이 떠요!"

만약 포수인 이안 드레이크가 제때 마운드에 방문해서 공이 뜬다는 것을 지적해 주지 않았다면?

태식은 이유조차 알지 못한 채 와르르 무너졌을 가능성이 높았다.

그리고 투수라서 눈치챌 수 있었다.

지금 마운드에 서 있는 알렉스 우즈 역시 자신에게 닥쳐 있는 이중고에 대해 전혀 모른다는 사실을.

슈아악!

알렉스 우즈가 초구를 던졌다.

그의 선택은 바깥쪽 직구.

"볼!"

그러나 스트라이크존을 크게 벗어나면서 볼로 선언됐다.

152㎞.

전광판에 찍혀 있는 직구의 구속이었다.

여전히 경기 초반에 기록한 직구의 구속과 크게 다르지 않았다. 그러나 경기 초반과 달리 제구가 뜻대로 되지 않는다는 것이 알렉스 우즈의 몸에 힘이 들어가면서 투구 폼이 흐트러졌다는 증거였다.

그 순간, 태식이 재빨리 LA 다저스의 더그아웃을 살폈다.

여전히 아무런 움직임이 없다는 것을 확인한 태식이 포수의 기척을 살폈다.

LA 다저스의 포수인 야스만 그랜달은 이안 드레이크와 달랐다.

알렉스 우즈의 투구 폼이 흐트러졌다는 것을 눈치채지 못했기 때문일까.

그는 타임을 요청하고 마운드를 방문하지 않았다.

'기회!'

태식이 배트를 고쳐 쥐었다.

'커브를… 던질 거야!'

알렉스 우즈가 오늘 경기에서 가장 자신 있게 구사한 두 구종은 직구와 커브.

그러나 태식을 상대로 초구로 던졌던 직구는 스트라이크존을 크게 벗어났다.

이게 다가 아니었다.

아까 오늘 경기 첫 출루를 허용했던 사구.

이안 드레이크를 맞췄던 공의 구종도 직구였다.

직구의 제구가 갑자기 뜻대로 되지 않는다는 사실을 알렉스 우즈도 알고 있는 상황.

스트라이크를 잡기 위해서 그는 2구째로 가장 자신 있는 구종인 커브를 던질 가능성이 높았다.

그리고 하나 더.

아까 오늘 경기에서 가장 까다로운 타자였던 미구엘 마못에게 범타를 유도했던 공도 커브였다.

또, 태식과 첫 맞대결에서 범타를 유도했던 구종 역시 커브.

알렉스 우즈는 커브를 던질 때 좋은 기억을 갖고 있었다.

그런 만큼 제구가 뜻대로 되지 않는 지금, 가장 좋았던 기억을 갖고 있는, 또 가장 자신 있는 공인 커브를 던질 게 분명했다.

'장점이네!'

투수의 심리를 완벽하게 이해하는 것.

이것이 투타 겸업을 하는 태식의 또 하나의 장점이었다.
'집중하자!'
태식이 승부에 집중하기 위해 노력했다.
슈악!
그런 태식의 예상은 적중했다.
알렉스 우즈가 커브를 던진 순간, 태식이 자신 있게 스윙을 가져갔다.
'낙차가 경기 초반에 비해 작다!'
알렉스 우즈의 팔의 스윙 궤적이 내려온 상황.
커브의 낙차도 첫 타석에 비해 작을 터였다.
그것을 계산하고 스윙한 태식의 배트에 공이 걸렸다.
따악!
배트를 움켜쥔 손바닥에 전해지는 울림.
무척 강렬했다.
'넘어갔다!'
맞는 순간, 태식은 홈런을 확신했다.
와아!
와아아!
팻코 파크를 꽉 채운 홈 관중들도 묵직한 타격음이 흘러나온 순간, 홈런이 될 것을 예감한 걸까.
거대한 함성이 일어난 순간, 태식이 배트를 던지고 1루로 뛰어나갔다.
그리고.
평소와는 달랐다.

와아! 관중석 곳곳에 걸려 있는 태극기가 펄럭이는 것을 확인한 순간, 태식의 가슴이 뜨겁게 달아올랐다.

'해냈다!'

태식이 고개를 돌렸다.

이미 지수가 경기를 관전하고 있는 위치를 알고 있는 상황.

벌떡 일어나서 마음껏 기뻐하고 있는 지수의 모습이 보인 순간, 태식이 손을 들어 그녀를 가리켰다.

"최상의 시나리오로군!"

김태식의 역전 투런 홈런이 터진 순간, 긴장한 채 경기를 지켜보던 마이크 프록터가 주먹을 불끈 움켜쥐었다.

나름 최선을 다해서 한국인의 날 행사를 마련했다.

김태식의 마음을 사로잡기 위해서였다.

그렇지만 막상 경기가 시작되고 난 후, 경기의 양상은 마이크 프록터가 원하던 방향으로 흐르지 않았다.

김태식이 경기 초반에 흔들리면서 선취점을 허용하고, 대량 실점을 허용할 위기에 처했을 때는 가슴이 철렁 내려앉았다.

그러나 김태식은 노련했다.

추가 실점 위기를 넘기고 빠르게 마운드에서 안정을 되찾았다.

그뿐이 아니었다.

'뭔가 해내지 않을까?'

김태식은 타석에 들어설 때마다 이런 기대감을 갖게 만들었다. 그리고 오늘도 기대치를 충족시켜 주었다.

중반까지 뒤지고 있던 경기를 단숨에 뒤집는 역전 투런 홈런을 터뜨렸으니까.

"더 극적이군!"

상황이 이렇게 되고 나니, 1회 초에 선취점을 허용한 것이 더 극적인 장면을 연출키 위해서 의도한 것이 아닐까 하는 생각이 들 정도였다.

"날 가리키는 건가?"

잠시 뒤, 마이크 프록터가 환하게 웃었다.

역전 투런 홈런을 터뜨리고 난 후, 1루로 달려 나가던 김태식이 손을 들어 어딘가를 가리키는 것이 보였다.

그 손이 가리키는 위치가 자신이 서 있는 쪽이었기 때문이다.

"내 마음이… 전해진 건가?"

그로 인해 살짝 들떴던 마이크 프록터는 이내 실망했다.

김태식이 손을 들어 가리키는 방향.

자신이 서 있는 곳이 아니었기 때문이다.

"저 아가씨로군!"

오늘 경기의 시구를 맡았던 지수라는 아가씨에게 김태식의 손끝이 향해 있음을 뒤늦게 알아챈 마이크 프록터가 두 눈을 빛냈다.

김태식은 세리머니에 인색한 편이었다.

완봉승을 거두거나, 극적인 역전 홈런을 터뜨렸을 때에도 감정을 크게 드러내지 않는 편이었는데.

오늘은 달랐다.

역전 투런 홈런을 터뜨린 후, 손을 들어서 지수라는 아가씨를 가리켜는 제스처를 취했다.

"보통 사이가 아닌가?"

그 제스처를 확인한 순간, 퍼뜩 그런 생각이 들었다.

"애인?"

마이크 프록터는 직감이 뛰어난 편이었다.

김태식의 제스처, 그리고 경기 전에 시구를 할 당시 두 사람이 서로를 바라보던 눈빛이 예사롭지 않았다는 것을 마이크 프록터는 놓치지 않았다.

"좋은… 정보를 얻었군!"

마이크 프록터의 입가로 희미한 미소가 번졌다.

현재 샌디에이고 파드리스의 단장인 마이크 프록터에게 가장 중요한 미션 가운데 하나는 김태식의 마음을 얻어 재계약을 성사시키는 것이었다. 그리고 지금 김태식의 마음을 사로잡는 데 도움이 될 수 있는 좋은 정보를 얻은 것 같았다.

"가수라고 했었나?"

지수라는 아가씨를 빤히 지켜보던 마이크 프록터가 고개를 흔들었다.

아직 경기가 끝나지 않은 상황.

경기가 끝날 때까지는 긴장의 끈을 놓을 수는 없었다.

"이대로 끝나면 최상인데!"

아직 남아 있는 비장의 패를 떠올리면서 마이크 프록터가 생각했다.

2 : 1.

알렉스 우즈를 강판시킨 태식의 투런 홈런이 터지면서 경기는 역전됐다.

그러나 아직 경기는 끝난 것이 아니었다.

LA 다저스에는 일발 장타를 갖춘 강타자들이 즐비했다.

한 점차의 리드는 언제든지 뒤집힐 수 있었다.

8회 초에도 마운드에 오른 태식은 선두 타자로 나선 4번 타자 코스비 벨린저를 상대했다.

장타를 의식한 태식은 경기 후반에 접어들면서 철저하게 바깥쪽 승부를 펼쳤다. 그리고 코스비 벨린저를 상대로도 마찬가지였다.

슈아악!

딱!

바깥쪽 낮은 직구에 코스비 벨린저가 스윙을 가져갔다.

'됐다!'

타이밍이 밀린 것을 확인했기에 태식이 안도하며 고개를 돌렸다.

평범한 외야플라이가 될 것이라 예상했는데.

좌익수는 펜스 근처까지 다가가서 타구를 잡아냈다.

코스비 벨린저에게 범타를 유도해서 8회 초의 첫 아웃 카운트를 잡아냈지만, 태식의 표정은 밝아지지 않았다.

오히려 고개를 갸웃했다.

'왜 이렇게 멀리 뻗었지?'

태식이 예상했던 것보다 코스비 벨린저가 때린 타구는 훨씬 멀리 뻗었다.

'힘이 떨어졌다?'

태식은 이내 그 이유를 찾아냈다.

112개.

1회 초에 대량 실점을 허용할 위기에 처하면서 태식의 투구 수는 평소보다 많이 늘어난 편이었다.

게다가 경기 내내 팽팽한 투수전이 펼쳐졌던 상황이라, 태식은 줄곧 전력투구를 했다.

그러다 보니 공에 힘이 떨어졌고, 그래서 코스비 벨린저가 때린 타구의 비거리가 예상보다 훨씬 늘어난 것이었다.

'더 신중하게 승부해야 해!'

공에 힘이 떨어진 상태이니, 장타를 의식하지 않을 수 없었다.

해서 태식이 더욱 제구에 신경을 썼다. 그렇지만 작 피더슨을 상대한 결과는 그리 좋지 않았다.

배터리의 볼 배합이 바깥쪽 승부 일변도라는 것을 간파한 작 피더슨의 스윙은 무척 날카로웠다.

따악!

작 피더슨이 깔끔한 중전 안타를 터뜨리며, 1사 1루로 상황이 바뀌었다.

후속 타자인 체이스 어틀리를 삼진으로 돌려세우며 8회 초의 두 번째 아웃 카운트를 잡아내는 데 성공했지만, 아직 안심하기는 일렀다.

2사 1루 상황에서 타석에 들어선 것이 야스엘 푸이그였기 때문이다.

'펀치력이 있어!'

야스엘 푸이그는 정교한 타격을 하는 교타자는 아니었다. 그렇지만 지난 시즌에 서른 개가 넘는 홈런을 터뜨렸고, 올 시즌에도 10개가 넘는 홈런을 기록했을 정도로 장타력을 갖추고 있었다.

슈악.

야스엘 푸이그를 상대로 태식이 던진 초구는 바깥쪽 슬라이더.

그러나 야스엘 푸이그는 스트라이크존을 통과하기 직전에 휘어져 나가는 슬라이더에 속지 않고 참아냈다.

그리고 2구째.

슈아악!

태식이 바깥쪽 직구를 던진 순간, 야스엘 푸이그가 기다렸다는 듯이 힘차게 스윙했다.

따악!

매서운 타격음이 흘러나온 순간, 태식이 고개를 돌려 타구의 궤적을 눈으로 좇았다.

야스엘 푸이그가 밀어 때린 타구는 우익선상 쪽으로 빠르게 날아갔다.

'만약 안쪽에 떨어진다면?'

1루 주자인 작 피더슨을 홈으로 불러들이기에 충분한 타구가 될 확률이 높았다. 그래서 긴장한 채 바라보던 태식이 이내 안도의 한숨을 내쉬었다.

"파울!"

타구가 간발의 차로 선상을 벗어나면서 파울이 선언됐기 때문이다.

'위험했어!'

태식이 심호흡을 하면서 로진백을 집어 든 순간, 이안 드레이크가 타임을 요청하고 마운드로 올라왔다.

"왜 또 올라왔어?"

"볼 배합을 바꿔볼까요?"

"응?"

"계속 바깥쪽 승부를 한다는 걸 눈치채고 타자들이 의도적으로 노리고 있어요."

"과감한 몸 쪽 승부를 하자?"

"네. 먹힐 것 같은데요."

"알았다!"

태식이 고개를 끄덕였다.

이안 드레이크의 말대로였다.

장타를 의식한 태식이 경기 후반에 접어든 후, 계속 바깥쪽 승부를 한다는 것을 LA 다저스 타자들은 간파한 상황이었다. 그래서 바깥쪽 공이 들어올 것을 예상하고 노리고 있는 상황이었다.

차라리 몸 쪽 승부를 펼쳐서 상대의 허를 찌르자는 이안 드레이크의 의견.

분명히 일리가 있었다.

슈아악!

태식이 몸 쪽 직구를 던진 순간이었다.

야스엘 푸이그가 다시 스윙을 가져갔다.

따악!

경쾌한 타격음이 흘러나온 순간, 태식의 표정이 굳어졌다.

'예상… 했다?'

야스엘 푸이그의 스윙은 거침이 없었다.

태식이 몸 쪽 직구를 던질 것이라는 확신을 갖고 있었기 때문이다.

'당했다!'

따악!

경쾌한 타격음이 흘러나온 순간, 태식이 떠올린 생각이었다.

아까 바깥쪽 직구를 던지며 승부하다가, 라인선상 근처에 떨어졌던 동점 적시타를 허용할 뻔했었다.

다행이 간발의 차로 라인선상을 벗어나면서 파울 타구가 됐지만, 하마터면 동점을 허용할 뻔했던 위협적인 상황이었다.

그 직후, 이안 드레이크가 타임을 요청하고 마운드를 방문했었다.

'읽혔어!'

계속 바깥쪽 승부를 펼친다는 것이 간파당한 상황이다. 차라리 몸 쪽 승부를 해서 타자의 의표를 찌르자.

아까 마운드 위에서 태식이 이안 드레이크와 나누었던 대화를 야스엘 푸이그가 간파했을 가능성이 높았다.

그래서 미리 몸 쪽 공을 대비하고 있었던 것이었고.

태식이 재빨리 고개를 돌렸다.

라인 드라이브성 타구는 3루 선상을 타고 날아갔다.

'빠졌다!'

타구를 판단한 태식의 표정이 굳어진 순간이었다.

3루수인 하비에르 게레로가 반사적으로 몸을 던지며 글러브를 쭉 내밀었다.

쇠붙이에 끌리는 자석처럼 하비에르 게레로의 글러브로 빨려 들어가는 타구를 확인한 태식이 주먹을 불끈 움켜쥐었다.

'만약 빠졌다면?'

2사 후인 만큼, 일찌감치 스타트를 끊은 1루 주자 작 피더슨은 홈으로 파고들었을 가능성이 높았다.

하마터면 동점을 허용할 뻔했던 위기를 하비에르 게레로가 그림 같은 호수비로 막아낸 것이었다.

공수 교대.

간신히 실점 위기를 넘긴 태식이 더그아웃 앞에서 하비에르 게레로를 기다렸다.

"고맙다."

태식이 인사한 순간, 하비에르 게레로가 씩 웃었다.

"더 집중했습니다."

"응?"

"한국인의 날 행사가 있는 날이니까."

그 말을 끝으로 하비에르 게레로가 더그아웃으로 먼저 들어갔다. 그리고 태식은 더그아웃으로 바로 들어가지 않고 관중석을 둘러보았다.

곳곳에 보이는 태극기, 그리고 긴장한 채 경기를 지켜보고 있는 지수와 한국의 유소년 야구 선수들이 보였다.

한국인의 날 행사를 맞아 경기장을 찾아온 많은 사람들이 태식을 지켜보고 있었다.

그래서 더 잘하고 싶었다.

또, 자연스레 완투에 대한 욕심이 생겼다.

8회 초가 끝난 시점인 현재까지 태식의 투구 수는 118개.

무리를 한다면 완투도 충분히 가능한 투구 수였다.

그렇지만 태식은 8회 초 수비를 마치고 돌아온 후, 생각이 바뀌었다.

'욕심을 버리자!'

태식이 결심을 굳히고 팀 셔우드 감독을 찾아갔다.

"감독님!"

태식이 다가갔음에도 팀 셔우드 감독은 놀라지 않았다.

마치 태식이 찾아올 것을 예상한 듯 보였다.

"무슨 말을 하려는지 알고 있다."

"네?"

"완투하겠다고 말하기 위해서 찾아온 거지?"

팀 셔우드 감독이 꺼낸 말을 들은 태식이 쓰게 웃었다.

그의 말 속에 숨어 있는 배려가 전해졌기 때문이다.

구단에서 마련한 한국인의 날 행사에 선발투수로 출전한 태식이 멋지게 완투승을 거두고 싶다는 욕심을 품었을 것.

팀 셔우드 감독은 그렇게 예상했다.

그래서 태식에게 부담을 주지 않고 기회를 주기 위해서 일부러 더 밝은 표정으로 말하는 것이었다.

그렇지만 태식은 고개를 흔들었다.

"반대입니다."

"반대… 라고?"

"네."

"그러니까… 완투를 욕심내지 않겠다는 뜻인가?"

"그렇습니다."

"왜?"

예상치 못했던 전개이기 때문일까.

팀 셔우드 감독이 의아한 시선을 던졌다.

"힘이 떨어졌습니다."

"한계란… 뜻인가?"

팀 셔우드 감독 역시 태식의 투구 수를 파악하고 있었다.

그래서일까.

그는 고개를 갸웃했다.

욕심을 부린다면 아직 한 이닝 정도는 충분히 더 던질 수 있지 않느냐?

이런 의미가 담긴 시선을 던지고 있었다.

"저도 욕심이 나는 것은 사실입니다."

"그런데?"

"너무 위험합니다."

"위험하다?"

"더 확실하게 승리할 수 있는 방법이 있으니까요."

8이닝 1실점.

승리투수 요건을 갖춘 상황에서 마운드에서 내려오고, 마무리 투수인 히스 벨을 투입하는 것.

태식이 위험부담을 감수하고 완투를 하는 것보다 더 확실하게 승리를 거둘 수 있는 방법이라는 것을 알고 있기에 팀 셔우드 감독도 고개를 끄덕였다.

"아쉽지 않나?"

"아쉽습니다. 그러나 팀이 승리하는 것이 더 중요합니다."

"그건 그렇지만……."

"여기까지 온 것. 팀 동료들이 최선을 다해주었기 때문입니다. 제 욕심 때문에 경기를 망치고 싶지 않습니다."

빈말이 아니었다.

오늘 경기에서 태식이 좋은 활약을 펼치긴 했지만, 여기까지 오기에는 팀 동료들의 도움이 컸다.

우선 이안 드레이크는 제때 마운드를 방문해서 태식의 문제를 지적해 주었다.

수비에서만 공을 세운 것이 아니었다.

어떻게든 찬스를 만들기 위해서 타석에서 이를 악물고 버티면서 사구를 얻어냈다.

다음으로 미구엘 마못은 비록 오늘 경기에서 안타를 기록하지는 못했지만, 알렉스 우즈를 상대로 끈질긴 승부를 펼쳤다.

그가 타석에서 쉽게 물러나지 않았던 덕분에 알렉스 우즈는 투구 수가 빠르게 늘어났던 것이다.

마지막으로 하비에르 게레로는 결정적인 호수비를 선보였다.

그의 호수비 덕분에 태식은 승리투수 요건을 지킬 수 있었다.

그런데 자신의 욕심 때문에 팀 동료들의 도움으로 만든 승리 기회를 허무하게 날리고 싶지 않은 것이었다.

"알았다."

팀 셔우드 감독도 수긍했다.

'잘 결정했다!'

오늘 경기를 마친 태식이 벤치에 걸터앉았다. 그리고 고개를 흔들며 못내 남는 아쉬움을 털어내기 위해 애썼다.

"스트라이크아웃!"

9회 초에 등판한 히스 벨은 최고의 투구를 펼쳤다.

세 명의 타자를 모두 삼진으로 돌려세우며 경기를 마무리했다.

최종 스코어 2 : 1.

샌디에이고 파드리스가 승리를 거두면서 김태식은 10승을 수확했다.

"나쁘지 않아!"

경기가 종료된 순간, 마이크 프록터의 입가로 희미한 웃음이 번졌다.

완투승을 거두기 위해서 김태식이 9회 초에 마운드에 올라오지 않은 것을 확인한 순간, 조금 아쉬움을 느끼기도 했다.

그러나 지금의 결과도 충분히 좋다는 생각이 들었다.

구단이 마련한 한국인의 날 행사에서 김태식은 승리투수가 되면서 10승을 거두었고, 샌디에이고 파드리스도 승리를 거두었다.

게다가 경기 MVP도 김태식의 차지였다.

'이 정도면?'

모양새가 나쁘지 않다는 생각이 들었다.

"이제… 비장의 패를 꺼낼 때가 됐군!"

마이크 프록터가 지체하지 않고 그라운드로 내려갔다. 그리고 미리 준비한 팻말을 양손에 들고 MVP로 선정되어서 인터뷰를 하고 있는 김태식의 곁으로 다가갔다.

"단장님!"

인터뷰를 하던 김태식이 자신을 발견하고 의아한 시선을 던졌다.

"전해줄 것이 있어서 찾아왔네."

"전해줄 것이요?"

"자, 받게."

"이게… 뭡니까?"

"직접 보게."

팻말에 적힌 내용을 살피던 김태식이 놀란 표정을 드러냈다.

"이건……."

"자네가 소아암에 걸려서 투병을 하고 있는 한국 아이들을 위해서, 꾸준히 기부를 하고 있다는 소식을 데이비드 오를 통해 들었네. 그래서 구단 측에서 준비했네."

마이크 프록터가 준비한 것.

기부 약정서였다.

1승당 2만 달러.

타점당 천 달러.

김태식이 승리와 타점을 추가할 때마다, 샌디에이고 파드리스 구단에서 한국의 환아를 지원하는 단체에 금액을 기부한다는 약정서.

취지가 좋기 때문에 구단 이미지도 상승될뿐더러, 김태식의 마음을 얻는 데 도움이 될 수 있다는 계산하에 마이크 프록터가 마련한 이벤트였다.

"어떤가?"

"…감사합니다."

전혀 예상치 못했기 때문일까.

김태식의 표정은 눈에 띄게 밝아져 있었다.

"이렇게 신경을 써주셔서 감사합니다. 소아암으로 투병하고 있는 아이들에게 큰 도움이 될 겁니다. 그런데……."

"그런데 뭔가?"

"언제부터 시작입니까?"

"응?"

"그러니까 소급 적용이 되느냐고 묻는 겁니다."

김태식이 던진 질문의 요지를 파악한 마이크 프록터가 웃었다.

"물론 소급 적용이 된다네."

김태식은 오늘 경기의 승리투수가 되면서 10승을 거두었다.

당연히 20만 달러를 기부할 것이고, 그간 기록한 타점 수에 일천 달러를 곱해서 기부를 할 것이다. 그리고 앞으로 승수를 추가하고, 타점을 올릴 때마다 계속 기부를 할 것이라고 밝히자, 김태식의 표정이 더욱 밝아졌다.

"앞으로 더 잘해야겠습니다."

"지금보다 더?"

"단장님의 속이 쓰리실 정도로 승수와 타점을 많이 쌓겠습니다."

김태식이 다부진 각오를 밝힌 순간, 마이크 프록터가 대답했다.

"오히려 내가 바라는 바이네."

"네?"

"그럼 샌디에이고 파드리스의 순위도 더 올라갈 거니까."

마이크 프록터가 호탕하게 웃은 순간, 김태식이 다시 입을 뗐다.

"너무 일찍 만족하시는 것이 아닙니까?"

"……?"

"기왕이면… 우승을 목표로 하시죠."

*　　　*　　　*

파란만장했던 전반기가 끝이 났다.

"나름… 성공적이었어!"

태식은 메이저리그 첫해 전반기에 거둔 성적에 만족했다.

전반기에만 무려 10승을 거두면서 기존의 메이저리그 특급 투수들에 못지않은 특급 활약을 펼쳤다.

게다가 태식은 타석에서도 맹활약을 했다.

이미 전반기 타격 성적만으로도 투수 부문 실버슬러거 상은 확보했다고 해도 과언이 아닐 정도의 활약이었다.

개인 성적만이 아니었다.

샌디에이고 파드리스의 성적도 나쁘지 않았다.

내셔널 리그 서부 지구 3위.

시즌 초반 극심한 부진을 딛고 콜로라도 로키스를 제치며 4위로 올라섰던 샌디에이고 파드리스는 전반기 종료 직전, 애리조나 다이아몬드 백스까지 추월하면서 서부 지구 3위로 전반기를 마감했다.

8연패에 빠지면서 최악의 시즌 출발을 했던 것을 감안하면 내셔널 리그 서부 지구 3위로 마감한 것은 놀라운 결과였다.

물론 선두권을 형성한 LA 다저스와 샌프란시스코 자이언츠와의 승차는 크게 벌어져 있었지만, 아직 시즌은 많이 남아 있었다.

지구 우승에 대한 희망의 끈을 놓기에는 일렀다.

"처음인가요?"

데이비드 오도 밝은 표정으로 물었다.

"뭐가요?"

"올스타전 출전이요."

"네, 처음입니다."

태식이 고개를 끄덕였다.

KBO 리그에서 뛸 때에는 단 한 번도 올스타전에 참가한 적이 없었다.

TV 중계를 통해서 올스타전을 지켜볼 때 무척 부러웠던 기억이 남아 있었는데.

메이저리그에 진출하고 난 후, 난생처음으로 올스타전에 출전하게 된 셈이었다.

‘별들의 전쟁’이라 불리고 있는 메이저리그 올스타전에는 당연히 수많은 야구팬들의 관심이 집중됐다.

당연히 야구팬들에게 강렬한 인상을 남길 수 있는 최고의 축제의 장이기도 했다.

“솔직히 말씀드리면 전혀 예상하지 못했습니다.”

“뭘요?”

“메이저리그 데뷔 시즌에 김태식 선수가 올스타전에 출전하게 될 줄은요.”

“저도 몰랐습니다.”

“네?”

태식이 웃으며 대답했다.

“올스타전 출전 말입니다. 덤으로 얻은 기회이니 편하게 즐기다가 올 생각입니다.”

8. 올스타전

별들의 전쟁인 메이저리그 올스타전.

아메리칸 리그와 내셔널 리그를 대표하는 선수들이 모두 출전해서 단 한 경기로 자웅을 겨뤘다.

아메리칸 리그 올스타 팀을 이끄는 수장은 보스턴 레드삭스의 감독인 알렉시스 코라.

내셔널 리그 올스타 팀을 이끄는 수장은 LA 다저스의 감독인 데이빗 로버츠.

태식은 내셔널 리그 올스타 팀의 일원으로 올스타전에 참여했다.

"내게… 출전 기회가 돌아올까?"

태식이 희미하게 웃었다.

클라이튼 커쇼, 메디슨 범거너, 저니 쿠에토, 잭 그랭키까지.

내셔널 리그 올스타 팀에 포함된 선발투수들의 면면은 화려했다.

태식이 마운드를 밟을 기회가 찾아오지 않을 가능성이 높았다. 그렇지만 태식은 개의치 않았다.

세계 최고의 선수들과 함께 어깨를 나란히 할 수 있다는 것만으로도 충분히 의미가 있었으니까.

축제의 장이기 때문일까.

그동안 경기에서 상대팀으로 만났던 선수들도 반갑게 태식에게 인사를 건네주었다.

그렇지만 경기가 본격적으로 시작되자 분위기는 급변했다.

양 팀의 선수들은 축제의 장이라는 표현이 무색하리만치 경기에 집중했다.

마치 정규 시즌을 치르는 것과 별반 다르지 않다는 생각이 들 정도였다.

"KBO 리그의 올스타전과는… 다르네."

예상과는 사뭇 다른 경기 분위기에 태식이 놀란 기색을 드러냈을 때였다.

"태식! 한 팀에서 뛰게 되어 영광이야."

누군가 이름을 부르는 것을 듣고 고개를 돌린 태식의 눈에 낯익은 선수가 다가와 있는 것이 보였다.

'클라이튼 커쇼?'

함께 메이저리그에서 뛰고 있었지만, 태식은 클라이튼 커쇼와 직접 이야기를 나눈 것이 처음이었다.

그저 먼발치에서 몇 차례 본 것이 전부였다.

그런데 인간계 최강 투수라고 불리우는 클라이튼 커쇼가 먼저 자신에게 다가와 인사를 건네고 있었다.

게다가 클라이튼 커쇼는 자신의 이름도 알고 있었다.

"날 알고 있나?"

"당연히 알고 있다."

"당연히?"

"올 시즌 사이영상의 강력한 라이벌이니까."

사이영상은 메이저리그 베이스볼에서 매년 각 리그의 최고 투수에게 수여하는 상이었다. 명예의 전당에 헌액된 투수인 사이영을 기리기 위해서 만들어진 상으로 미국 야구 기자 협회 기자들의 투표로 수상자가 선정됐다.

그렇지만 태식은 사이영상 수상에 관심이 없었다.

올 시즌은 메이저리그에서 적응하는 시즌이라고 판단했기 때문이다.

언젠가 메이저리그에 완벽하게 적응하고 난 후에 사이영상 수상에 도전하겠다고 생각하고 있었는데.

클라이튼 커쇼의 생각은 달랐다.

태식을 사이영상의 강력한 라이벌이라고 평가하고 있었다.

어쨌든.

'내가… 클라이튼 커쇼의 라이벌이다?'

전혀 예상치 못했던 상황이었다.

해서 처음에는 농담이 아닐까 생각했는데.

클라이튼 커쇼의 표정은 무척 진지했다.

"솔직히 말하면 올 시즌 실버슬러거 상도 내심 노리고 있었는데, 그건 태식 때문에 포기했다."

그가 덧붙인 말을 들은 태식이 픽 하고 웃었을 때였다.

"하나 궁금한 게 있다."

"뭐지?"

"너클볼."

"너클볼?"

"내게 그립을 알려줄 수 있나?"

"너클볼의 그립을 알려달라고?"

"왜? 어려운가?"

태식이 놀란 표정을 지었다.

지구 라이벌 팀의 선수인 태식에게 너클볼 그립에 대해 알려달라고 클라이튼 커쇼가 부탁했기 때문이 아니었다.

태식이 놀란 진짜 이유는 클라이튼 커쇼가 새로운 구종에 대해 배우고 싶어 했기 때문이다.

이미 완성형 투수라고 알려진 클라이튼 커쇼였는데.

그는 만족하지 않았다.

태식이 경기 중에 고비가 찾아올 때마다 결정구로 구사하고 있는 너클볼에 관심을 드러내며 익히고 싶어 했다.

'이게… 세계 최고의 투수구나!'

내심 감탄하고 있던 태식이 공을 손에 쥐었다.

"난 이런 식으로 그립을 잡아!"

태식이 알려주자, 클라이튼 커쇼가 두 눈을 빛냈다.

"내가 알던 방식과는 좀 다른데."

"아마 그럴 거야."

"이렇게 그립을 잡는 특별한 이유가 있나?"

클라이튼 커쇼가 진지하게 질문을 이어갔다.

태식도 굳이 감추려 들지 않고 이유를 알려주었다.

"KBO 리그에서 뛸 때, 우리 팀에 용병으로 뛰었던 외국인 투수에게 너클볼 그립을 배웠다. 그런데 그 외국인 투수와 똑같이 그립을 쥐고 던졌는데 제대로 너클볼이 구사가 되지 않았다."

"왜지?"

"고민해 봤는데 내 손이 작아서였어."

"손의 크기가 달랐다?"

"맞아. 그래서 내 손의 크기에 맞는 방식을 찾으려고 여러 방식으로 그립을 달리해 봤는데 이게 가장 맞더라고."

"그렇군."

태식의 대답에 만족한 듯 클라이튼 커쇼가 고개를 끄덕였다. 그리고 궁금증을 해소했음에도 그는 떠나지 않았다.

"혹시 내게 궁금한 건 없나?"

"하나 있어."

"뭐지?"

"커브의 그립이 궁금해!"

명실공히 세계 최고의 커브라고 알려져 있는 클라이튼 커쇼의 커브였다. 그래서 태식이 질문을 던지자, 클라이튼 커쇼는 선뜻 그립을 잡았다.

'뭐가 다를까?'

태식이 클라이튼 커쇼가 잡은 그립을 유심히 살폈다.

"보다시피 그립은 특별한 게 없어."

"그런데 왜 그렇게 위력적인 거지?"
"음, 다른 점은 공을 놓는 포인트야!"
"릴리스 포인트?"
태식이 다시 묻자, 클라이튼 커쇼가 고개를 끄덕였다.
"커브를 구사할 때 의식적으로 차별화를 두려고 해."
"무슨 뜻이지?"
"릴리스 포인트를 다르게 가져가려고 한다는 뜻이야."
이번에는 태식이 고개를 끄덕였다.
클라이튼 커쇼가 구사하는 커브에 숨은 비밀을 어느 정도 간파할 수 있었기 때문이다. 그리고 거기서 끝이 아니었다.
'어쩌면… 실전에서 응용할 수 있지 않을까?'
태식이 두 눈을 빛냈다.
—야구 선수로서는 황혼기에 접어들었다.
세간에서 이런 평가를 받고 있는 나이였지만, 태식이 판단하기에 자신의 야구는 이제부터 본격적인 시작이었다.
앞으로도 오랫동안 야구를 할 생각이었다.
그러니 더 많은 것을 배우고 또 익히고 싶었다.
그런 면에서 클라이튼 커쇼와의 대화 중에 퍼뜩 떠올린 부분은 연습을 통해서 익혀볼 가치가 충분했다.
"그런데 아까 왜 놀란 표정을 짓고 있었어?"
그때, 클라이튼 커쇼가 화제를 돌렸다.
"분위기 때문에 놀랐어."
"분위기?"
"예상보다 승부에 치열하게 임하는 것 같아서."

"아하! 그건 양대 리그의 자존심이 걸려 있기 때문이야."

"양대 리그의 자존심?"

"기왕이면 이겨서 자존심을 지키고 싶어 하지. 그리고 하나 더."

"또 뭐가 있지?"

"올스타전에서 승리한 리그에 속한 팀이 월드 시리즈 1차전을 홈에서 치르거든."

태식이 이해한 표정으로 고개를 끄덕인 순간, 클라이튼 커쇼가 불쑥 물었다.

"그런데 태식, 혹시 면허는 있어?"

"면허?"

"운전면허 말이야."

"국제면허증은 아직 발급받지 않았는데."

"그럼 곤란할 수도 있겠군."

"무슨 뜻이야?"

"올스타전 MVP가 될 수도 있잖아. MVP로 선정되면 부상으로 차가 나오는데 아직 면허가 없으면 곤란하잖아."

"괜찮아."

"왜 괜찮다는 거지?"

"내가 MVP가 될 가능성이 희박하니까."

태식이 웃으며 대답했다.

그렇지만 클라이튼 커쇼는 고개를 흔들었다.

"그건 누구도 몰라."

"……?"

"올스타전에 출전하는 선수들은 모두 MVP에 뽑힐 자격이 있는 선수들이니까. 태식도 예외는 아니야."

"그렇지만……."

"두고 봐. 감독님이 흥미로운 계획을 꾸미고 있는 것 같으니까."

클라이튼 커쇼가 방금 입에 올린 것은 LA 다저스의 감독이자 내셔널 리그 올스타 팀을 이끄는 데이빗 로버츠를 말하는 것이었다.

데이빗 로버츠 감독과 클라이튼 커쇼.

두 사람은 모두 LA 다저스 소속이었다.

클라이튼 커쇼에게 데이빗 로버츠 감독이 올스타전을 앞두고 작전이나 계획을 슬쩍 흘렸을 가능성은 충분히 있었다.

"흥미로운 계획?"

태식이 질문한 순간, 클라이튼 커쇼가 씩 웃으며 대답했다.

"곧 알게 될 거야."

1 : 2.

올스타전은 팽팽한 투수전으로 흘렀다.

명실공히 메이저리그의 특급 투수들이 총출동한 데다가, 마운드에 오른 투수들은 길어야 2이닝 정도를 던졌다.

이미 그 사실을 투수들도 알고 있는 상황.

한 경기를 오롯이 책임져야 할 때와는 달랐다.

투수들은 힘을 아끼지 않고 전력투구를 펼쳤고, 그로 인해 타자들은 투수들의 공을 제대로 공략하지 못했다.

아메리칸 리그 올스타 팀이 한 점 앞선 채로 경기는 8회에 접어들었다.

예상대로 마운드에 오르지 못한 태식이 더그아웃에서 경기를 지켜보았다.

"올스타전 MVP는 어렵겠군!"

태식이 쓰게 웃었다.

"그건 누구도 몰라. 올스타전에 출전하는 선수들은 모두 MVP에 뽑힐 자격이 있는 선수들이니까. 태식도 예외는 아니야."

아까 클라이튼 커쇼가 했던 말이었다.

그렇지만 태식은 지금도 자신이 올스타전 MVP가 될 확률은 희박하다는 생각이 바뀌지 않았다.

일단 출전 기회가 없을 가능성이 높다는 것이 첫 번째 이유.

태식이 투수라는 것이 두 번째 이유였다.

메이저리그 올스타전에서 MVP를 투수가 수상하는 경우는 그리 흔치 않았다.

그 이유는 투수들이 경기에 나서는 시간이 짧았기 때문이다.

출전 시간이 짧기 때문에 당연히 강한 임팩트를 주기도 어려웠다.

그래서 올스타전 MVP는 승부처에서 결정적인 홈런이나 안타를 때려서 강렬한 임팩트를 남긴 타자들에게 돌아가는 경우가 많았다.

어느덧 8회 초.

태식이 올스타전 경기에 출전할 가능성은 더욱 희박해져 있었다. 그러나 서운하거나 실망하지는 않았다.

"경기는… 재밌네!"

태식은 욕심을 부리지 않았다.

메이저리그 진출 첫해에 올스타전에 출전했다는 것.

또, 그라운드에서 가장 가까운 더그아웃에서 최고의 선수들이 펼치는 경기를 지켜보는 것만으로 충분히 만족했다.

8회 초, 1사 1루 상황에서 마운드에는 LA 다저스의 마무리 투수인 칼리 젠슨이 올랐다.

만약 여기서 추가 실점을 허용하면 역전이 어렵다고 판단한 데이빗 로버츠 감독이 띄운 승부수였다.

그리고 데이빗 로버츠 감독의 승부수는 통했다.

내셔널 리그 최고의 마무리 투수답게 칼리 젠슨은 8회 초 1사 1루의 위기를 무실점으로 막아냈다.

안타 하나를 내줬지만, 삼진 두 개를 잡아내며 이닝을 마무리했다.

이어진 8회 말.

내셔널 리그 올스타 팀은 마지막 힘을 내서 휴스턴 애스트로스의 선발투수인 달라스 카이클을 공략했다.

1사 1, 2루.

역전 주자까지 루상에 나간 순간, 아메리칸 리그 올스타 팀을 이끌고 있는 알렉시스 코라 감독이 움직였다.

그는 달라스 카이클을 내리고, 뉴욕 양키스의 마무리 투수로 활약하고 있는 아틀리스 채프먼을 투입했다.

그리고.

아메리칸 리그 최고의 마무리 투수로 손꼽히는 아틀리스 채프먼이 마운드에 올라서 몸을 풀기 시작한 순간이었다.

"태식!"

데이빗 로버츠 감독이 태식을 호출했다.

올스타전 출전을 거의 포기하고 있었던 태식이 뜻밖이라는 표정을 지은 체 데이빗 로버츠 감독에게 걸어갔다.

'9회를 맡기려는 건가?'

내셔널 리그 최고의 마무리 투수인 칼리 젠슨을 이미 투입한 상황이기에 태식이 퍼뜩 머릿속으로 9회 출전 가능성을 떠올렸을 때였다.

"준비해!"

"9회에 마운드에 오르는 겁니까?"

"그럴 생각이었으면 미리 몸을 풀도록 지시했겠지."

데이빗 로버츠 감독의 말이 옳았다.

만약 9회 초에 자신을 마운드에 올릴 계획이었다면 더 일찍 몸을 풀라고 지시를 했었어야 했다.

실제로 불펜에는 애리조나 다이아몬드 백스의 마무리 투수인 티구안 워커가 이미 몸을 풀고 있었다.

'그럼… 뭘 준비하라는 걸까?'

해서 태식이 의아한 시선을 던졌을 때였다.

"대타자로 출전할 거야."

"네?"

"대타자로 출전할 거니까 준비하라고."

데이빗 로버츠 감독이 지시했다.

'대타자로… 출전한다?'

이건 전혀 예상하지 못했던 전개였다.

그로 인해 당혹스러운 표정을 짓던 태식은 클라이튼 커쇼와 시선이 마주쳤다.

씨익!

환하게 웃고 있는 클라이튼 커쇼를 확인한 순간, 아까 그가 슬쩍 귀띔해 주었던 말이 떠올랐다.

"두고 봐. 감독님이 흥미로운 계획을 꾸미고 있는 것 같으니까."

그 이야기를 들었을 당시 호기심이 치밀었다.

그렇지만 클라이튼 커쇼는 자세한 설명을 해주지 않고 화제를 돌렸었다.

'이거였군!'

비로소 클라이튼 커쇼가 말했던 흥미로운 계획의 실체에 대해 알게 된 태식이 희미한 웃음을 머금었다.

클라이튼 커쇼가 장담했던 대로 무척 흥미로운 계획이었기 때문이다. 그러나 아무것도 묻지 않고 그냥 지시를 따를 수는 없었다.

"왜입니까?"

"왜냐니?"

해서 태식이 묻자, 데이빗 로버츠 감독은 오히려 반문했다.

"그러니까… 왜 대타자로 나서라고 지시를 내리신 겁니까?"

"재밌잖아!"

"네?"

"내가 꺼내 든 의외의 작전에 팬들이 즐거워할 것 같지 않은가?"

"그렇긴 하지만……."

"물론 승부도 중요해. 그렇지만 올스타전은 야구팬들의 축제라네. 올스타전을 보기 위해서 찾아온 팬들이 깜짝 놀랄 만한, 또 아주 즐거워할 만한 이벤트도 선사해야지."

데이빗 로버츠 감독의 말이 옳았다.

올스타전은 별들의 전쟁 이전에 축제.

올스타전을 보기 위해 경기장을 찾아온 팬들을 위한 이벤트는 분명히 필요했다.

"물론 그 이유가 다가 아닐세."

"그럼 또 무슨 이유가 있습니까?"

"자네는 최고의 투수 중 한 명이지만, 최고의 대타 요원이기도 하니까."

"최고의 대타 요원… 이요?"

"내가 판단하기에는 그렇네. 자네만큼 해결사 능력이 뛰어난 대타 요원은 근래 본 적이 없으니까."

"……."

"그래서 가장 결정적인 순간에 대타자로 기용하겠다고 진즉부터 마음을 먹고 있었지. 어떤가? 이제 설명이 됐나?"

태식이 고개를 끄덕인 순간이었다.

딱!

8회 말, 1사 1, 2루의 찬스에서 타석에 들어섰던 워싱턴 내셔널스의 4번 타자인 대니얼 머피가 타격했다.

그렇지만 대니얼 머피가 때린 타구는 멀리 뻗지 못했다.

2루수가 몇 걸음 뒤로 물러나면서 여유 있게 타구를 잡아내면서 2사 1, 2루로 상황이 바뀌었다.

그리고 대타자로 태식이 등장했다.

와아!

와아아!

태식이 마침내 올스타전에 모습을 드러낸 순간, 관중들이 환호했다.

올 시즌을 4선발로 시작했지만, 현 시점 샌디에이고 파드리스의 실질적인 에이스.

그렇지만 태식은 이번 올스타전에 투수로 경기에 나서지 않았다.

태식이 대타자로 등장한 순간, 올스타전이 열리고 있는 다저 스타디움이 크게 술렁이기 시작했다.

"김태식이다!"

"투수 부문 실버슬러거 상의 강력한 후보 김태식이 대타자로 나섰다!"

"야수보다 잘 치는 투수가 타자로 등장했다!"

"와우. 진짜 기대된다!"

데이빗 로버츠 감독의 의도는 절반만 먹혔다.

팬들을 깜짝 놀라게 만드는 데는 실패했기 때문이다.

전반기 내내 태식은 선발투수로 출전한 경기에서 타석에서도 훌륭한 타격 능력을 선보였다.

그뿐이 아니었다.

시즌 중반에 접어들면서 대타자로도 출전하기 시작한 태식은 역시 인상적인 해결사 능력을 선보였다.

그런 태식의 활약상이 메이저리그 팬들에게 이미 널리 알려졌기 때문일까.

태식이 대타자로 깜짝 등장했음에도 불구하고, 크게 놀라거나 당황하는 야구팬들은 많지 않았다.

그렇지만 올스타전을 보기 위해 찾아온 관중들을 즐겁게 만들어주겠다는 데이빗 로버츠 감독의 의도는 적중했다.

"이 대결의 결과, 대체 어떻게 될까?"

"내셔널 리그 투수 부문 실버슬러거 상 후보와 아메리칸 리그 최고의 마무리 투수의 정면 대결이다."

"야구팬 생활 40년째이지만 이런 대결은 처음 보는군."

다저 스타디움을 가득 메운 야구팬들이 태식과 아틀리스 채프먼의 맞대결 결과를 궁금해했다.

'모두… 처음이네!'

올스타전을 보기 위해 다저 스타디움을 찾은 팬들의 환호 속에 타석에 들어선 태식이 크게 숨을 들이쉬었다.

메이저리그 올스타에 뽑힌 것도, 메이저리그 올스타전에 출전한 것도. 또 아틀리스 채프먼과 대결을 펼치는 것도.

모두 처음이었다.

아틀리스 채프먼은 뉴욕 양키스 소속 선수.

뉴욕 양키스는 아메리칸 리그에 속해 있었다.

그러니 내셔널 리그에 속한 샌디에이고 파드리스의 선수인 태식이 아메리칸 리그인 뉴욕 양키스 소속 마무리 투수인 아틀리스 채프먼을 만날 기회는 없었던 것이 당연했다.

물론 내셔널 리그에 소속된 팀들과 아메리칸 리그에 소속된 팀들이 맞붙는 인터 리그가 시작되면 만날 기회가 생길 수도 있었다.

그렇지만 아직 인터 리그는 본격적으로 시작되지 않았다.

인터 리그는 후반기에 본격적으로 시작되기 때문이었다.

당연히 태식은 아틀리스 채프먼에 대해 제대로 분석하지 않았다.

그렇지만 아틀리스 채프먼에 대해 알고는 있었다.

그가 워낙 유명한 선수였기 때문이다.

그리고 아틀리스 채프먼이 유명세를 탄 것은 그의 직구 구속 때문이었다,

불같은 강속구를 던지는 파이어볼러 유형의 투수인 아틀리스 채프먼은 메이저리그에서도 가장 빠른 직구를 구사하는 선수였다.

160㎞대 초반의 평균 직구 구속을 기록하고 있을 뿐만 아니라, 170㎞에 육박하는 직구 최고 구속을 기록한 적도 있었다.

언터처블.

그의 이름 앞에 따라붙는 수식어였다.

오늘도 아틀리스 채프먼은 불같은 강속구를 던지고 있었다.

마운드에 오른 후 첫 타자였던 대니얼 머피를 상대할 때, 아틀리스 채프먼이 던졌던 직구의 구속.

무려 164㎞였다.

아까 대니얼 머피가 내야플라이로 물러났던 이유.

아틀리스 채프먼의 강속구에 배트 스피드가 따라가지 못하며 타이밍이 밀렸기 때문이다.

'해보자!'

160㎞대 중반의 구속을 기록하는 빠른 공을 상대하는 것.

이것 역시 이번이 처음이었다.

또, 이번이 마지막일 수도 있었다.

그래서일까.

태식의 승부욕이 타오르기 시작했다.

"배트 스피드라면… 나도 자신 있어!"

혼잣말을 꺼내며 태식이 배트를 꽉 움켜쥐었다.

'언젠가는 메이저리그에 진출할 수도 있다!'

신체 나이가 스무 살 시절로 돌아가는 기적이 벌어진 후, 태식은 메이저리그 진출을 내심 염두에 두었다.

또, 160㎞에 육박하는 강속구를 던지는 메이저리그의 특급 투수들과의 대결을 위해서 피칭머신을 상대로 피나는 훈련을 해왔다.

슈아악!

딱!

아틀리스 채프먼이 던진 초구.

당연하다는 듯이 직구였다.

태식도 자신 있게 배트를 휘둘렀다.

첫 대결의 결과는 파울이었다.

태식이 때려낸 타구는 높이 떠올라 3루측 관중석에 떨어졌다.

"와아! 잘 친다!"

"저 빠른 공을 투수가 배트에 맞추네!"

"진짜 야수들보다 낫다!"

비록 태식이 때려낸 타구가 파울이 되긴 했지만, 관중들의 반응은 뜨거웠다. 그러나 태식은 팬들의 함성에 귀를 닫고, 전광판을 살폈다.

164㎞.

전광판에 찍혀 있는 구속을 확인한 태식이 희미하게 고개를 끄덕였다.

'빠르긴 하네!'

피칭머신이 뿜어내던 160㎞의 공에는 배트 스피드가 밀리지 않았는데.

아틀리스 채프먼이 던지는 강속구는 그보다 더 빨랐다.

'타이밍을 조금 더 빠르게 가져간다!'

태식이 배트를 고쳐 쥔 순간, 아틀리스 채프먼이 투구를 시작했다.

'와인드업!'

두 명의 주자가 루상에 나가 있는 상황이었다.

그렇지만 아틀리스 채프먼은 세트포지션 투구를 하지 않았다.

마치 당연하다는 듯이 와인드업 투구를 했다.

슈아악!

'하나, 둘!'

마음속으로 타이밍을 계산하며 태식이 배트를 휘둘렀다.

따악!

경쾌한 타격음이 흘러나온 순간, 태식이 타구의 궤적을 눈으로 좇았다.

3루수의 키를 넘긴 총알 같은 타구는 라인선상 근처에 떨어졌다.

"파울!"

그러나 약 1m가량 라인선상을 벗어난 곳에 떨어지며 파울이 선언됐다.

'타이밍이 맞아간다!'

비록 아쉽게 파울이 됐지만, 태식은 실망하는 대신 희미하게 웃었다.

스윙 타이밍을 좀 더 빠르게 가져가는 결단 덕분에 첫 대결에 비해서 타이밍이 맞아 들어간다는 생각이 들었기 때문이다.

반면 아틀리스 채프먼의 표정은 딱딱하게 굳어져 있었다.

165㎞.

초구보다 더 빠른 공을 던졌음에도 정타를 허용했다는 것을 확인하고 나서 위기감을 느꼈기 때문이리라.

'조금만 더 빠르게!'

아틀리스 채프먼의 강속구를 두 차례 경험한 태식이 재차 타이밍에 대한 계산을 마쳤을 때였다.

슈악!

아틀리스 채프먼이 3구를 던졌다.

'당연히 직구를 던질 것이다!'

이렇게 예상하고, 빠르게 스윙을 가져가던 태식이 도중에 눈살을 찌푸렸다.

'직구가 아니다!'

그 사실을 간파한 태식이 도중에 배트를 멈춰 세웠다.

'늦었나?'

가까스로 배트를 멈춰 세우기는 했다.

그렇지만 조금 늦었다는 생각이 들었다.

'삼진인가?'

태식이 주심을 살폈다.

그러나 그는 배트가 돌지 않았다고 판단했다.

아틀리스 채프먼이 주심의 판정에 불만을 드러내며 3루심을 바라보았다. 그러나 3루심 역시 배트가 돌지 않았다고 판정했다.

"Fuck!"

판정이 마음에 들지 않아서일까.

아틀리스 채프먼이 욕설을 내뱉은 순간이었다.

우우!

우우우!

다저 스타디움을 가득 메운 팬들이 일제히 야유를 쏟아냈다.

아틀리스 채프먼이 심판진의 판정에 대해 불만을 품고, 거친 욕설을 내뱉었기 때문이 아니었다.

팬들이 야유를 쏟아낸 진짜 이유.

아틀리스 채프먼이 직구를 던져서 태식과 정면 대결을 펼치지 않고, 커브를 던지는 선택을 내렸기 때문이다.

팬들의 거센 야유가 쏟아진 순간, 아틀리스 채프먼의 얼굴이 벌겋게 상기됐다.

예상치 못했던 팬들의 야유에 당황했기 때문이다.

'올스타전이니까!'

그렇지만 태식은 팬들이 야유를 쏟아낸 이유를 짐작할 수 있었다.

만약 정규 시즌 경기였다면?

팬들은 절대 아틀리스 채프먼에게 야유를 쏟아내지 않았으리라.

오히려 박수를 보냈으리라.

그러나 오늘은 정규 시즌 경기가 아니었다.

축제나 다름없는 올스타전이었다. 그리고 올스타전에는 승부보다 더 중요한 부분들이 분명히 존재했다.

'직구를 던질 거야!'

태식이 이를 악물고 있는 아틀리스 채프먼을 보며 판단했다.

물론 그가 다시 유인구를 던질 가능성도 존재했다.

그렇지만 태식은 그 가능성을 아예 배제했다.

'직구가 아니면… 삼진을 당할 수밖에!'

태식이 타석에서 잔뜩 웅크린 순간, 아틀리스 채프먼이 힘차게 와인드업을 마치고 공을 뿌렸다.

슈아악!

예상대로 직구가 들어온 순간, 태식이 지체 없이 배트를 휘둘렀다.

'타이밍이… 맞았다!'

따악!

묵직한 타격음이 흘러나왔다.

166km.

아틀리스 채프먼이 던진 강속구의 구속이 찍혀 있는 전광판을 향해 태식이 때린 타구가 날아갔다.

'넘어갔다!'

와아!

와아아!

다저 스타디움을 가득 채운 야구팬들이 쏟아내는 엄청난 환호 속에 태식이 그라운드를 천천히 돌기 시작했다.

9. 일인분 추가할까?

<송나영의 MLB 취재 수첩>

김태식 선수가 펼치는 활약상과 송나영이 작성하고 있는 칼럼의 인기.

비례 관계에 있었다.

그리고.

김태식 선수가 별들의 전쟁이라 불리는 메이저리그 올스타전에 출전한 것으로 모자라 올스타전 MVP까지 차지한 순간, 송나영의 칼럼 인기도 상종가를 쳤다.

"자, 박수!"

송나영이 오랜만에 한국의 사무실로 들어선 순간, 유인수가 반갑게 맞아주었다.

"사람 무안하게 왜 이래요?"

"겸손할 필요 없어. 우리 송 기자는 박수받을 자격이 있어."

"우리 송 기자요?"

"남의 송 기자는 아니잖아."

유인수가 당당하게 받아친 순간, 송나영이 실소를 터뜨렸다.

"역시."

"역시 뭐?"

"오래 살고 볼 일이네요. 캡이 날 이렇게 반겨주기도 하고."

"확실히 내가 사람 보는 안목이 있어."

"……?"

"우리 송 기자가 언젠가 제대로 한 건 할 줄 알았다니까. 오랜만에 만났는데, 한번 안아줄까?"

"정중하게 사양합니다."

손사래를 친 송나영이 두 눈을 빛내며 물었다.

"그런데 뭐 없어요?"

"뭐?"

"포상 비스무리한 거요."

"포상?"

"인재에게 투자해야죠."

"밥 사줄게."

"겨우요?"

"비싼 것 사줄게."

"삼겹살?"

"당연히 그 정도는 사줘야지."

유인수가 생색내듯 말한 순간, 송나영이 대꾸했다.
"송별회라고 생각하고 먹죠."
"송별회라니? 갑자기 그게 무슨 소리야?"
유인수가 영문을 모르겠다는 표정을 지은 채 물었다.
"스카웃 제의가 들어왔거든요."
"스카웃 제의?"
"네."
"어디서?"
"여기저기서요."
"여기저기? 송 기자."
"네."
"설마 의리 없이 떠나려는 건 아니지?"
송나영이 정색한 채 대답했다.
"의리보다는 돈 아니겠어요?"

지글지글.
삼겹살이 노릇노릇하게 익어갔다.
"제가 구울게요."
불편해진 송나영이 말했다.
그렇지만 유인수는 집게를 든 채 손사래를 쳤다.
"아냐. 내가 구워야지. 내가 고기 엄청 잘 구워."
"그래요?"
"몰랐어?"
"그런데 그동안은 왜 안 구우셨어요?"

"그건……."

허를 찔려서 말문이 막혔던 유인수가 서둘러 화제를 돌렸다.

"송 기자, 지금 그딴 게 중요한 게 아냐."

"그럼 뭐가 중요한데요?"

"이게 일반 삼겹살이 아니라 제주산 흑돼지라는 게 중요하지."

"……?"

"그만큼 내가, 또 우리 회사가 송 기자를 아낀다는 뜻이지."

유인수가 힘주어 덧붙였다.

그러나 송나영은 코웃음을 쳤다.

"삼천 원."

"응?"

"제 가치가 겨우 삼천 원인가요?"

"그게 무슨 소리야?"

"일반 삼겹살과 제주산 흑돼지의 일인분 가격. 딱 삼천 원 차이 나는데요."

송나영이 예리하게 지적하자, 유인수가 당혹스러운 기색으로 손사래를 쳤다.

"그럴 리가. 그런데 진짜야?"

"뭐가요?"

"진짜 스카웃 제의가 있었어?"

유인수가 눈치를 살피며 조심스럽게 물었다.

"네, 있었습니다."

송나영이 솔직하게 대답했다.

〈송나영의 MLB 취재 수첩〉이란 칼럼이 대단한 인기를 얻으면서 송나영에게 스카웃 제안이 왔었다.

"옮길 생각이야?"

"아직 고민 중이에요."

"그 대답은… 옮길 마음이 있긴 한 거네."

"조건이 좋거든요."

스카웃을 제안한 타 매체에서 제시한 조건.

송나영의 마음이 흔들릴 정도로 좋았다.

장난이 아니라는 것을 확실히 알았기 때문일까.

유인수가 심각한 표정으로 입을 뗐다.

"결과적으로는 송 기자가 옳았네."

"네?"

"김태식 선수 말이야."

"……?"

"예전에 김태식 선수 전담 기자를 하겠다고 기어이 고집을 피우더니, 결국 같이 인생 역전을 한 셈이잖아."

유인수가 덧붙인 설명을 들은 송나영이 쓰게 웃었다.

'인생 역전이라.'

김태식의 전담 기자가 됐기 때문일까.

김태식과 자신의 운명이 엇비슷하게 흘러간다는 생각이 들었다.

"그런데… 김태식은 샌디에이고 파드리스에 남을까?"

삼겹살을 뒤집던 유인수가 불쑥 물었다.

"그걸 제가 어떻게 알겠어요?"

"네가 제일 친하잖아."

"아니거든요."
"아니라니."
"저보다 더 친한 사람이 있거든요."
자신보다 김태식과 더 친한 사람이 있었다.
바로 지수였다.
"누구?"
"있어요."
"누구냐니까?"
유인수가 계속 캐물었다.
그렇지만 이미 두 사람의 비밀을 지켜주기로 약속했기에 솔직하게 털어놓을 수는 없는 노릇이었다.
"알아서 뭘 하게요?"
해서 송나영이 퉁명스레 되묻자, 유인수가 대꾸했다.
"스카웃 제안하게."
"네?"
"송 기자가 떠날 때를 대비해야지."
유인수가 너무 당당하게 대꾸해서 화도 나지 않았다.
"대체 불가!"
"뭐?"
"이런 말 몰라요?"
"그 정도는 아닌 것 같은데……."
"전 아니지만, 김태식 선수는 샌디에이고 파드리스의 입장에서 대체 불가인 상황이죠."
이번에는 유인수도 고개를 끄덕여 수긍했다.

"그래서 옮길 것 같아? 안 옮길 것 같아?"

"아마 옮길 것 같긴 한데… 아직 어떻게 될지는 모르겠어요."

"왜 팀을 옮길 것 같다고 생각해?"

"저와 비슷한 케이스죠."

"……?"

"자금력을 갖추고 있는 빅 마켓 구단들이 감히 거절하기 힘들 정도로 좋은 조건을 제시할 테니까요."

송나영이 대답한 순간, 유인수가 고개를 끄덕였다.

"하긴 자금력으로 밀어붙이면 뿌리치기 쉽지 않겠지."

"네."

"그런데 왜 어떻게 될지 모른다고 얘기한 거야?"

"샌디에이고 파드리스도 최선을 다하고 있거든요."

"최선을 다한다? 어떻게 최선을 다하고 있다는 거지?"

"김태식 선수의 마음을 사로잡기 위해 애쓰고 있어요."

"마음?"

"자금력에서는 빅 마켓 구단을 절대 이길 수 없다. 이렇게 판단했기 때문에 방법을 선회한 거겠죠."

샌디에이고 파드리스 구단에서 한국인의 날을 지정해 이벤트를 연 것.

김태식과 친분이 있는 도레미 퍼블릭의 리더인 지수를 시구자로 초청한 것.

또, 김태식이 한국의 소아암 어린이를 돕는 데 관심이 많다는 것을 간파하고 기부에 동참한 것까지.

모두 김태식의 마음을 사로잡기 위해서 마이크 프록터 단장이 세심하게 신경을 기울인 부분들이었다.

"덕분에 나도 알겠군."

"뭘요?"

"송 기자를 지킬 수 있는 방법 말이야."

"설마… 제주산 흑돼지?"

송나영이 물은 순간, 유인수가 대답했다.

"일인분 추가할까?"

*　　　*　　　*

"진짜… 대단하네."

송나영이 작성한 칼럼을 읽던 태식이 속으로 혀를 내둘렀다.

이번 칼럼의 주요 내용은 메이저리그 올스타전의 분위기와 감춰져 있던 뒷이야기들을 전하는 것이었다.

"대체 어떻게 인터뷰를 한 거야?"

태식이 놀란 이유는 송나영의 저돌적인 취재 때문이었다.

특히 내셔널 리그 올스타 팀의 감독을 맡았던 데이빗 로버츠 감독과의 인터뷰가 인상적이었다.

S. 우선 올스타전 승리를 축하한다.

—고맙다. 내셔널 리그 올스타 팀을 응원해 주었던 팬들에게 큰 선물이 될 것 같다. 또, 우리 팀에도 큰 도움이 될 것 같다.

S. 올스타전에서 승리한 덕분에 내셔널 리그 챔피언이 월드시리즈 1차전을 홈에서 치르게 되었다. 방금 한 말은 LA 다저

스가 월드 시리즈에 진출한다는 것을 확신하고 있기 때문에 꺼낸 말인가?

—올 시즌 우리 팀의 목표는 월드 시리즈 우승이었다. 그 목표는 지금도 마찬가지다. 그리고 우리 팀은 현재까지 그 목표를 향해 순항하고 있다.

S. 올 시즌 월드 시리즈 우승을 목표로 순항하고 있는 중이라고 말했는데 가장 위협적인 팀은 어디인가?

—우리 팀에게 위협적인 강한 팀은 많다.

S. 그래도 딱 한 팀만 꼽는다면?

—음, 샌디에이고 파드리스다.

S. 방금 샌디에이고 파드리스라고 했나?

—왜 놀라는가?

S. 좀 의외다. 아니, 많이 의외라서 놀랐다.

—놀랄 것 없다. 내가 판단하기에 샌디에이고 파드리스는 강팀이다.

S. 그렇게 판단한 이유가 뭔가?

—첫 번째 이유는 김태식의 존재다. 우리 팀의 커쇼와 같은 역할을 해주는 에이스가 버티고 있기에 샌디에이고 파드리스는 전반기와 전혀 다른 팀이 됐다.

S. 다른 이유도 있나?

—리빌딩에 성공하면서 주축 선수들이 젊다는 점이다. 이렇게 젊은 선수들이 주축이 된 팀은 한번 분위기를 타기 시작하면 어느 누구도 말릴 수 없을 정도로 강해진다.

S. 다시 올스타전으로 돌아가 보자. 김태식 선수를 투수로서

마운드에 올리지 않고 대타 요원으로 내보냈던 당신의 작전이 무척 인상적이었다. 혹시 올스타전을 치르기 전부터 준비했던 작전인가?

—그렇다.

S. 그런 작전을 펼쳤던 특별한 이유가 있나?

—조언이 있었다.

S. 조언? 누구의 조언인가?

—팀 셔우드 감독이다.

S. 당신과 팀 셔우드 감독은 친한가?

—(웃음) 크게 친분이 없다. 그래서 의외였고, 또 무시하기 힘들었다.

S. 정확히 어떤 조언을 했는가?

—김태식을 대타 요원으로 활용하는 게 어떠냐고 제안했다.

S. 왜 그런 조언을 했던 건가?

—김태식 선수에게 올스타전 MVP라는 좋은 추억을 만들어 주고 싶어서가 아닐까 하고 추측하고 있다.

S. 그 조언을 받아들인 이유가 있나?

—물론 있다.

S. 무엇인가?

—세 가지 이유가 있다.

S. 세 가지씩이나? 뭔가?

—우선 아까도 말했듯이 팀 셔우드 감독과 친분이 없기에 그의 조언을 더 무시하기 힘들었다. 다음으로 김태식 선수가 현재 리그 최고의 대타 요원 중 한 명이라고 판단했기 때문이다. 그리

고 마지막 이유는 개인적으로 김태식 선수의 팬이기 때문이다. 그에게 출전 기회를 주고 싶었다.

S. 혹시 방금 발언을 다음 시즌에 김태식 선수와 같은 팀에서 뛰고 싶다는 욕심을 내비친 것으로 해석해도 되는가?

—감독이라면… 어느 누구나 욕심을 낼 선수이다.

태식이 올스타전에 대타자로 출전한 것에 팀 셔우드 감독이 데이빗 로버츠 감독에게 직접 전화를 걸어서 건넨 조언이 영향을 미쳤다는 것.

전혀 예상치 못했던 부분이었다.

송나영 덕분에 그 사실을 알게 된 셈이었다.

어쨌든.

"마이크 프록터 단장은 애가 타겠네!"

태식이 쓰게 웃었다.

의도했던 것은 아니었지만, 태식은 메이저리그 올스타전 MVP로 뽑혔다.

그 덕분에 인지도가 크게 상승했다.

게다가 LA 다저스를 이끌고 있는 데이빗 로버츠 감독이 공개적으로 태식에게 관심을 표명하기까지 한 상황이었다.

마이크 프록터 단장이 초조한 표정을 짓고 있을 것이 눈에 선했다.

—올스타전에 나가는 것만 해도 대단한데 MVP라니. 진짜 역사를 쓰고 있다.

—국위 선양의 아이콘

—음주 운전만 하지 마라.

—커쇼랑 나란히 앉아서 다정하게 얘기하는 모습이 중계에 잡힌 것 봤냐? 그거 보는 순간 진짜 울컥했다.

—김태식 선수. 아직 연봉도 많지 않은데 소아암으로 고통받는 아이들 위해서 기부도 많이 합니다. 절대 까면 안 됩니다.

—우리 아이가 소아암으로 투병을 하던 시기에 김태식 선수가 예고 없이 병원으로 찾아왔었습니다. 기자들도 없이 그냥 찾아와서 아이들에게 사인한 배트와 공을 나눠주고 한참 놀아주었습니다. 그때 우리 아이가 항암 치료 때문에 한창 힘들어할 때였는데, 당시의 방문이 정말 큰 힘이 되었습니다. 김태식 선수가 제가 쓴 댓글을 보실지는 모르지만 정말 감사드립니다. 덕분에 우리 지훈이가 힘든 시기를 넘길 수 있었습니다. 아, 우리 지훈이는 다행히 완쾌해서 지금은 건강하게 학교에 다니고 있답니다. 김태식 선수의 경기도 챙겨보고 있답니다. 어쨌든 다시 한번 김태식 선수에게 감사드립니다.

송나영의 칼럼 아래에는 일만 개가 넘는 댓글들이 달려 있었다.

그 댓글들을 읽어 내려가던 태식의 입가로 환한 미소가 떠올랐다.

"지훈이가 완쾌했구나."

병원으로 찾아갔을 때, 수줍은 표정을 지은 채 선뜻 다가오지 못하던 지훈이의 모습이 떠올랐다.

꼭 완쾌해서 나중에 함께 야구하자고 말했었는데.

힘든 투병 생활을 이겨내고 완쾌했다는 소식을 듣자, 마치 자신의 일처럼 기뻤다.

"그때, 번호를 저장해 뒀던 것 같은데."

태식이 휴대전화를 뒤진 끝에 지훈이의 번호를 찾아내는 데 성공하고 희미한 웃음을 머금었다.

10. 처분해 주세요

—올스타전 MVP 김태식!

설마가 현실이 됐다.

대타자로 등장해서 경기를 뒤집는 역전 쓰리런 홈런을 터뜨린 태식은 올스타전 MVP에 등극했고, 승리 수당 2만 달러에 더해 부상으로 최고급 스포츠카까지 받았다.

"이걸… 어쩌나?"

태식이 쓰게 웃었다.

"그럼 곤란할 수도 있겠군."

클라이튼 커쇼가 했던 말은 또 옳았다.

올스타전 MVP로 선정되어서 최고급 스포츠카의 주인이 된 순간, 태식은 난처한 기색을 감추지 못했다.

국제 운전면허증을 발급받지 않았기 때문이다.

"기가 막히게 빠졌네요."

데이비드 오가 최고급 스포츠카를 보며 부러운 시선을 던졌다.

그런 그가 태식에게 넌지시 물었다.

"이 스포츠카는… 어쩔 겁니까?"

그 질문을 던지는 데이비드 오의 시선.

무척 간절했다.

또, 처음 보는 물욕이 두 눈에 깃들어 있었다.

'그냥 데이비드 오가 타세요!'

물욕과 간절함이 묻어 있는 데이비드 오의 시선을 마주한 순간, 태식은 순간 마음이 약해졌다.

그래서 하마터면 입 밖으로 내뱉을 뻔했던 말을 간신히 삼켰다.

대신 다른 말을 꺼냈다.

"처분해 주세요."

"방금… 뭐라고 하셨습니까?"

"처분해 달라고 했습니다."

태식이 재차 확인해 준 순간, 데이비드 오가 살짝 언성을 높였다.

"왜 처분하려는 겁니까?"

"어차피 탈 일도 없으니까요."

설령 국제 운전면허증을 발급받았다 하더라도 태식은 부상으로 받은 스포츠카를 탈 생각이 없었다.

딱히 스포츠카를 타고 다닐 일이 없었기 때문이다.

야구장으로 출퇴근을 할 때는 택시를 이용하는 것이 더 편했다.

그리고 하나 더.

부상으로 받은 스포츠카는 태식의 스타일이 아니었다.

태식은 차체가 튼튼한 SUV를 더 선호했다.

"그렇긴 하지만… 당장 돈이 필요한 것도 아니지 않습니까?"

당장 돈이 필요한 것도 아닌데 굳이 스포츠카를 처분할 필요가 있느냐?

데이비드 오의 말에는 이런 의미가 담겨 있었다.

그리고 데이비드 오의 말이 맞았다.

태식은 당장 돈이 필요하지는 않았다.

"차를 처분해서 쓸 곳이 있어요."

"어디에 사용할 건데요?"

"기부."

"기부요?"

예상치 못했던 대답이기 때문일까.

데이비드 오가 의아한 시선을 던졌다.

"그때, 제가 덤이라고 말했던 것 기억하세요?"

"올스타전 출전 말입니까?"

"네. 덤으로 올스타전에 출전했으니 승리 수당과 부상으로 받은 이만 달러와 차를 처분한 돈까지 합쳐서 기부하고 싶습니다."

"그렇지만… 샌디에이고 파드리스 구단 측에서도 이미 기부를 하기로 약속했지 않습니까?"

"가능하면… 더 많은 아이들을 돕고 싶습니다."

"왜 그렇게 기부를 하려는 겁니까?"

데이비드 오가 잘 이해가 가지 않는다는 표정으로 물은 순간, 태식이 답했다.

"빚을 졌으니까요."

"빚이요?"

"그런 게 있습니다."

신체 나이가 스무 살 시절로 돌아온 기적이 벌어진 것.

태식은 기적에 감사하면서도 빚이라고 생각하고 있었다. 그래서 자신의 힘이 닿는 데까지 사람들을 돕고 싶었다.

"뭐, 좋은 일을 한다는데… 더 말릴 수는 없네요."

한숨을 내쉰 데이비드 오가 제안했다.

"대신… 제가 구입하겠습니다."

"데이비드 오가요?"

"네. 스포츠카를 한 대 갖고 싶었거든요."

데이비드 오가 두 눈을 빛내며 말했다.

그렇지만 태식은 고개를 흔들었다.

"그건 안 됩니다."

"왜요?"

"가까운 사람과는 금전 거래를 하지 않는 주의라서요."

"그럼… 어쩔 수 없군요."

데이비드 오가 결국 포기했다.

못내 아쉬움이 남아서일까.

어깨를 축 늘어뜨린 채 걸어가는 데이비드 오를 향해 태식이 말했다.

"너무 아쉬워하지 마세요."

*　　　　*　　　　*

후반기 개막 후 샌디에이고 파드리스의 첫 상대는 뉴욕 메츠였다.

내셔널 리그 동부 지구에 소속된 뉴욕 메츠는 선두 워싱턴 내셔널스에 이어 지구 2위를 달리고 있었다.

두 팀의 맞대결을 앞두고 뉴욕 메츠의 우세가 점쳐졌지만, 결과는 달랐다.

후반기의 분위기를 가늠할 수 있는 첫 3연전에서 샌디에이고 파드리스는 위닝 시리즈를 수확했다.

뉴욕 메츠와의 1차전.

후반기를 1선발로 시작한 태식이 제이콥 디그램과의 맞대결에서 앞선 덕분에 뉴욕 메츠에 2 : 1 승리를 거두었다.

'아쉬워!'

비록 경기를 이기긴 했지만, 태식은 아쉬움을 품었다.

7이닝 무실점.

호투를 펼치며 승리투수 요건을 갖춘 채로 마운드에서 내려왔다.

그렇지만 불펜 투수들이 동점을 허용한 바람에 승리투수가 되지 못했기 때문이다.

뉴욕 메츠와의 2차전.

치열한 난타전이 펼쳐진 끝에 샌디에이고 파드리스는 6 : 5로 신승을 거두었다.

비록 3차전을 패하면서 스윕에 실패했지만, 상대가 강호 뉴욕 메츠였다는 점을 감안하면 좋은 출발이었다.

샌디에이고 파드리스 VS 피츠버그 파이어리츠.

양 팀의 3연전 마지막 경기를 앞두고 팀 셔우드가 콧잔등을 찡그렸다.

기분이 상해서가 아니었다.

콧잔등을 찡그리는 것은 기분이 좋을 때 부지불식간에 드러나는 팀 셔우드의 습관이었다.

“분위기가… 나쁘지 않아!”

전반기와 후반기.

샌디에이고 파드리스의 초반 분위기는 백팔십도 달랐다.

전반기에는 8연패의 극심한 부진에 빠지며 최악의 출발을 했다. 그러나 후반기가 시작한 후에는 4승 1패를 거두고 있었다.

후반기 첫 상대였던 뉴욕 메츠를 상대로 위닝 시리즈를 거둔데다가, 이어진 피츠버그 파이어리츠와의 3연전에서도 먼저 2승을 거두며 이미 위닝 시리즈를 확보해 놓은 상황이었다.

전반기와 후반기의 출발이 이렇게 극명하게 갈린 이유.

크게 두 가지였다.

우선 팀 분위기가 몰라보게 좋아졌다.

전반기에는 연패에 빠지자 팀의 주축인 젊은 선수들의 자신감이 하락했었다.

어서 연패에서 탈출해야 한다는 조급증에 빠져서 실책을 남발하고 자멸하는 경우가 잦았다.

아니, 선수들만이 아니었다.

감독인 자신 역시 조급증에 빠져서 무리한 작전을 펼쳤었다.

그렇지만 전반기 막판에 지구 최하위에서 3위까지 치고 올라가며 젊은 선수들은 자신감을 회복했다.

더 이상 공수에서 서두르지 않고 자신감 넘치는 플레이를 펼치면서 가진바 기량 이상을 끌어내고 있었다.

또 하나의 요인은 특급 에이스의 가세였다.

확실하게 팀의 연패를 끊어주고, 연승을 이어나갈 수 있도록 발판을 만들어 주는 것이 에이스의 역할.

그런 에이스의 존재 유무는 팀에 엄청난 차이를 발생시켰다.

만약 전반기 시작과 함께 8연패에 빠졌을 당시, 특급 에이스인 김태식이 로스터에 합류해 있었다면?

상황은 분명히 백팔십도 달라졌을 것이다.

실제로 김태식이 가세한 후, 샌디에이고 파드리스의 연패는 눈에 띄게 줄었다.

반면 연승은 잦아졌다.

"스윕도 충분히 가능해!"

팀 서우드가 확신에 찬 목소리로 혼잣말을 꺼냈다.

스윕이 가능하다고 판단하는 이유.

피츠버그 파이어리츠가 내셔널 리그 중부 지구 최하위를 달리는 약팀인 것도 이유 가운데 하나였지만, 김태식이 피츠버그 파이어리츠와의 3연전 마지막 경기에 선발투수로 등판하기 때문이었다.

물론 아직 갈 길은 멀었다.

시즌이 시작한 후 내셔널 리그 서부 지구 선두를 놓치지 않고 있는 LA 다저스의 전력은 막강했다.

또, LA 다저스와의 격차도 여전히 크게 벌어져 있는 만큼, 지구 우승을 차지하는 것은 분명히 어려운 일이었다.

그러나.

월드 시리즈 우승을 위해서 꼭 지구 우승을 차지해야 하는 것은 아니었다.

와일드카드로 가을 야구에 진출해서 차근차근 단계를 밟아 올라가며 월드 시리즈 우승을 차지하는 방법도 아직 열려 있었다.

그리고 아직 변수는 남아 있었다.

"인터 리그가… 최대 변수가 되겠군!"

팀 셔우드가 곧 본격적으로 시작될 인터 리그를 떠올렸다.

내셔널 리그와 아메리칸 리그.

각기 다른 리그에 속해 있는 팀들이 경기를 치르는 것이었다.
그리고 내셔널 리그와 아메리칸 리그는 규칙이 달랐다.

바로 지명타자의 활용 여부였다.

내셔널 리그는 지명타자를 활용하지 않고 투수도 타석에 들어서는 반면, 아메리칸 리그는 투수가 타석에 들어서지 않는 대신 지명타자를 활용했다.

별것 아닌 차이처럼 보였지만, 이 작은 차이는 커다란 변수가 될 수 있었다.

"우리 팀에… 유리해!"

팀 셔우드가 인터 리그에서 좋은 성적을 거둘 수 있을 것이라 확신하는 이유.

바로 김태식의 존재였다.

인터 리그 경기에서 원정 경기를 치른다면?

인터 리그 룰에 따라 내셔널 리그 팀은 지명 타자를 활용해야 했다. 그리고 팀 셔우드는 김태식은 지명타자로 내세울 플랜을 갖고 있었다.

대타자로 간간히 타석에 들어설 때도 김태식은 뛰어난 타격 능력을 뽐냈다.

그로 인해 상대팀의 경계 대상 1호로 떠올랐는데.

지명타자로 경기에 출전한다면 타석에 들어서는 횟수가 늘어난다. 그리고 김태식이 지명타자로 등장하는 것은 상대팀에게 엄청난 부담이 될 터였다.

'너무… 앞서갔나?'

잠시 뒤, 팀 셔우드가 쓰게 웃었다.

불과 얼마 전까지만 해도 내셔널 리그 서부 지구 최하위에 머물렀던 샌디에이고 파드리스였다.

그런데 월드 시리즈 우승까지 떠올렸던 것이 너무 앞서갔다는 생각이 들었다.

그리고 하나 더.

본격적인 인터 리그 경기는 아직 시작도 하기 전이었다.

지금은 피츠버그 파이어리츠와의 3연전 마지막 경기에서 승리를 거두는 것에 집중하는 것이 맞았다.

"투수전이 되지 않을까?"

팀 서우드가 잡념을 털어내기 위해 고개를 흔들며 그라운드를 주시했다.

슈아악!

태식의 손을 떠난 공이 바깥쪽 낮은 코스로 파고들었다.

낙차가 큰 커브.

"스트라이크!"

피츠버그 파이어리츠의 리드오프인 그렉 폴랑코가 스윙을 도중에 멈춘 순간, 주심이 망설이지 않고 스트라이크를 선언했다.

"안 돌았어요!"

그렉 폴랑코가 강하게 항의했다.

그러나 주심은 고개를 흔들었다.

"스트라이크존을 통과했어!"

"너무 낮았잖아요."

"통과했다니까."

그렉 폴랑코가 분한 기색을 감추지 않은 채 콧김을 내뿜었지만, 주심의 판정은 바뀌지 않았다.

노 볼 투 스트라이크.

투수에게 유리한 볼카운트에서 태식이 선택한 3구.

몸 쪽 직구였다.

슈아악!

그렉 플랑코의 스윙을 끌어내기 위해 던진 몸 쪽 직구.

그렇지만 높다고 판단한 그렉 플랑코는 배트를 내밀지 않았다.

그때였다.

“스트라이크아웃!”

주심이 삼진을 선언했고, 그렉 플랑코가 다시 불만을 드러냈다.

“너무 높았잖아요.”

“스트라이크존에 걸쳤어!”

“무슨 소리에요? 가슴 높이로 들어왔는데.”

“그만하고 돌아가!”

더욱 거칠게 콧김을 내뿜던 그렉 플랑코가 더그아웃으로 돌아가던 도중, 분을 이기지 못하고 배트를 바닥에 내려쳤다.

콰직!

배트가 두 동강이 나는 소리를 주심은 놓치지 않았다.

“퇴장!”

주심은 망설이지 않고 그렉 폴랑코에게 퇴장 명령을 내렸다.

피츠버그 파이어리츠의 클린튼 허들 감독이 뛰어나와 주심에게 퇴장은 과하다고 항의했지만 역시 받아들여지지 않았다.

‘변수가 발생했네!’

그 일련의 과정을 지켜보던 태식이 두 눈을 빛냈다.

피츠버그 파이어리츠의 리드오프인 그렉 폴랑코.

그는 현재 피츠버그 파이어리츠 타자들 가운데 가장 타격감이 좋았다.

그런 그렉 폴랑코의 예기치 못한 퇴장.

경기 초반부터 커다란 변수가 발생한 셈이었다.
'억울할 만해!'
여전히 분이 풀리지 않아서일까.
더그아웃에 돌아간 후에도 헬멧을 바닥에 내던지는 그렉 폴랑코를 바라보던 태식이 떠올린 생각이었다.
'주심의 스트라이크존이… 확실히 넓다!'
메이저리그 심판들의 스트라이크존.
KBO 리그의 심판들에 비해 넓었다.
그런데 오늘 경기 주심의 스트라이크존은 더욱 넓은 편이었다.
태식이 2구째로 던졌던 바깥쪽 낮은 코스를 통과한 커브.
3구째로 던졌던 몸 쪽 높은 코스로 들어간 직구.
모두 볼로 선언됐다고 해도 할 말이 없을 정도였다.
그런데 주심은 두 개의 공 모두 스트라이크를 선언했다.
판정을 내리기 전에 고민하는 기색도 없었다.
조금도 머뭇거리지 않고 스트라이크를 선언했다.
상하의 폭.
좌우의 폭.
오늘 주심의 스트라이크존은 모두 넓었다.
'나한테는 유리해!'
태식이 희미한 웃음을 머금었다.
구위도 뛰어난 편이었지만, 태식이 메이저리그에서 좋은 성적을 거둘 수 있었던 결정적인 요인.
바로 제구였다.

'더 과감하게!'

주심의 성향을 파악한 태식이 오늘 투구 계획을 바꾸었다.

슈악!

2번 타자 데이빗 브리즈를 상대로 태식은 철저하게 코너워크에 신경 썼다.

"스트라이크!"

"스트라이크!"

높낮이를 달리 해서 바깥쪽으로 파고든 두 개의 슬라이더를 주심은 모두 스트라이크를 선언했다.

그리고 3구째.

슈아악!

태식이 몸 쪽 높은 코스에 형성되는 직구를 던졌다.

153㎞.

전광판에 찍힌 구속이었다.

바깥쪽 공을 예상하고 있다가 허를 찔린 데이빗 브리즈는 배트를 내밀지 못했다.

"스트라이크아웃!"

주심이 선언한 순간, 데이빗 브리즈가 거칠게 콧김을 내뿜었다.

너무 높았다.

항의의 의미를 담아 데이빗 브리즈가 주심을 바라보았다. 그러나 주심의 판정이 바뀔 리 없었다.

그리고.

데이빗 브리즈는 더 항의하지 않고 순순히 더그아웃으로 돌아갔다.

이미 그렉 폴랑코가 주심에게 거세게 항의를 하다가 퇴장을 당하는 모습을 지켜보았기 때문이리라.

슈악!

딱.

3번 타자 조지 해리슨은 초구를 공략했다.

그러나 평범한 내야 땅볼로 물러났다.

단 7개.

1회를 마무리하는 데 태식이 던진 공의 개수였다.

1회 초 수비를 가볍게 마무리한 태식이 더그아웃으로 돌아왔다.

그리고 야수들에게 조언했다.

"주심의 존이 무척 넓다. 그러니까 기다리지 말고 과감하게 휘둘러!"

11. 욕심을 내도 괜찮지 않을까?

피츠버그 파이어리츠의 선발투수는 개릿 콜.

팀의 1선발을 맡고 있는 젊은 투수였다.

올 시즌 성적은 7승 7패, 방어율 3.68.

1선발을 맡기에는 조금 부족한 면이 있었다.

'제구가 흔들려!'

선발투수로 출전한 태식은 타석에도 들어섰다. 그래서 오늘 경기 선발투수로 나서는 개릿 콜에 대해 분석을 했었다.

그 분석 결과 태식이 내린 결론이었다.

14승 7패, 방어율 2.87.

지난 시즌 개릿 콜이 거둔 성적이었다.

지난 시즌에 비해 올 시즌 개릿 콜은 확실히 부진한 모습을 보이고 있었다.

그 부진의 이유를 태식은 제구 난조 때문이라고 판단했다.

슈아악!

그때, 개릿 콜이 샌디에이고 파드리스의 리드오프인 에릭 아이바를 상대로 초구를 던졌다.

바깥쪽 낮은 직구.

에릭 아이바는 배트를 내밀지 않았다.

"볼!"

비록 오늘 경기 주심의 스트라이크존이 무척 넓은 편이라고 해도 너무 낮게 형성된 공이었다.

슈악!

2구째.

개릿 콜이 스트라이크를 잡기 위해서 던진 커브는 높게 형성됐다.

에릭 아이바는 높게 형성된 커브를 노려 쳤다.

따악!

투수의 곁을 스치고 지나간 타구는 깔끔한 중전 안타가 됐다.

무사 1루 상황에서 타석에 들어선 호세 론돈은 더욱 적극적으로 타격에 임했다.

슈아악!

따악!

바깥쪽 코스로 파고든 개릿 콜의 직구를 가볍게 밀어 쳤다.

1, 2루 간을 빠져나가는 안타가 되면서 무사 1, 2루로 상황이 바뀌었다.

무사 1, 2루의 찬스에서 타석에 들어선 것은 3번 타자 코리 스프링어.

원 볼 원 스트라이크 상황에서 개릿 콜이 선택한 구종은 커브였다.

슈악!

타자의 헛스윙을 유도하기 위해서 낮게 형성된 커브는 제대로 구사됐다.

따악!

그렇지만 코리 스프링어의 대처가 완벽했다.

낙차 큰 커브를 예측한 듯 코리 스프링어가 어퍼 스윙을 가져갔고, 배트 끝에 걸린 타구는 좌익수 앞에 뚝 떨어졌다.

세 타자 연속 안타.

경기 시작과 함께 무사 만루의 위기에 처한 개릿 콜의 표정에는 당황한 기색이 역력했다.

'적중했어!'

더그아웃에서 경기를 지켜보던 태식이 만족스러운 표정을 지었다.

태식의 조언에 귀를 기울였기 때문일까.

샌디에이고 파드리스의 타자들은 타석에서 기다리지 않았다.

과감하게 배트를 휘둘렀고, 좋은 결과를 만들어냈다.

"타임!"

개릿 콜이 경기 초반부터 위기에 처하자, 피츠버그 파이어리츠의 투수 코치가 마운드를 방문했다.

마운드 위에서 심각한 표정으로 대화를 나누고 있는 두 사람을 바라보던 태식이 두 눈을 빛냈다.

지금 마운드 위에서 오가고 있는 대화.

어느 정도 짐작이 가능했다.

"오늘 경기 주심의 스트라이크존이 넓은 편이다. 샌디에이고 파드리스 타자들이 타석에서 과감하게 스윙을 가져가는 편이니 정면 승부를 피하고 코너워크에 신경을 쓰면서 넓은 스트라이크존을 활용해라."

아마 이런 조언을 건넸으리라.

무척 적절한 조언이었다.

'늦었어!'

그렇지만 태식은 피츠버그 파이어리츠의 투수 코치가 마운드를 방문한 시점이 조금 늦었다고 판단했다.

'더 일찍 방문했어야 했어!'

에릭 아이바와 호세 론돈에게 연속 안타를 허용했던 시점.

태식이 판단하기에 투수 코치의 방문은 그 시점에 이뤄졌어야 했다.

무사 1, 2루 상황이었다면 정면 승부를 피하고 코너워크에 치중하는 승부를 펼치는 데 부담이 덜했을 터였다.

그러나 지금은 무사 만루 상황이었다.

볼넷을 허용하는 순간, 바로 실점으로 이어졌다.

그런 만큼 제구에 부담을 느낄 수밖에 없었다.

'해낼 수 있을까?'

태식이 흥미를 느끼고 그라운드를 주시했다.

슈악!

4번 타자 티나 코르도바를 상대로 개릿 콜이 던진 초구는 커브였다.

그러나 너무 낮았다.

홈 플레이트 근처에서 바운드를 일으킨 타구를 포구가 간신히 뒤로 빠뜨리지 않고 막아냈다.

원 볼 노 스트라이크.

슈아악!

개릿 콜은 2구째로 바깥쪽 직구를 선택했다.

그러나 이번에는 너무 높았다.

투 볼 노 스트라이크.

개릿 콜이 3구째로 슬라이더를 던졌다.

바깥쪽 스트라이크존을 통과할 듯하다가 마지막 순간에 바깥쪽으로 휘어나가는 슬라이더의 궤적은 예리했다.

티나 코르도바도 참지 못하고 배트를 휘두르다가 도중에 멈춰세웠다.

"볼!"

주심이 배트가 돌지 않았다고 판정한 순간, 피츠버그 파이어리츠의 배터리가 동시에 1루심을 가리켰다.

역시 배트가 돌지 않았다고 1루심이 판정한 순간, 개릿 콜이 흥분을 감추지 못하고 불만을 드러냈다.

"Fuck!"

잔뜩 흥분해서 욕설을 내뱉는 개릿 콜의 모습을 지켜보던 태식이 절레절레 고개를 흔들었다.

"끝났다!"

무사 만루 상황.

쓰리 볼 노 스트라이크.

볼 하나만 더 던져도 밀어내기를 허용하게 되는 상황으로 바뀌었다. 그리고 개릿 콜은 제구에 어려움을 겪고 있었다.

그런데 평정심까지 잃어버렸다.

슈아악!

"볼넷!"

태식의 예상은 적중했다.

개릿 콜은 스트라이크를 던지기 위해서 바깥쪽 직구를 던졌지만, 스트라이크존을 크게 벗어났다.

1 : 0.

밀어내기 볼넷이 나오며 샌디에이고 파드리스가 선취점을 올렸다. 그리고 무사 만루의 찬스는 계속 이어졌다.

타석에 들어선 것은 하비에르 게레로.

전반기에는 주로 6번 타자로 출전했던 하비에르 게레로는 후반기가 시작된 후, 5번 타자로 출전하고 있었다.

타격감이 가파른 상승세를 타기 시작한 하비에르 게레로를 중심 타선에 포진시킨 팀 셔우드 감독의 선택.

현재까지는 성공적이었다.

후반기 4승 1패를 거두는 과정에서 하비에르 게레로는 두 차례나 결승타를 때려냈으니까.

그리고 오늘도 마찬가지였다.

슈아악!

따악!

하비에르 게레로는 흔들리는 개릿 콜의 2구째 직구를 제대로 받아쳤다.

배트 중심에 걸린 타구는 좌중간을 반으로 갈랐다.

타다닷.

타다다닷.

3루 주자와 2루 주자는 물론, 1루 주자까지 홈으로 파고들며 스코어는 순식간에 4 : 0으로 바뀌었다.

그리고 아직 끝이 아니었다.

1사 2루 상황에서 7번 타자 미구엘 마못의 적시타가 터졌다.

5 : 0.

다섯 점차로 스코어가 벌어진 순간, 태식이 혼잣말을 꺼냈다.

"욕심을 내도… 괜찮지 않을까?"

6회 말, 1사 주자 없는 상황에서 태식이 오늘 경기 세 번째 타석에 들어섰다.

마운드는 여전히 개릿 콜이 지키고 있었다.

1회에 5실점을 허용하며 크게 흔들렸던 개릿 콜은 그 후 안정을 찾았다.

승부의 추가 일찌감치 기울어졌기 때문일까.

개릿 콜이 욕심을 버리자, 제구가 안정됐다.

2회부터 주심의 스트라이크존이 넓다는 것을 적극적으로 활용하면서 지금까지 무실점 투구를 펼쳤다.

2타수 무안타.

오늘 경기 태식은 두 타석에 들어서서 모두 삼진으로 물러났다. 그리고 세 번째 타석에 들어선 태식이 개릿 콜을 노려보았다.

슈아악!

개릿 콜이 던진 초구는 직구.

바깥쪽 꽉 찬 코스를 통과했다.

"스트라이크!"

배트를 휘두르지 않고 그대로 지켜 본 태식이 전광판을 살폈다.

151㎞.

전광판에 찍혀 있는 구속이었다.

'충분히 공략할 수 있어!'

이제 안정을 되찾은 개릿 콜의 투구는 위력적이었다. 그러나 노림수만 적중한다면 충분히 공략할 수 있다는 자신감이 있었다.

'커브? 슬라이더? 2구째로 어떤 공을 던질까?'

타석에서 욕심이 생겼다.

본능적으로 수 싸움을 펼치던 태식이 고개를 흔들었다.

'욕심을 버리자!'

투수와 타자.

평소에는 투수로서 마운드에 올랐을 때도, 타자로서 타석에 들어섰을 때도 모두 욕심을 갖고 임했다.

그러나 오늘 경기에서만큼은 달랐다.

이미 다섯 점차로 앞서고 있는 만큼, 추가점이 꼭 필요한 상황이 아니었다.

해서 태식은 타석에서 욕심을 버렸다.

지난 두 타석에서 모두 삼진으로 물러났던 것도 일찌감치 타석에서 욕심을 버렸기 때문이다.

루킹 삼진.

태식은 두 차례 타석에서 모두 스윙조차 하지 않았다.

대신 마운드에서 더욱 집중하기 위해서 애썼다.

그 이유는 욕심이 생겼기 때문이다.

노히트노런.

일찌감치 다섯 점차로 스코어가 벌어진 순간, 태식은 노히트노런이라는 기록 달성에 욕심을 품었다.

단지 스코어가 많이 벌어졌기 때문이 아니었다.

태식이 노히트노런에 대한 욕심을 품은 데는 다른 이유도 존재했다.

오늘 경기 주심의 스트라이크존이 무척 넓은 편인 것.

피츠버그 파이어리츠의 타자들이 극심한 타격 슬럼프에 빠져있는 것.

피츠버그 파이어리츠의 리드오프이자 그나마 팀에서 타격감이 가장 좋았던 편인 그렉 폴랑코가 예기치 못한 퇴장을 당한 것.

이런 복합적인 요인들이 태식에게 노히트노런이라는 대기록에 대한 욕심을 품게 만든 것이었다.

그리고.

지금까지는 태식의 계획대로 경기가 진행되고 있었다.

6이닝 무실점.

점수를 허용하지 않았을 뿐만 아니라, 안타나 사구도 허용하지 않은 퍼펙트게임 행진을 이어오고 있었다.

게다가 투구 수 관리도 잘된 편이었다.

현재까지 태식의 투구 수는 62개.

충분히 완투가 가능한 상황이었다.

슈악!

개릿 콜이 2구로 던진 공은 슬라이더.

역시 스트라이크존을 통과하며 노 볼 투 스트라이크로 볼카운트가 바뀌었다.

그리고 3구째.

슈아악!

개릿 콜이 직구를 던졌다.

'실투!'

태식이 두 눈을 빛냈다.

한가운데로 몰린 직구는 실투였다.

본능적으로 배트를 휘두르려고 했던 태식이 이를 악물고 참아냈다.

"스트라이크아웃!"

세 번째 타석에서도 루킹 삼진으로 물러난 태식이 천천히 더그아웃으로 돌아왔다.

7회 초와 8회 초.

태식이 마운드에 올랐을 때의 반응은 또 달랐다.

'설마?'

7회 초에 마운드에 올랐을 때는, 이런 반응이 더 많았다.

그렇지만 7회 초에 세 타자를 모두 범타로 돌려세우고, 8회 초에 오른 지금은 반응이 또 달라져 있었다.

'어쩌면?'

퍼펙트게임 달성까지 단 6개의 아웃 카운트만 남겨둔 상황.

관중들은 물론이고, 팀 동료들까지도 태식의 퍼펙트게임을 의식하기 시작했다.

"해보자!"

태식이 모자를 고쳐 썼다.

모든 주변 여건들이 대기록 달성을 노리는 태식의 편이었다.

기왕 여기까지 온 이상, 꼭 대기록을 달성하고 싶었다.

"이번 이닝이 고비야!"

태식이 경각심을 일깨웠다.

비록 피츠버그 파이어리츠 타자들의 타격감이 하락세라고 해도, 그래도 중심 타선에 포진된 타자들과의 대결이었다.

8회 초. 태식이 상대하는 첫 타자는 피츠버그 파이어리츠의 4번 타자인 프란시스 서벨리였다.

지난 시즌에 주로 6번 타순을 맡았던 프란시스 서벨리는 올 시즌부터 팀의 4번 타자로 나서고 있었다.

그의 타격 능력이 갑자기 좋아져서가 아니었다.

피츠버그 파이어리츠가 프란시스 서벨리를 올 시즌 4번 타자로 활용하는 데는 피치 못할 사정이 있었다.

지난 시즌까지 팀의 4번 타자 역할을 맡았던 이안 데릭이 불미스러운 사건에 휘말려서 올 시즌 출전이 어려워졌기 때문이다.

성폭행, 그리고 음주 운전.

이안 데릭이 연루된 불미스러운 사건이었다.

그로 인해 이안 데릭은 로스터에 합류하지 못했다.

매 시즌 20홈런 이상을 기록했던 이안 데릭의 예기치 못한 부재를 메꾸기 위해서 정교함을 떨어지지만 장타력을 갖춘 프란시스 서벨리를 4번 타자로 기용하는 것이었다.

슈아악!

딱!

프란시스 서벨리는 초구부터 과감하게 공략했다.

그러나 타구는 멀리 뻗지 못했다.

중견수가 원래 위치에서 거의 이동하지 않은 채 타구를 잡아냈다.

이제 대기록 달성까지 남은 아웃 카운트는 다섯 개.

타석에는 5번 타자 앤드류 맥커천이 들어섰다.

'집중하자!'

앤드류 맥커천은 피츠버그 파이어리츠 팬들의 사랑을 듬뿍 받고 있는 프랜차이즈 스타였다.

비록 올 시즌에는 기대에 부응할 만큼의 활약을 펼치지 못해서 트레이드 소문이 무성하게 나돌고 있었지만, 그는 좋은 타자였다.

앤드류 맥커천이 올 시즌 부진한 이유는 크게 둘.
우선 나이가 들면서 배트 스피드가 떨어졌다.
그로 인해 빠른 공 대처에 애를 먹다 보니 유인구에도 쉽게 대처하지 못했다.
그러다 보니 전반적인 타격감이 떨어졌다.
또 하나의 이유는 집중 견제였다.
피츠버그 파이어리츠에서 가장 위협적인 타자였던 이안 데릭이 올 시즌 경기에 출전하지 못하면서, 투수들은 앤드류 맥커천과의 승부에 집중했다.
앤드류 맥커천의 앞뒤로 포진해 있는 4번 타자 프란시스 서벨리와 6번 타자 호세 오수다.
두 타자 모두 위협적인 모습을 보이지 못했기에, 투수들은 여차 하면 거른다는 생각으로 앤드류 맥커천과의 승부에서 좋은 공을 던지지 않았다.
그로 인해 앤드류 맥처천은 나쁜 공에 자꾸 손이 나가다 보니, 좋은 타구를 만들어내지 못했다.
'신중하게, 그렇지만 과감하게!'
태식이 초구를 뿌렸다.
슈아악!
몸 쪽 직구를 던진 순간, 앤드류 맥커천도 예상했다는 듯 배트를 휘둘렀다.
딱!
그러나 배트 스피드가 구속을 따라오지 못했다.
빗맞은 타구는 파울이 됐다.

2구째.

슈아악!

태식은 또 한 번 몸 쪽 직구를 던졌다.

부우웅.

'설마 또 몸 쪽 직구를 던질까?'

이렇게 판단하고 있던 앤드류 맥커천은 허를 찔렸다.

그로 인해 스윙이 조금 늦었고, 그의 배트는 허공을 갈랐다.

노 볼 투 스트라이크.

유리한 볼카운트에서 태식이 3구째 공을 던졌다.

슈악!

태식이 선택한 구종은 너클볼.

직구를 예상하고 기다리던 앤드류 맥커천이 당혹스러운 기색으로 스윙했다.

딱!

그러나 제대로 된 타격이 되지 못했다.

직구와 30km 가까이 구속 차이가 나는 너클볼을 공략하는 과정에서 앤드류 맥커천은 타이밍을 제대로 맞추지 못했다.

또 배트 중심에 맞추지도 못했다.

툭. 툭.

유격수 앞으로 굴러가는 내야 땅볼.

앤드류 맥커천이 전력 질주 했지만, 유격수가 던진 송구가 1루수가 앞으로 내밀고 있던 글러브 속으로 빨려 들어가는 것이 더 빨랐다.

"아웃!"

또 하나의 아웃 카운트를 잡아내며, 이제 퍼펙트게임 달성까지 남은 아웃 카운트는 넷으로 줄었다.

'이제… 진짜 가시권 안에 들어왔다!'

태식이 크게 심호흡을 했다.

앤드류 맥커천과의 이번 승부.

퍼펙트게임 달성에 있어서 가장 큰 고비가 될 거라 여겼다.

그렇지만 그리 어렵지 않게 고비를 넘겼다.

그리고.

앤드류 맥커천과의 승부를 쉽게 가져갈 수 있었던 데는 경기 초반에 대량 득점을 만들어내며 크게 벌어져 있던 스코어 차의 역할이 컸다.

'홈런을 맞아도 괜찮다!'

설령 앤드류 맥커천에게 솔로 홈런을 허용한다고 해도 스코어 차는 여전히 컸다.

박빙의 승부가 아니었기에 과감하게 몸 쪽 승부를 펼칠 수 있었던 것이다.

덕분에 볼카운트를 유리하게 가져가면서 너클볼로 앤드류 맥커천의 타이밍을 빼앗을 수 있었다.

2사 주자 없는 상황에서 타석에 들어선 것은 6번 타자 호세 오수다.

슈악!

무심코 초구를 던졌던 태식의 표정이 굳어졌다.

'몰렸다!'

제구가 뜻대로 되지 않으면서 공이 가운데로 몰렸기 때문이다.

따악!

호세 오수다는 실투를 놓치지 않았다.

가운데로 몰린 밋밋한 슬라이더를 제대로 받아쳤다.

'끝났다!'

배트 중심에 걸린 타구를 확인한 태식의 머릿속이 하얗게 변했다.

따악!

타다다닷.

경쾌한 타격음이 흘러나온 순간, 타구 판단을 마친 좌익수 티나 코르도바가 지체 없이 스타트를 끊었다.

타구가 바운드를 일으키길 기다렸다가 잡는 것이 정상적인 수비.

그렇지만 티나 코르도바의 선택은 달랐다.

자칫 잘못하면 공이 뒤로 빠져서 3루타 혹은 그라운드 홈런까지 허용할 수 있는 상황임에도 불구하고, 그는 노 바운드로 타구를 처리하기 위해서 과감하게 몸을 던졌다.

쐐애액!

슬라이딩을 하며 쭉 내민 티나 코르도바의 글러브 속으로 호세 오수나의 타구가 빨려 들어갔다.

'잡았다?'

무조건 안타가 될 것이라고 판단했다.

그렇지만 호세 오수나의 안타성 타구는 티나 코르도바가 앞으로 쭉 내민 글러브 속으로 들어가 있었다.

노 바운드로 잡았다는 것을 알리듯 글러브를 높이 들어 올리는 티나 코르도바의 호수비 덕분에 태식의 퍼펙트게임 행진은 이어졌다.

'실투가 나왔어!'

퍼펙트게임 행진이 깨질 뻔한 위기를 간신히 넘긴 태식이 반성했다.

4번 타자인 프란시스 서벨리에 이어 현재 피츠버그 파이어리츠에서 가장 위협적인 타자인 앤드류 맥커천까지 잡아낸 순간, 자신도 모르는 사이 방심했다.

'9회는?'

클린트 허들 감독은 대타 작전을 꺼내 들 것이 뻔했다.

해서 대타자들을 상대로 어떻게 승부를 펼쳐야 할까에 대해 신경이 분산된 탓에, 호세 오수나와의 승부에 집중하지 못했다.

그것이 실투가 나온 이유.

'티나 코르도바가 큰 도움을 줬네!'

미리 더그아웃에 도착한 태식이 티나 코르도바를 기다렸다.

"어떻게 잡았어?"

태식이 묻자, 티나 코르도바가 씩 웃으며 대답했다.

"집중했다."

"집중?"

"태식의 대기록을 지켜주고 싶었다."

그 대답을 들은 태식이 고개를 끄덕였다.

티나 코르도바가 선보인 호수비의 원동력.

타구 판단이 빨랐던 것이다. 그리고 티나 코르도바의 타구 판단이 빨랐던 이유는 평소보다 더 경기에 집중했기 때문이다.

"고맙다."

태식이 감사를 표한 순간, 티나 코르도바가 콧김을 내뿜으며 대꾸했다.

"고마울 것까지야. 대신 부탁이 있다."

"부탁? 무슨 부탁이지?"

"앞으로 날 수비 요정이라 불러달라."

"수비 요정?"

"이 정도면 수비 요정이라 불릴 자격이 있지 않은가?"

티나 코르도바는 몸무게가 100kg이 훌쩍 넘는 거구.

그래서 얼핏 보기에는 수비가 약할 것처럼 느껴졌다.

그렇지만 티나 코르도바는 걸음이 빠른 편이었다.

해서 얼핏 느껴지는 이미지와는 달리 호수비를 자주 펼치는 편이었다.

티나 코르도바에게 대답하는 대신 실소를 흘린 태식이 벤치에 걸터앉았다.

이제 대기록 달성까지 남은 아웃 카운트는 겨우 셋.

"해보자!"

태식이 더 집중하기 위해서 노력하며 긴장을 풀기 위해 애썼다.

"대단하네!"

팀 셔우드가 감탄했다.

'김태식이 선발투수로 등판하는 만큼, 오늘 경기에서 피츠버그 파이어리츠를 상대로 스윕을 거둘 수 있지 않을까?'

이런 기대를 가졌었다.

그런데 김태식은 팀 셔우드의 기대 이상으로 대단한 호투를 펼치고 있었다.

8회까지 퍼펙트게임 행진을 이어나가고 있었다.

물론 8회 말에 퍼펙트게임 행진이 깨질 뻔했던 위기가 찾아오기는 했었다.

2사 후, 피츠버그 파이어리츠의 6번 타자 호세 오수나를 상대하는 과정에서 실투가 나왔기 때문이다.

그렇지만 티나 코르도바의 호수비 덕분에 김태식은 위기를 넘겼다.

"이것도… 김태식이 가진 능력이지."

팀 셔우드가 희미하게 고개를 끄덕였다.

아까 티나 코르도바가 펼쳤던 호수비.

운도 따랐지만, 경기에 대한 집중력이 최고조에 달했기 때문에 나왔던 호수비였다.

그리고 김태식이 선발투수로 등판하는 경우에 다른 투수들이 등판했을 때에 비해 야수들이 더욱 집중력을 발휘하는 경우가 잦았다.

"누가 시킨 게 아냐."

김태식이 등판했을 때 수비 집중력이 강해지는 것에 대해서 팀 셔우드가 판단하는 이유는 두 가지.

우선 야수들은 김태식에게 일종의 부채 의식을 갖고 있었다.

야수보다 더 공격력이 뛰어난 투수.

김태식에 대한 세간의 평가였다. 그리고 김태식이 타석에서 맹활약을 펼치면서 상대팀 투수들은 쉬어갈 자리가 사라졌다.

그로 인해 상대팀 투수들은 힘에 부쳐 했고, 반대급부로 샌디에이고 파드리스 타자들에게는 유리하게 작용했다.

최근 들어 샌디에이고 파드리스 타자들의 타격감이 상승세를 타기 시작한 이유 가운데 하나.

그래서 야수들은 김태식에게 고마운 마음을 갖고 있었고, 어떻게든 보답하기 위해서 수비에 더욱 집중하는 것이었다.

또 하나의 이유는 김태식의 투구 스타일이었다.

경기에 따라서 조금씩 차이는 있지만, 김태식의 투구 스타일은 지나치다 싶을 정도로 공격적인 편이었다.

그렇게 공격적인 피칭을 펼치다 보니, 투구 수가 적은 편이었다.

오늘 경기도 마찬가지였다.

8이닝을 소화한 김태식의 투구 수.

채 90개도 되지 않았다.

그리고.

투구 수를 아끼며 공격적인 피칭을 펼치다 보니, 자연스레 수비 시간이 짧아졌다.

그로 인해 상대적으로 야수들의 집중력이 높아지는 것이었다.

어쨌든.

"영리하네!"

비록 다른 리그였지만, 김태식의 프로 선수 경력은 길었다.

그리고 경험이 쌓여서일까.

김태식은 야구를 영리하게 했다.

팀 서우드가 감탄한 것은 김태식이 타석에서 보여준 모습 때문이었다.

4타수 무안타.

김태식은 오늘 네 차례 타석에 들어섰지만, 안타를 때려내지 못했다.

타격감이 나쁜 것이 아니었다.

오늘 김태식은 타석에서 전혀 타격 의사를 드러내지 않았다.

태업이 아니라, 전략적인 선택이었다.

대기록에 대한 욕심이 생겼기에, 일찌감치 타격을 포기하고 투구에만 집중한 것이었다.

그런 김태식의 선택.

나쁘지 않았다.

"더 부각됐어!"

올 시즌 메이저리그에 데뷔한 김태식의 활약상.

분명히 대단했다.

이미 두 자릿수 승수를 거두면서 타 팀의 특급 에이스들에 못지않은 훌륭한 투구를 펼치고 있었다.

그렇지만 김태식의 에이스로서의 면모는 조금 가려져 있는 편이었다.

그 이유는 김태식의 공격력이 너무 부각됐기 때문이다.

선발투수로 등판했을 때마다 김태식은 타석에서 맹활약을 펼쳤고, 대타자로 출전했을 때도 해결사 역할을 꾸준히 해내고 있었다.

그로 인해 투수로서의 능력이 조금 가려져서 제대로 인정을 받지 못하고 있었는데.

'만약 오늘 퍼펙트게임을 달성한다면?'

김태식의 이미지는 또 한 번 바뀔 터였다.

투수로서의 능력도 팬들의 뇌리에 강하게 각인될 것이었기 때문이다.

"단장님은… 울상을 짓고 있겠군."

팀 셔우드가 쓰게 웃었다.

자신과 마이크 프록터 단장의 입장.

또 다른 부분이 있었다.

팀 셔우드 입장에서는 김태식의 대기록 달성이 반가웠다.

퍼펙트게임 달성으로 인해 팀 분위기가 한층 더 좋아질 테니까.

그러나 마이크 프록터 단장의 입장은 달랐다.

만약 김태식이 이 기세를 이어나가서 대기록 달성에 성공한다면, 그의 이름은 팬들의 뇌리 속에 강하게 각인될 터였다.

그만큼 스타성이 부각되는 것이었다.

실력과 스타성!

두 가지를 모두 갖춘 김태식에게 다른 구단들의 관심이 집중될 것은 자명했다.

그럼 올 시즌을 끝으로 계약이 만료되는 김태식을 지키는 것은 더욱 어려워질 터였다.

이것이 마이크 프록터가 곤란한 표정을 짓고 있을 거라고 판단한 이유.

"물론 아직 끝난 것은 아니지."

김태식이 퍼펙트게임이란 대기록을 달성하기까지 남은 아웃 카운트는 세 개뿐이었다.

그러나 퍼펙트게임이 괜히 대기록이 아니었다.

그만큼 달성하기 어렵기 때문에 대기록이라고 불리는 것이었다.

실제로 대기록 달성까지 아웃 카운트 하나를 남겨두고 대기록 달성이 무산되는 경우도 허다했다.

그렇지만.

"왠지… 해낼 것 같단 말이야."

커다란 타월을 머리에 뒤집어쓰고 있는 김태식을 바라보고 있던 팀 셔우드가 혼잣말을 꺼냈다.

9회 말, 태식이 마운드를 향해 걸어 올라갔다.

퍼펙트게임이란 대기록 달성을 앞두고 있기 때문일까.

수많은 관중들이 들어차 있음에도 경기상 내부는 적막하리만치 고요했다.

그런 관중들의 시선.

모두 태식에게 고정되어 있었다.

9회 말의 첫 타자로 타석에 들어선 것은 7번 타자 조디 머서.

"이제 안타 하나 때려라. 언제까지 계속……."

조디 머서가 타석에 선 순간, 피츠버그 파이어리츠를 응원하는 관중이 벌떡 일어나서 소리를 질렀다.

그러나 그 관중은 원래 하려던 말을 끝마치지 못했다.

다른 관중들이 원망하는 눈초리를 던지는 것을 발견했기 때문이다.

퍼펙트게임은 100년이 넘는 역사를 가진 메이저리그를 통틀어서 본다 하여도 몇 차례 나오지 않은 대기록이다.

그런데 지금 마운드에 서 있는 투수 김태식이 퍼펙트게임이라는 대기록 달성을 눈앞에 두고 있다.

비록 당신이 응원하는 팀의 투수가 아니라고 해도, 응원을 하지 못할망정 방해를 해서야 되겠느냐?

이런 의미가 담겨 있는 시선들이었다.

다시 경기장 내에 적막이 내려앉은 순간, 태식이 호흡을 고른 후 와인드업을 했다.

슈아악!

손에서 공이 떠난 순간, 태식이 표정을 굳혔다.

'높다!'

원래 던지려는 공은 타자의 무릎 높이로 파고드는 바깥쪽 직구였다.

그런데 제구가 뜻대로 되지 않았다.

바깥쪽 높은 코스로 날아든 직구를 조디 머서는 그냥 흘려보내지 않았다.

따악!

조디 머서가 휘두른 배트 중심에 걸린 타구.

'안타?'

태식이 표정을 굳힌 채 홱 고개를 돌렸다.

조디 머서의 타구.

배트 중심에 걸린 잘 맞은 타구였지만, 운이 없었다.

하필이면 유격수 정면으로 향해서 라인 드라이브 아웃이 됐다.

"운이 좋았어!"

태식이 가슴을 쓸어내렸다.

조디 머서의 입장에서는 운이 없었지만, 태식의 입장에서는 행운이 따른 셈이었다.

덕분에 퍼펙트게임 행진이 이어질 수 있었다.

다음 타자는 8번 타자 조시 벨.

태식이 로진백을 집어 들었다.

"힘이 들어갔어!"

조디 머서를 상대할 때, 제구가 뜻대로 되지 않은 것.

몸에 힘이 들어갔기 때문이다.

'퍼펙트게임을 의식하지 말자!'

이렇게 마음을 다스리려고 노력했지만, 태식도 사람이었다.

역사적인 대기록 달성이 목전까지 다가오자, 자꾸 욕심이 생겼다.

'안타를 맞으면 안 된다. 전력투구를 해야 한다!'

이런 생각에 사로잡히다 보니 자신도 모르는 사이, 몸에 힘이 들어갔던 것이다.

태식이 쓰게 웃으며 혼잣말을 꺼냈다.

"이래서… 어렵구나!"

12. 그런 공

퍼펙트게임, 혹은 노히트노런.

대기록 달성을 목전에 두었던 상황에서 마지막 고비를 넘지 못하고 안타를 허용하는 투수들은 부지기수였다.

"여태까지 해왔던 대로 조금만 더 힘을 내서 던지면 대기록을 달성할 수 있는데. 왜 거의 다 와서 버티지 못하고 무너지는 걸까?"

야구팬들은 그때마다 이렇게 안타까워했다.

그러나 거기에는 그만한 이유가 있었다.

대기록 달성에 도전하는 투수도 한 명의 사람이었다.

당연히 욕심에서 자유로울 수 없었다.

'지금까지처럼 똑같이 던지자!'

이렇게 각오를 다지고 마운드에 오르지만, 정작 투구를 할 때는 욕심 때문에 몸에 힘이 들어가게 마련이었다.

그래서 대기록 달성 직전에 실투가 나오면서 안타를 허용하는 것이었다.

"인정하자!"

태식이 로진백을 떨구며 혼잣말을 꺼냈다.

아무리 각오를 다진다고 해도, 분명히 한계는 있었다.

사람인 이상, 욕심을 완전히 버릴 수는 없었다.

'진인사대천명(盡人事待天命)!'

지금 태식이 할 수 있는 것.

그저 마지막의 마지막 순간까지 최선을 다하는 것이었다.

그리고 대기록 달성 여부는 최선을 다하고 난 후, 하늘의 뜻에 맡기기로 했다.

슈악!

태식이 와인드업을 마친 후 조시 벨을 상대로 초구를 던졌다. 그리고 태식이 선택한 구종은 너클볼이었다.

'후회를 남기지 말자!'

태식이 너클볼을 선택한 이유.

비록 대기록 달성에 실패하더라도 후회가 덜 남도록 가장 자신 있는 공을 던지자고 결심했기 때문이다.

딱!

한가운데 코스로 날아드는 너클볼을 확인한 조시 벨도 과감하게 배트를 휘둘렀다. 그러나 워낙 궤적 변화가 컸던 터라, 배트 중심에 공을 맞추지 못했다.

배트 하단에 빗맞은 타구가 크게 바운드를 일으킨 순간, 3루수인 하비에르 게레로가 앞으로 대시했다.

'한 번에 포구하지 못하면 아웃시키지 못한다!'

속도가 느린 타구인 데다가 바운드도 애매했다.

해서 태식의 표정이 다급해졌을 때, 하비에르 게레로가 유연한 글러브질로 애매한 바운드의 타구를 한 번에 잡아냈다.

'타이밍은?'

워낙 바운드가 컸던 타구였다.

또, 타구의 속도도 느린 편이었다.

하비에르 게레로가 앞으로 대시하면서 단번에 포구에 성공했다고 해서 아직 안심할 단계는 아니었다.

그 사실을 알고 있기 때문일까.

하비에르 게레로는 러닝 스로우로 1루로 송구했다.

송구의 방향은 정확했다.

그러나 송구에 실린 힘이 약했다.

원 바운드를 일으킨 송구를 잡기 위해 1루수인 코리 스프링어가 글러브를 필사적으로 내밀었다.

타자주자인 조시 벨도 필사적이긴 마찬가지였다.

대기록인 퍼펙트게임의 희생양이 되고 싶지 않아서일까.

쐐애액.

그는 헤드 퍼스트 슬라이딩을 감행했다.

'결과는?'

하비에르 게레로의 송구가 도착한 것과 헤드 퍼스트 슬라이딩을 감행한 조시 벨의 손이 베이스에 닿은 것.
거의 동시였다.
"아웃!"
잠시 망설이던 1루심이 아웃을 선언한 순간, 태식이 주먹을 움켜쥐었다.
그런 태식의 가슴이 뜨겁게 달아올랐다.
자신의 대기록 달성을 돕기 위해서 최고의 집중력을 발휘하고 있는 동료들의 마음이 전해졌기 때문이다.
"이제… 마지막 아웃 카운트만 남았다."
퍼펙트게임이란 대기록 달성까지 남은 아웃 카운트는 하나뿐이다.
태식이 마운드 위에서 거칠어진 호흡을 고르고 있을 때, 클린트 허들 감독이 대타자를 기용했다.

클린트 허들 감독이 선택한 대타자는 릭 스미스.
올 시즌 피츠버그 파이어리츠의 대타 요원으로 주로 등장하는 타자였다.
"방심하지 말자!"
대기록 달성까지 남은 아웃 카운트는 단 하나.
그러나 마지막 아웃 카운트를 남겨 두고 대기록 달성이 무산되는 경우도 적지 않았다.
해서 태식이 각오를 다지며 타석에 들어선 릭 스미스를 바라보았다.
상황이 상황이기 때문일까.

릭 스미스의 눈빛은 매서웠다.
또, 그의 표정에서는 비장함마저 느껴졌다.
이젠 정말 대기록 달성이 임박했기 때문일까.
방금 전까지 적막할 정도로 고요하던 그라운드가 변했다.
짝짝짝.
태식에게 힘을 불어넣어 주기 위해서일까.
팻코 파크를 가득 메운 홈 관중들이 일제히 기립해서 박수를 보내기 시작했다.
홈 관중들이 보내고 있는 응원을 등에 업은 채 태식이 와인드업을 했다.
슈아악!
태식이 선택한 초구는 몸 쪽 직구.
과감하게 몸 쪽으로 파고든 직구에 릭 스미스가 움찔했다.
"스트라이크!"
주심이 스트라이크를 선언한 순간, 태식이 전광판을 살폈다.
156㎞.
'후회를 남기고 싶지 않다!'
이런 각오를 다졌기에 태식은 전력투구를 펼쳤다.
와아!
와아아!
이전과는 달랐다.
홈 관중들은 태식의 일 구, 일 구에 환호성과 박수를 보냈다.
이어진 2구째.
슈아악!

태식이 바깥쪽 직구를 선택했다.

155㎞.

초구와 엇비슷한 구속의 직구가 파고든 순간, 릭 스미스가 스윙했다.

딱!

타이밍이 밀린 타구는 1루 측 관중석에 떨어졌다.

노 볼 투 스트라이크.

투수에게 유리한 볼카운트로 변한 순간, 홈 관중들이 보내는 응원의 함성과 박수 소리가 더욱 우렁차게 변했다.

"이제 진짜 공 하나 남았다!"

"퍼펙트게임 달성해라!"

"역사의 현장을 보고 싶다!"

"김태식! 파이팅!"

홈 관중들의 함성 소리가 태식의 귓가로 파고들었다.

'이제… 진짜 다 왔다!'

대기록 달성까지 남은 것.

스트라이크 하나뿐이었다.

'끝내자!'

슈악!

태식이 각오를 다지면서 3구를 던졌다.

슬라이더는 스트라이크존을 통과하기 직전 예리한 각도로 휘어져 나갔다.

릭 스미스가 따라 나오던 배트를 가까스로 멈춰 세웠다.

"볼!"

주심이 볼을 선언한 순간, 이안 드레이크가 1루심을 가리켰다. 그러나 1루심의 판정도 마찬가지였다.

아아!

아아아!

공 하나하나에 집중하고 있던 홈 관중들이 아쉬워하며 일제히 탄식성을 내뱉었다.

릭 스미스의 배트를 끌어내서 대기록 달성을 완성하기로 마음먹고 회심의 슬라이더를 구사했던 태식 역시 아쉬움이 남았다.

'괜찮아!'

그러나 애써 마음을 추스르기 위해 애썼다.

슈악!

태식이 4구째로 던진 공은 슬라이더.

원래는 3구째와 똑같은 코스로 파고드는 슬라이더를 던져서 릭 스미스의 배트를 기어이 끌어내려 했다.

그러나 뜻대로 제구가 되지 않았다.

바깥쪽으로 일찌감치 크게 휘어져 나가면서 릭 스미스의 배트를 끌어내는 데 실패했다.

'왜?'

제구가 마음먹은 대로 되지 않은 순간, 태식이 표정을 굳혔다.

'또 욕심이 생겼어!'

빨리 대기록을 달성하고 싶다.

이번 공으로 끝내자.

이런 욕심들이 자꾸 깃들었다.

게다가 아까 3구째 슬라이더에 릭 스미스의 배트가 돌지 않았다고 판단한 주심의 판정이 못내 아쉬웠다.

괜찮다고 마음을 다스리기 위해 애썼지만 아쉬움을 모두 떨쳐내는 것은 무리였다.

투 볼 투 스트라이크.

'풀카운트가 되면… 불리하다!'

이번 공에 릭 스미스와 승부를 끝내야 했다.

슈아악.

태식이 와인드업을 마치고 5구째 공을 던졌다.

너클볼.

가장 자신 있는 공을 던져서 범타를 유도해 내려고 했는데.

릭 스미스는 이번에도 배트를 내밀지 않고 참아냈다.

"볼!"

'낮아!'

태식의 표정이 딱딱하게 굳어졌다.

원래 의도는 스트라이크존을 통과하려는 너클볼을 던지는 것이었다.

그러나 의도와 달리 너무 낮게 형성됐다.

그로 인해 릭 스미스의 배트를 끌어내는 데 실패한 것이었다.

'불안한 거야!'

태식이 한숨을 내쉬었다.

이번에는 확실히 이유를 알 수 있었다.

'스트라이크존을 통과하는 공을 던지다가 안타를 맞으면 어쩌지? 그래서 대기록 달성이 무산되면 어쩌지?'

이런 불안감이 마음속을 잠식한 탓에, 너클볼이 원래 의도와 달리 너무 낮게 형성된 것이었다.
풀카운트로 상황이 바뀌자, 팻코 파크가 술렁이기 시작했다.
거의 성사될 뻔했던 대기록 달성이 혹시 무산되지 않을까.
이런 우려가 생겼기 때문이다.
'무슨 공을 던지지?'
태식이 로진백을 집어 들었다.
머릿속이 복잡했다.
그렇지만 한 가지는 확실하게 알고 있었다.
'욕심을 버려야 해!'
결국 욕심을 버려야만 이 위기를 헤쳐 나갈 수 있다는 판단이 들었다. 그러나 문제는 그게 쉽지 않다는 것이었다.
'어떻게 욕심을 버릴 수 있을까? 또 얼마나 욕심을 버려야 할까?'
필사적으로 고민하던 태식이 두 눈을 빛냈다.
간신히 하나의 방법을 찾아냈기 때문이다.
툭.
로진백을 떨군 태식이 크게 심호흡을 한 후 와인드업을 했다.
슈악!
대기록 달성을 앞두고 있던 태식의 손에서 오늘 경기 마지막 공이 떠났다.

* * *

슥. 슥.

한식당을 찾은 태식이 김치찌개 국물에 밥을 비볐다.

'맛있다!'

칼칼한 김치찌개 국물에 밥을 비벼 먹으니 말 그대로 꿀맛이었다.

두 공기째 밥을 맛있게 먹고 있던 태식이 자신을 빤히 바라보고 있는 데이비드 오의 시선을 뒤늦게 깨닫고 고개를 들었다.

"왜 그렇게 봐요?"

"신기해서요."

"밥 먹는 걸 처음 보는 것도 아닌데 신기할 게 뭐가 있어요?"

태식이 의아한 시선을 던지자, 데이비드 오가 대답했다.

"어디서 그런 배짱이 나와요?"

"김치찌개에 밥 비벼 먹는 데도 배짱이 필요한 건가요?"

"그게 아니라… 어떻게 공 하나로 퍼펙트게임이란 대기록 달성이 수립되느냐 마느냐 하는 중요한 상황에서 그런 공을 던질 수 있어요?"

데이비드 오가 입 밖으로 꺼낸 '그런 공'이라는 표현이 재밌었다. 그래서 실소를 머금은 채 태식이 다시 물었다.

"그런… 공이요?"

"그게……."

"그런 공이 어떤 공이었는데요?"

"그러니까 볼이었잖아요."

태식이 빙그레 웃었다.

퍼펙트게임이란 대기록 달성까지 단 하나의 아웃 카운트만 남아 있던 상황.

타석에 들어선 릭 스미스와 태식은 풀카운트 승부를 펼쳤다.

공 하나에 따라 대기록 달성이 수립되느냐 마느냐 하던 중요하고 중압감이 막심했던 상황.

태식이 수저를 내려놓으며 그 순간의 기억을 떠올렸다.

'어떻게 하면 욕심을 버릴 수 있을까?'

태식이 로진백을 집어 든 이유.

마운드 위에서 생각할 시간을 벌기 위해서였다.

와아!

와아아!

그사이에도 기립해 있던 홈 관중들의 함성은 끊이지 않았다.

태식의 대기록 달성을 염원하는 홈 관중들의 함성이 귓속으로 파고든 순간, 태식은 퍼뜩 깨달았다.

욕심을 버리는 건 불가능하다는 것을.

그리고.

욕심을 완전히 버리는 것이 불가능하다는 사실을 알아챈 순간, 태식의 생각이 다음 수순으로 이어졌다.

'얼마나 욕심을 버릴 수 있을까?'

사람인 이상 완전히 욕심에서 자유로울 수는 없다.

해서 대체 얼마나 욕심을 버릴 수 있을까에 대해 고민하던 태식의 머릿속에 떠오른 단어는 두 가지였다.

퍼펙트게임과 노히트노런.

두 가지 모두 대기록이었다.

그렇지만 차이는 있었다.

퍼펙트게임은 선발투수가 단 한 명의 타자도 루상에 내보내지 않고 경기를 마치는 것이었다.

노히트노런은 투수가 상대팀 타선을 상대로 무실점, 무안타인 상태로 경기에서 승리하는 것이었다.

당연히 안타는 물론이고 사사구조차 허용하지 않고 경기를 마무리하는 퍼펙트게임이 노히트노런에 비해 훨씬 달성하기 어려운 대기록이었다.

그렇지만 노히트노런 역시 대단한 대기록이었다.

한 시즌을 치르는 동안 몇 차례 나오지 않는 기록이 노히트노런.

그리고.

태식은 처음부터 퍼펙트게임을 목표로 하지 않았다.

"욕심을 내도… 괜찮지 않을까?"

5 : 0.

경기 초반, 스코어가 크게 벌어진 순간, 태식이 품었던 생각이었다.

주심의 유난히 넓은 스트라이크존, 그리고 피츠버그 파이어리츠의 리드오프인 그렉 폴랑코의 예기치 못했던 퇴장까지.

여러 가지 요건들이 갖춰졌다고 판단했기에 태식은 대기록 달성에 욕심이 생겼다.

그리고.

당시에 태식이 욕심을 품었던 기록은 퍼펙트게임이 아니라 노히트노런이었다.

즉, 처음부터 퍼펙트게임에 욕심을 냈던 것이 아니었다.

예상했던 것보다 경기가 더 잘 풀리면서 퍼펙트게임이라는 대기록 달성에 근접해 있는 상황이 된 것이었다.

'노히트노런도… 충분히 대단한 기록이 아닌가?'

태식의 머릿속에 퍼뜩 떠오른 생각이었다.

그와 동시에 아까 던졌던 질문에 대한 답을 찾을 수 있었다.

'퍼펙트게임에 대한 욕심을 버리자!'

퍼펙트게임에서 노히트노런으로.

태식은 목표를 선회하면서 일정 부분 욕심을 버렸다.

'커브!'

그리고 욕심을 내려놓은 순간, 구종이 떠올랐다.

툭.

오랫동안 쥐고 있던 로진백을 바닥에 떨군 태식이 와인드업을 했다.

슈악!

태식이 선택한 공은 커브였다.

'볼넷을 허용해도 상관없다!'

이런 생각을 갖고 던진 유인구.

스트라이크존을 통과할 듯하다가 갑자기 뚝 떨어진 커브에 릭 스미스의 배트가 끌려 나왔다.

부우웅!

"스트라이크아웃!"

와아!

와아아!

릭 스미스의 배트가 허공을 가르고 지나간 순간, 팻코 파크가 떠나갈 듯한 엄청난 환호성이 터져 나왔다.

'내가 해냈다!'

엄청난 함성 소리를 듣고서야 태식은 퍼펙트게임을 달성했다는 사실을 깨달았다.

그때, 벌떡 일어난 이안 드레이크가 태식에게 달려왔다.

"거기서 유인구라니요! 이런 어마어마한 배짱은 도대체 어디서 나오는 겁니까?"

"운이 좋았어!"

"운이 아니라 실력입니다, 실력. 그리고… 진심으로 영광입니다."

"……?"

"역사적인 순간에 제가 선배의 공을 받을 수 있었으니까요."

이안 드레이크가 태식을 번쩍 안아 올렸다.

기립하고 있던 관중들의 함성.

또, 마치 자기 일처럼 기뻐하는 동료들의 축하를 받고 난 후에야 태식은 비로소 깨달을 수 있었다.

아주 엄청난 일을 해냈다는 사실을.

*　　　*　　　*

"수 싸움에서 이긴 셈이죠."

퍼펙트게임을 달성했던 순간의 기억들.

다시 떠올려도 좋았다.

해서 태식이 빙그레 웃으며 입을 뗐다.

"수 싸움이요?"

"피츠버그 파이어리츠의 마지막 타자였던 릭 스미스는 퍼펙트 게임이란 대기록을 의식하고 있는 제가 풀카운트에서 무조건 스트라이크를 넣을 것이라고 생각했을 겁니다. 그렇지만 제가 던졌던 공은 스트라이크가 아닌 볼로 판정받을 유인구였죠. 그래서 제가 이긴 겁니다."

"그 정도는… 나도 알고 있습니다."

"그런데 왜……?"

"머리로 알고 있는 것과 실천으로 옮기는 것은 다릅니다."

"……?"

"퍼펙트게임이라는 대기록이 무산될 수도 있는 절체절명의 순간에 스트라이크가 아닌 유인구를 던질 수 있는 두둑한 배짱이 대체 어디서 나오느냐? 제가 아까 묻고 싶었던 말은 이겁니다."

"그건……."

"뭡니까?"

"모 아니면 도였습니다."

태식이 웃으며 대답한 순간, 데이비드 오가 졌다는 듯 고개를 절레절레 흔들며 입을 뗐다.

"최소 천만 달러짜리 공이었습니다."

"천만 달러요?"

"김태식 선수가 퍼펙트게임을 완성했던 마지막 공 말입니다. 제가 판단하기에는 최소 천만 달러의 가치가 있습니다."

겨우 공 하나에 불과했다.
그런데 데이비드 오는 그 공 하나에 천만 달러 이상의 가치가 있다고 평가했다.
"설마요?"
"설마가 아닙니다."
"……?"
"올스타전에 출전해서 MVP를 수상하면서 김태식 선수의 인지도는 크게 올라갔습니다. 그렇지만 저는 조금 아쉬움을 느꼈습니다."
"왜… 아쉬움을 느꼈던 겁니까?"
"투수가 아닌 대타자로 출전했기 때문입니다. 비록 인지도는 올라갔지만, 오히려 투수 김태식의 능력과 가치는 조금 가려지는 느낌이었습니다."
태식이 천천히 고개를 끄덕였다.
데이비드 오는 에이전트.
확실히 자신과는 다른 시각에서 야구를 바라보았다.
"그런데… 이번에 그 아쉬움을 털어냈습니다."
"왜인가요?"
"퍼펙트게임이라는 대기록을 달성한 덕분에 투수 김태식의 가치가 만천하에 드러났으니까요. 그뿐이 아닙니다."
"또 뭐가 있습니까?"
"인지도가 상승했습니다. 이제 김태식 선수는 메이저리그의 수많은 스타들 가운데서도 가장 주목받는 선수로 입지가 바뀌었습니다. 음, 굳이 표현하자면 지역구 스타에서 전국구 스타로 발전한 셈이죠. 덕분에 몸값도 엄청나게 올랐습니다. 아까 김태식 선수가 퍼펙트게임을 달성한 경기에서 던졌던 마지막 공에 최소 천만 달러 이상의 가치가 있었다고 말했던 것. 그냥 해본 말이 아니었습니다."

"그렇군요."

데이비드 오가 꺼낸 설명.

충분히 일리가 있다는 판단을 내린 순간이었다.

"그래서 마이크 프록터 단장의 움직임이 바빠졌습니다."

"무슨 뜻입니까?"

"가능한 빠른 시간에 다시 만나자는 제안을 하더군요."

"왜 만나자고 청하는 걸까요?"

"저와 동행하길 원한 걸 보니 이유야 불 보듯 뻔하죠. 새로운 조건으로 재계약 협상을 하기 위해서일 겁니다."

데이비드 오는 확신에 찬 목소리로 말했다.

태식도 그 의견에 수긍했다.

이것 외에 마이크 프록터 단장이 만남을 청할 이유가 없었기 때문이다.

"어떻게 대답할 생각입니까?"

태식이 묻자, 데이비드 오가 대답했다.

"일단 협상 조건을 들어보고, 최대한 천천히 진행할 생각입니다. 칼자루를 쥔 것은 우리 쪽이니까요."

"……."

"협상은 제게 맡겨주십시오."

데이비드 오가 부탁한 순간, 태식이 재차 고개를 끄덕였다.

계약과 관련된 부분.

어디까지나 에이전트의 영역이었기 때문이다. 그리고 태식은 데이비드 오를 신뢰하고 있었다.

"대체 어떤 조건을 제시할지 궁금하긴 하네요."

태식이 기대에 찬 시선을 던졌다.

"커피가… 유난히 쓰네요."

마이크 프록터가 하소연하듯 말했다.

그 하소연을 들은 순간, 팀 셔우드가 쓰게 웃었다.

마이크 프록터 단장이 자신에게 이런 하소연을 늘어놓는 이유를 이미 짐작하고 있었기 때문이다.

그러나 팀 셔우드는 굳이 내색하지 않고 말했다.

"시럽을 좀 넣으시죠."

"고작 시럽을 넣는 것으로 해결될 문제가 아니라는 게 문제입니다."

"대체 뭐가 문제인 겁니까? 피츠버그 파이어리츠를 상대로 스윕을 거두는 데 성공하면서 후반기 우리 팀의 스타트는 무척 좋은 편입니다. 전반기 우리 팀의 스타트와 비교한다면 말 그대로 하늘과 땅 차이죠."

"……."

"그러니까 커피가 유독 쓰게 느껴질 일이 없지 않습니까?"

팀 셔우드가 반문한 순간, 마이크 프록터가 한숨을 내쉬었다.

"있습니다."

"뭡니까?"

"퍼펙트게임!"

갈증이 치밀어서일까.

마이크 프록터가 아까 유난히 쓰다고 투덜거렸던 커피를 다시 한 모금 마신 후 입을 뗐다.

"혹시… 사랑해 보셨습니까?"

"사랑… 이요?"

마이크 프록터가 꺼낸 사랑이란 단어.

너무 뜬금없다는 생각을 하며 팀 셔우드가 대꾸했다.

"가물가물하네요."

"결혼하셨지 않습니까?"

"벌써 애가 셋입니다. 첫째 녀석은 대학생이구요. 그러니 예전 기억이 가물가물한 게 당연하지 않습니까?"

팀 셔우드가 대답했지만, 마이크 프록터는 쉽게 물러나지 않았다.

"그래도 첫사랑은 기억나실 것 아닙니까?"

"뭐. 어렴풋이 기억은 납니다."

이건 거짓말이었다.

어느덧 환갑에 가까워진 나이였지만, 첫사랑만큼은 생생히 기억이 났다.

아마 죽기 전까지 절대 잊지 못하리라.

"어땠습니까?"

"만약 첫사랑에 성공했다면… 지금쯤 손주를 봤겠죠."

"하핫!"

마이크 프록터가 웃으며 다시 입을 뗐다.

"원래 첫사랑은 이루어지기 힘든 법이니까요."

"그렇죠."

"그런데 왜 첫사랑이 이루어지기 힘든지 아십니까?"

"그건… 서툴러서가 아닐까요?"

팀 셔우드가 잠시 고민하다가 대답했다.

무엇이든 처음은 어려운 법이었다.

낯설고 어렵기 때문에 서툴 수밖에 없었고, 그래서 실수를 하게 마련이었다.

이것이 첫사랑에 성공하기는 어려운 이유.

"저도 그렇게 생각합니다. 그리고 지금 제가 처해 있는 상황과 무척 비슷합니다."

"혹시……?"

"혹시 뭡니까?"

"첫사랑을 다시 만나기라도 했습니까?"

"아쉽게도 그건 아닙니다."

"그럼 대체 왜?"

"김태식 선수 때문입니다."

마이크 프록터 단장이 김태식의 이름을 꺼낸 순간, 팀 셔우드가 고개를 갸웃했다.

"김태식 선수와 첫사랑 사이에 대체 무슨 연관이 있습니까?"

"처음이거든요."

"뭐가 처음이란 말씀이십니까?"

"이런 선수를 만난 것 말입니다."

마이크 프록터 단장이 꺼낸 대답.

동양, 그것도 대한민국이라는 먼 나라에서 건너온 선수를 만난 것이 처음이란 뜻이 아니었다.

좀 더 심도 깊은 의미가 숨어 있었다.

"김태식 선수가 너무 뛰어나다는 뜻입니까?"

"네, 예상을 모조리 빗나가게 만들고 있죠."

팀 셔우드가 고개를 끄덕여 수긍했다.

메이저리그에 진출한 김태식 선수가 보이고 있는 활약.

모두의 예상 범위를 훌쩍 벗어났을 정도로 엄청났다.

선수부터 시작해서 코치, 그리고 감독까지.

오랫동안 야구계에 몸담았던 팀 셔우드조차 김태식처럼 대단하고 특별한 유형의 선수는 일찍이 본 적이 없었다.

아니, 감히 상상조차 하지 못했었다.

"아시다시피 저는 단장 경험이 일천한 편입니다. 그래서 혹시나 하는 마음에 다른 팀들의 전례를 찾아봤습니다. 그런데도 없더군요."

"아주 특별한 선수이기는 하죠."

"그래서 더 어렵습니다."

마이크 프록터가 한숨을 푹 내쉰 후, 말을 더했다.

"이런 특별한 선수를 만난 것이 처음이라서 서툴 수밖에 없죠. 그리고 김태식 선수가 퍼펙트게임을 달성한 순간, 제가 무엇을 직감했는지 아십니까?"

"무엇을 직감했습니까?"

"머잖아 닥칠 이별입니다!"

마이크 프록터의 대답이 돌아온 순간, 팀 셔우드가 작게 고개를 끄덕였다.

퍼펙트게임이라는 대기록을 달성함으로써 김태식은 또 한 번 메이저리그에 강렬한 족적과 임팩트를 남겼다.

이제는 모든 빅 마켓 구단들이 김태식을 탐내고 있다고 해도 과언이 아니었다.

스몰 마켓인 샌디에이고 파드리스가 빅 마켓 구단들과 경쟁해서 몸값이 천정부지로 치솟고 있는 김태식을 지킬 수 있을 가능성?

훨씬 더 낮아진 셈이었다.

"아직 시간이 조금 있습니다."

"그렇지만……."

연신 한숨을 내쉬고 있는 마이크 프록터가 안쓰럽게 느껴졌다. 그리고 팀 서우드 역시 가슴이 답답한 것은 마찬가지였다.

특급 에이스이자 훌륭한 야구 선수인 김태식과 한 팀에서 오랫동안 함께하고 싶은 것은 감독인 팀 서우드 역시 마찬가지였으니까.

'어떤 방법이 없을까?'

더 방관하는 대신, 팀 서우드도 함께 고민에 잠겼다.

그런 그가 잠시 후, 두 눈을 빛내며 입을 뗐다.

"첫사랑!"

"네?"

"아까 단장님께서 말씀하셨던 대로 대부분 실패하죠. 그렇지만 아주 드물긴 해도 첫사랑이 이루어지는 경우도 있습니다."

"……?"

"언제 첫사랑이 이루어지는지 아십니까?"
"글쎄요."
"서로에 대한 믿음이 확고할 때입니다."
"믿음이요?"
"그리고 믿음이 쌓이기 위해서는 무엇이 필요한지 아십니까?"
"무엇이 필요합니까?"
"배려죠."
"배려라……."
팀 셔우드가 하려는 말의 요지를 파악하지 못해서일까.
마이크 프록터 단장은 영문을 모르겠다는 표정으로 '배려'라는 단어를 연신 되뇌었다.
그런 그를 응시하며 팀 셔우드가 덧붙였다.
"배려를 하기 위해서는 상대가 가장 원하는 것이 무엇인지 알아야 합니다."
"가장 원하는 것이요?"
"단장님께서는 김태식 선수가 가장 원하는 것이 무엇이라고 생각하십니까?"
"그건… 거액의 연봉이겠죠."
마이크 프록터가 힘없는 목소리로 대답했다. 그리고 팀 셔우드 역시 그 대답을 부인하지 않았다.
프로 선수는 연봉으로 본인의 가치를 평가받는 직업.
김태식도 자신의 활약과 가치를 충분히 인정해 주는 계약 조건을 바랄 것이다.
그러나 팀 셔우드가 판단하기에 김태식은 본인의 가치를 인정받기에 충분한 연봉 외에도 원하는 것이 하나 더 있었다.

"그럼 두 번째는요?"

"두 번째요?"

"두 번째로 원하는 것이 무엇인 것 같습니까?"

"그건……."

거기까진 생각해 보지 않아서일까.

마이크 프록터 단장의 말문이 막힌 순간, 팀 셔우드가 덧붙였다.

"월드 시리즈 우승입니다."

끼이익.

신호가 바뀐 순간, 데이비드 오가 브레이크를 밟아 차를 멈춰 세웠다.

기어를 중립으로 바꾼 그가 전면을 주시한 채 입을 뗐다.

"두 자릿수 승수, 투수 부문 실버슬러거 상의 유력 후보, 올스타전 출전으로 모자라 MVP 수상, 거기에다가 퍼펙트게임이란 대기록 달성까지. 메이저리그에 진출한 후에 짧은 시간 동안, 참 많은 것을 이루었네요."

조수석에 앉아 있던 태식도 부인하지 않고 고개를 끄덕였다.

연착륙.

올 시즌, 태식의 목표였다.

낯선 메이저리그 무대인 만큼, 적응에 시간이 걸릴 것이라고 예상했기 때문이다.

그래서 두 자릿수 승리와 투수 부문 실버슬러거 상 수상.

이 두 가지를 내심 목표로 삼았었는데.
이미 목표를 한참 초과 달성한 셈이었다.
"이제 남은 것은… 20승을 올리는 것 정도네요."
데이비드 오가 말을 더했다.
이번에도 그의 말이 옳았다.
특급 투수의 인증서라 할 수 있는 한 시즌에 20승을 거두는 것.
현재 남아 있는 것은 그게 유일하다고 할 수 있었다.
그러나 태식은 고개를 흔들었다.
"20승을 거두는 것에는 욕심이 없습니다."
"하긴 메이저리그 진출 첫해에 다 이루면 곤란하죠."
"개인으로서 올 시즌에 이룰 수 있는 것은 이미 다 이루었다고 생각합니다."
태식이 솔직히 말한 순간, 데이비드 오도 수긍했다.
"이제는 여유를 가지셔도 될 것 같습니다."
"그건 안 됩니다."
"왜요?"
"아직 올 시즌에 이루고 싶은 것이 남아 있기 때문입니다."
태식이 대답하자, 데이비드 오가 전방으로 향해 있던 고개를 돌렸다.
"아까 개인으로 이룰 수 있는 것은 이미 다 이뤘다고 말씀하셨지 않습니까? 또 어떤 목표를 갖고 있습니까? 0점대 방어율? 무패로 시즌을 마감하는 것?"
"둘 다 아닙니다."

"그럼?"
"팀의 우승입니다."
아까 태식이 꺼낸 말은 빈말이 아니었다.
개인으로서 이룰 수 있는 것은 이미 모두 이뤄낸 상황.
더 이상 욕심은 없었다.
하지만 팀의 일원으로서는 이루고 싶은 것은 남아 있었다.
바로 샌디에이고 파드리스의 월드 시리즈 우승이었다.
"곧 기회가 찾아올 겁니다."
그제야 말뜻을 알아들은 데이비드 오가 덧붙였다.
"김태식 선수의 재계약을 체결할 때, 월드 시리즈 우승이 가능한 전력을 갖춘 팀을 최우선으로 하겠습니다."
그러나 태식은 이번에도 고개를 흔들었다.
"제가 말씀드렸던 것은 올 시즌입니다."
"올 시즌에… 우승을 차지하고 싶다는 말씀입니까?"
"네."
빵. 빠앙.
당황해서일까.
데이비드 오는 신호가 주행 신호로 바뀐 것도 알아채지 못하고 태식의 얼굴에서 시선을 떼지 못했다.
"일단 출발부터 하시죠."
뒤차의 요란한 경적 소리를 들은 태식이 제안했다.
비로소 정신을 차린 데이비드 오가 일단 차를 출발시켰다.
"왜 그렇게 당황하시는 겁니까?"
"그거야……."

"불가능하다고 생각하기 때문입니까?"

"솔직히 그렇습니다."

"아직 가능성은 남아 있는 것이 아닙니까?"

아직 시즌은 끝나지 않았다.

이제 반환점을 막 돌았을 뿐이다.

그러니 지구 우승을 탈환하고, 월드 시리즈 우승을 차지할 수 있는 가능성도 아직 남아 있는 것이 아니냐?

태식이 던진 질문에 담긴 의미였다.

"물론 가능성은 있습니다. 그렇지만… 아주 희박한 가능성이죠."

"왜입니까?"

"야구는 팀 스포츠이니까요."

"……."

"김태식 선수가 믿기지 않는 활약을 펼쳤던 덕분에 샌디에이고 파드리스는 현재 내셔널 리그 서부 지구 3위까지 순위가 치고 올라왔습니다. 그렇지만 저는 여기까지가 한계라고 생각합니다. 그 이유는 샌디에이고 파드리스의 객관적인 전력이 다른 팀들에 비해 워낙 뒤처지기 때문입니다."

"그렇군요."

충분히 일리가 있는 이야기.

그리고 데이비드 오만 이런 생각을 갖고 있는 것이 아니었다.

객관적인 전력이 뒤쳐진다는 이유로 샌디에이고 파드리스의 월드 시리즈 우승을 점치는 전문가들은 아무도 없었다.

"그래도… 저는 도전해 보고 싶습니다."

"일 년만 기다리면……."

"아직 시즌이 끝나지 않았으니까요."

이제는 태식의 고집에 대해 알고 있기 때문일까.

데이비드 오가 더 반박하는 대신 한숨을 내쉬었다.

그 순간, 태식이 덧붙였다.

"그래서 마이크 프록터 단장이 할 제안이 더 기대가 됩니다."

13. 거짓말

“월드 시리즈 우승이라고 했습니까?”

혹시 잘못 들은 게 아닐까?

이런 생각이 퍼뜩 들어서 마이크 프록터가 다시 물었지만, 팀 셔우드 감독의 대답은 바뀌지 않았다.

“맞습니다.”

그리고 자신이 잘못 듣지 않았다는 사실을 확실히 깨달은 마이크 프록터가 다시 물었다.

“그걸… 어떻게 아십니까?”

“일전의 대화 덕분입니다.”

“어떤… 대화를 말씀하시는 겁니까?”

“투타 겸업을 제안했을 때 나누었던 대화 말입니다.”

마이크 프록터가 이내 당시의 기억을 떠올리는 데 성공했다.

"그때, 감독님과 김태식 선수가 따로 대화를 나누었죠?"

"네."

"당시의 제안은 에이전트인 데이비드 오가 강하게 반대해서 결국 무산되지 않았습니까? 그래서 대타자로 출전하는 것으로 합의점을 찾았었죠?"

"맞습니다."

"그런데요? 그날 나눈 대화 덕분에 김태식 선수가 우승을 원한다는 것을 어떻게 아신 겁니까?"

팀 셔우드 감독이 힘주어 대답했다.

"제가 제안한 것이 아니었기 때문입니다."

"네?"

"대타자로 출전하는 것 말입니다."

"……?"

"김태식 선수가 먼저 제안했습니다."

마이크 프록터는 당시 두 사람 사이에 어떤 대화가 오갔는지 정확히 알지 못했다.

그래서 막연하게 팀 셔우드가 잘 구슬려서 김태식이 대타자로 출전하는 선에서 합의점을 찾았다고 생각하고 있었는데.

그건 잘못된 생각이었다.

당시 대타자로 출전하는 것을 먼저 제안한 것.

팀 셔우드 감독이 아니라 김태식이었다.

"왜입니까?"

"제 생각에는 김태식 선수가 샌디에이고 파드리스라는 팀에 대한 애정을 갖고 있기 때문입니다."

"그랬군요."

"처음에는 딱 그 정도라고 생각했습니다."

"……?"

"그런데 지금은 생각이 또 바뀌었습니다."

'생각이 또 바뀌었다?'

팀 셔우드 감독의 생각이 또 한 번 바뀐 데는 이유가 있을 터.

해서 마이크 프록터가 호기심을 이기지 못하고 물었다.

"혹시 생각이 바뀐 이유가 있습니까?"

"물론 있습니다."

"무엇입니까?

"제가 또 다른 제안을 했을 때 돌아온 반응 때문입니다."

'또 다른 제안? 어떤 제안을 했다는 거지?'

마이크 프록터가 재차 의문을 품었을 때, 팀 셔우드 감독이 다시 입을 뗐다.

"인터 리그가 본격적으로 시작되면 대타자가 아닌 지명타자로 경기에 출전해 줄 수 있겠느냐고 제안했습니다."

그 이야기를 들은 마이크 프록터가 혀를 내밀어 말라 버린 입술을 적셨다.

김태식의 타격 능력은 이미 검증이 끝난 상황이었다.

'야수들보다 더 뛰어난 타격 능력을 갖춘 김태식이 만약 인터 리그 경기에서 지명타자로 출전한다면?'

상대팀에게는 커다란 위협이 될 터였다.

또, 매 시즌 인터 리그 경기에서 좋지 않은 결과표를 받아 들었던 샌디에이고 파드리스의 성적도 한층 좋아질 가능성이 높았다.

그로 인해 마음이 조급해진 마이크 프록터가 물었다.
"그래서 어떤 대답이 돌아왔습니까?"
"긍정적으로 검토해 보겠다고 하더군요."
"그게 정말입니까?"
"네."
"혹시 에이전트인 데이비드 오도 합의한 것입니까?"
"그건 아닙니다."
"그래요?"
"제게 묻더군요."
"무엇을 물었습니까?"
"만약 인터 리그에서 좋은 성적을 거두면 샌디에이고 파드리스가 우승을 차지할 가능성이 있다고 생각하는지 물었습니다."
"어떻게 대답하셨습니까?"
"저는 가능성이 있다고 대답했습니다."
"그랬더니요?"
"그럼 지명타자로 기꺼이 출전하겠다고 했습니다."
마이크 프록터가 다시 커피 잔을 들어 올렸다.
그러나 잔이 비었다는 사실을 깨닫고 소리쳤다.
"여기 커피 한 잔 더!"
마이크 프록터가 주문한 순간, 팀 셔우드 감독이 희미한 웃음을 머금은 채 물었다.
"아까 커피가 쓰다고 하지 않았습니까?"
"이젠 마실 만하군요."
"……?"

"상황이 달라졌으니까요."

마이크 프록터가 웃으며 대답했다. 그리고 다시 도착한 커피를 한 모금 마셨을 때, 팀 셔우드 감독이 말을 이어나갔다.

"김태식 선수에 대해서 조사를 해봤습니다. 그러고 나서 그가 왜 우승을 원하는지 알 수 있었습니다."

"그 이유가 뭡니까?"

"선수 생활 동안 한 번도 우승을 차지한 적이 없습니다."

"그래요?"

"물론 소속팀이 우승을 차지했던 적이 있긴 했습니다. 그러나 당시의 김태식 선수는 팀의 주축 선수가 아니었습니다."

'김태식이 원하는 것이… 우승이다?'

비로소 김태식이 원하는 것이 무엇인지 알게 된 마이크 프록터의 머릿속이 바빠졌을 때였다.

"거짓말을 한 셈이죠."

팀 셔우드가 자조 섞인 미소를 머금은 채 말했다.

"무슨 거짓말을 했다는 겁니까?"

"김태식 선수의 질문에 월드 시리즈 우승을 차지할 가능성이 남아 있다고 대답했던 것 말입니다."

"그건……."

"거짓말이라는 것을… 단장님이 더 잘 알고 계시지 않습니까?"

마이크 프록터가 미간을 찡그렸다.

팀 셔우드 감독의 말에 반박할 수가 없었기 때문이다.

월드 시리즈 우승?

감히 상상도 하지 못했었다.

좀 더 솔직히 말하면 지구 우승조차도 상상하지 못했었다.

올 시즌이 시작하기 전, 마이크 프록터가 내심 가졌던 목표는 내셔널 리그 서부 지구 탈꼴찌였기 때문이다.

커피만 쓴 것이 아니었다.

입안도 지독하게 썼다.

"감독님."

"말씀하시죠."

"샌디에이고 파드리스의 월드 시리즈 우승, 가능합니까?"

"네?"

"다시 묻겠습니다. 우리 팀의 월드 시리즈 우승이 가능할까요?"

"아까도 말씀드렸듯이 불가능하다고 생각합니다."

"이유는요?"

"객관적인 전력이 우승권에 근접해 있지 못하기 때문입니다."

"가장 큰 약점이 무엇입니까?"

"선발투수입니다."

"선발투수?"

"김태식 선수가 특급 에이스인 것은 사실입니다. 그렇지만… 지구 우승이나 월드 시리즈 우승은 위해서는 최고의 투수가 한 명인 것으로는 부족합니다."

"원투펀치가 필요하다?"

"그렇습니다."

"만약 수준급 선발투수를 영입한다면요?"

"그럼… 월드 시리즈 우승에 도전해 볼 동력이 생기겠죠."

팀 셔우드 감독에게서 지체 없이 대답이 돌아왔다.

그 순간, 마이크 프록터의 머릿속에 비로소 계산이 서기 시작했다.

'전략을 수정해야 해!'

곧 김태식과 데이비드 오를 만나기로 한 상황.

당연히 마이크 프록터도 재계약 협상에 대한 전략을 짜놓은 상황이었다.

그러나 팀 셔우드 감독과 대화를 나눈 후, 협상 전략을 수정해야 할 필요성을 느꼈다.

"예전에 저도 첫사랑에 실패했습니다."

"……?"

"그렇지만 이번에는 실패하고 싶지 않습니다."

마이크 프록터가 희미한 웃음을 머금은 채 각오를 다졌다.

"꿈에도 몰랐습니다. 김태식 선수가 올 시즌에 퍼펙트게임이라는 대기록을 달성할 줄 말입니다."

네 명이 한 자리에 모인 순간, 마치 당연하다는 듯이 퍼펙트게임이 화두에 올랐다.

어쩌면 당연한 수순이었다.

퍼펙트게임은 그만큼 대단한 대기록이었으니까.

"김태식 선수가 퍼펙트게임이란 대기록을 달성하고 난 후, 가장 기뻐한 사람이 누구일 것 같습니까?"

마이크 프록터가 질문했다.

"그야… 제 옆에 앉아 있는 데이비드 오가 아닐까요?"

태식이 잠시 고민한 후 대답했다.

퍼펙트게임을 계기로 몸값이 천정부지로 치솟을 것이라고 기뻐하던 데이비드 오의 모습이 떠올랐기 때문이다.

"물론 데이비드 오도 기뻐했겠죠. 그렇지만 유니폼과 기념품을 파는 구단 직원도 데이비드 오 못지않게 기뻐했을 겁니다. 김태식 선수와 관련한 용품들이 말 그대로 불티나게 팔릴 테니까요."

"그럴 수도 있겠네요."

"제가 알아봤더니 이미 품절이라고 하더군요. 재고가 부족할 정도로 김태식 선수 관련 용품이 엄청나게 팔린다고 하더군요."

환하게 웃으며 말하던 마이크 프록터가 다시 질문을 던졌다.

"그럼 김태식 선수가 퍼펙트게임을 달성하고 난 후에 가장 슬퍼한 사람은 누구일 것 같습니까?"

"음, 클린트 허들 감독님이 아닐까요?"

태식이 이번에도 잠시 고민한 후 대답했다.

클린트 허들은 피츠버그 파이어리츠의 감독.

피츠버그 파이어리츠가 퍼펙트게임이란 대기록 달성의 희생양이 됐으니, 그가 가장 슬퍼할 확률이 높다는 생각이 퍼뜩 들어서 꺼낸 대답이었다.

그렇지만 마이크 프록터는 고개를 내저었다.

"틀렸습니다."

"더 슬퍼한 사람이 있습니까?"

"있습니다."

"그게 누구입니까?"

"저입니다."

"……?"

"김태식 선수가 퍼펙트게임을 달성한 순간, 왠지 김태식 선수와의 작별이 더 가까워진 느낌이 들었거든요."

예기치 못했던 대답이었다.

그래서 태식이 놀란 표정을 지었을 때, 마이크 프록터가 덧붙였다.

"눈물이 나더군요."

"네?"

"이별이 성큼 다가오는 것은 슬픈 일이니까 말입니다."

'어떻게 반응해야 할까?'

태식이 난감한 표정을 짓고 있을 때였다.

"혹시 이번 협상의 콘셉트는 동정심 유발입니까?"

데이비드 오가 태식을 대신해서 나섰다.

"그건 아닙니다."

"정말… 아닙니까?"

좋았던 분위기는 여기까지였다.

에이전트인 데이비드 오가 대화의 전면에 나선 순간, 분위기는 금세 냉랭하게 바뀌었다.

"솔직히 말씀드리겠습니다."

마이크 프록터가 커피를 한 모금 마시며 입을 뗐다.

"원래는 동정심을 유발하는 것도 협상 작전의 일부였습니다."

"그런데… 지금은 그 작전이 바뀌었다는 것입니까?"

"그렇습니다."

"갑자기 협상 작전이 바뀐 이유가 있습니까?"

"물론 있습니다."

"뭡니까?"

"조금 전에 팀 서우드 감독님과 나누었던 대화 때문입니다."

"어떤 이야기를 나누셨기에?"

"첫사랑에 실패하지 않는 법에 대해 이야기를 나누었습니다."

마이크 프록터 단장이 희미한 웃음을 머금은 채 대답했다.

데이비드 오가 의아한 시선을 던졌고, 태식 역시 당황한 기색을 드러냈다.

'문화 차이인가?'

분명히 심각하고 냉랭한 분위기였다.

그러나 방금 마이크 프록터 단장이 꺼낸 첫사랑이란 단어는 냉랭한 분위기와 어울리지 않는 단어였다.

한국의 재계약 협상장에서는 단 한 번도 경험한 적 없는 분위기.

그때였다.

"너무 찌질해 보이는 건 마이너스 요소라는 생각이 들었습니다."

마이크 프록터 단장이 태식을 응시하며 덧붙였다.

"무슨 말씀이신지?"

"내가 불쌍하지 않으냐? 그러니 제발 날 떠나지 마라. 이렇게 매달리는 남자, 매력 없지 않습니까?"

"그렇긴 하네요."

"그래서입니다."

마이크 프록터 단장이 웃으며 말을 이었다.

"동정심 유발 작전은 과감하게 포기하고, 다른 협상 전략을 세웠습니다."

"어떤 협상 전략입니까?"

"두 가지입니다. 우선 계약 기간을 늘릴 예정입니다."

"계약 기간을 늘린다고요?"

태식이 데이비드 오와 시선을 교환했다.

지난 만남에서 마이크 프록터 단장이 제시했던 협상 조건.

계약 기간 3년, 총액 1,500만 달러 수준의 계약이었다.

그런데 마이크 프록터 단장은 방금 기존에 3년을 제시했던 계약 기간을 더 늘리겠다고 선언했다.

"4+1년의 계약 기간을 제시하고 싶습니다."

"4+1년이요?"

"실질적으로는 5년 계약을 제시하겠다는 뜻입니다."

태식이 고개를 돌려서 데이비드 오의 반응을 유심히 살폈다.

현재 태식의 나이는 삼십 대 후반.

여기서 5년이 지난다면 사십 대 초중반이었다.

'예상치 못했던 제안이다!'

태식이 혀를 내밀어 입술을 축였다.

삼십 대 후반의 야구 선수에게 장기 계약을 추진하는 케이스는 극히 드물었다.

그 이유는 구단 측이 떠안는 위험부담이 너무 크기 때문이다.

실제로 KBO 리그에서 노장에 속하는 선수들의 FA 협상이 결렬되는 경우, 가장 큰 원인은 금액의 문제가 아니었다.

계약금과 연봉 같은 금액보다 계약 기간에서 서로 간의 이견이 발생하는 케이스가 가장 많았다.

구단 입장에서는 위험부담을 덜기 위해 계약 기간을 줄이려 하는 반면, 선수는 안정적인 선수 생활을 보장받기 위해서 계약 기간을 늘리려 하기 때문이었다.

그래서 지금 마이크 프록터 단장이 꺼낸 제안은 더욱 의외였다.

데이비드 오 역시 예상하지 못했기 때문일까.

당황한 기색이 역력했다.

“위험부담이 큰 상황인데, 왜 이런 제안을 하시는 겁니까?”

“단장 회의에 참석했다가 비웃음을 살 수도 있을 정도로 위험부담이 크다는 것, 저도 알고 있습니다.”

“그런데 왜?”

“그만큼 김태식 선수를 잡고 싶기 때문입니다.”

“…….”

“그리고 가슴을 열어서 보여줄 수는 없는 노릇이니, 이런 방식으로라도 김태식 선수에 대한 믿음을 보여주고 싶었습니다.”

태식이 오렌지 주스를 들어 한 모금 마셨다.

마이크 프록터 단장은 믿음을 보여주기 위해서 장기 계약을 제안했다고 밝혔다.

그런 그의 의도는 먹혀들었다.

14. 인터 리그

“보기보단 현실감각이 없군. 너 자신을 알라! 소크라테스가 했던 명언은 자네도 알고 있지? 내가 생각하기에는 지금 자네의 상황에 딱 어울리는 표현 같군. 자네 나이가 곧 서른여덟이 되지? 진즉에 현역에서 은퇴했어도 이상하지 않을 정도로 나이가 많은 편이지. 그리고 그동안 프로야구 선수로 오랫동안 활약하면서 보여준 것도 딱히 없지. 물론 올 시즌에 반짝 활약하긴 했지만, 말 그대로 반짝 활약일 뿐이지. 더구나 결국 우리 팀은 올 시즌에 가을 야구 진출에 실패한 상황이니 자네의 반짝 활약이 무위로 돌아간 셈이야. 어쨌든 중요한 것은 올 해보다 한 살 더 나이가 드는 내년에도 자네가 올해처럼 활약할 수 있을까 여부야. 난 그런 확신을 갖지 못했네. 그리고 구단 측의 생각도 나와 마찬가지야. 즉, 노장 선수인 자네에게 고액 연봉을 안기는 위험을 감수하긴 어렵다는 뜻이지. 이제 알겠나? 현재 자네가 처해 있는 상황이 어떤지 말이야."

심원 패롯스 소속 선수였던 당시, 태식이 연봉 협상장에서 들었던 이야기가 당연하다는 듯이 떠올랐다.

마치 비수처럼 심장에 아프게 틀어박혔던 독설들.

'많이 달라졌나?'

태식이 기억을 더듬었다.

당시와 지금.

불과 1년도 흐르지 않은 시점이었다.

그사이 태식은 나이를 한 살 더 먹었다.

그런데 협상장의 분위기는 백팔십도 바뀌어 있었다.

이미 한 차례 수모를 겪었던 경험이 있기 때문일까?

태식은 마이크 프록터 단장이 제시한 장기 계약을 통해 자신을 신뢰하고 있다는 것을 확실히 느낄 수 있었다.

또, 그 믿음이 고마웠다.

"이게 다입니까?"

그러나 에이전트인 데이비드 오는 태식과 달랐다.

여전히 침착함을 유지한 채 협상에 임하고 있었다.

"구체적인 금액은 제시하지 않는 겁니까?"

"네, 이번에는 제시하지 않겠습니다."

"왜입니까?"

"우선은 김태식 선수에 대한 믿음을 보여주는 것이 우선이라고 생각하기 때문입니다. 물론 구체적인 금액은 제시하지 않겠지만, 김태식 선수의 가치에 걸맞은 연봉을 제시할 계획입니다."

마이크 프록터의 발언에는 진심이 담겨 있었다.

그래서 태식이 작게 고개를 끄덕였지만, 데이비드 오는 여전히 정색을 유지한 채 말했다.

"빅 마켓 구단들의 자금력을 감당할 수 있겠습니까?"

"솔직히 쉽지는 않다는 것을 인정하겠습니다. 그렇지만 방법을 찾고 있습니다."

"어떤 방법입니까?"

마이크 프록터 단장이 망설이지 않고 대답했다.

"월드 시리즈 우승을 노리고 있습니다."

그 순간, 태식과 데이비드 오의 반응은 극명하게 갈렸다.

데이비드 오는 코웃음을 쳤다.

실현 가능성이 전혀 없는 허황된 목표라고 판단했기 때문이리라.

반면 태식은 의자의 등받이에서 등을 뗐다.

'처음이다!'

쿵. 쿵. 쿵.

태식의 가슴이 뛰기 시작한 이유.

마이크 프록터 단장이 월드 시리즈 우승이란 단어를 입에 올린 것이 이번이 처음이었기 때문이다.

이제 남은 것은 마이크 프록터의 발언이 진심인가 여부를 확인하는 것이었다.

"월드 시리즈 우승이 가능하다고 생각하십니까?"

"역시 쉽지 않다는 것을 알고 있습니다. 그렇지만 만약 샌디에이고 파드리스가 월드 시리즈 우승을 차지한다면, 김태식 선수의 연봉을 감당할 수 있을 겁니다.”

이번에는 데이비드 오도 고개를 끄덕였다.

월드 시리즈 우승.

단순히 우승컵을 들어 올리는 것이 아니었다.

거액의 중계권료와 입장료 수익을 비롯한 천문학적인 부가 수익이 월드 시리즈 우승 팀에 따라오게 마련이었다.

그러나 데이비드 오는 끝까지 냉철함을 잃지 않았다.

“그 말씀은… 만약 월드 시리즈 우승에 실패한다면, 김태식 선수의 연봉을 감당할 수 없다는 뜻이기도 하군요.”

“현실적으로는 그렇습니다.”

“제가 판단하기에 샌디에이고 파드리스의 월드 시리즈 우승 가능성은 극히 낮습니다. 김태식 선수와 작별이 더 가까워졌다고 판단해도…….”

“가능성을 높일 겁니다.”

“……?”

“지금은 실패는 생각하지 않고 있습니다. 월드 시리즈 우승 가능성을 높이는 것에만 신경 쓰고 있습니다.”

마이크 프록터 단장이 강조한 순간, 데이비드 오는 재차 코웃음을 쳤다.

그렇지만 태식은 더 참지 못하고 대화에 끼어들었다.

“어떻게 월드 시리즈 우승 가능성을 높일 생각입니까?”

“트레이드를 할 생각입니다.”

“트레이드요?”

트레이드라는 단어.

태식의 입장에서는 절대 생소한 단어가 아니었다.

무척 익숙한 단어였고, 또 두려운 단어이기도 했다.

"혹시……?"

"혹시 뭔가요?"

"트레이드 카드로 절 사용하려는 겁니까?"

"하핫!"

태식이 질문하자, 마이크 프록터가 크게 웃음을 터뜨렸다.

"왜 웃습니까?"

"팀의 중심 선수이자 간판인 선수를 트레이드 카드로 사용하는 멍청한 단장은 세상에 없습니다."

'팀의 중심이자 간판선수?'

태식이 두 눈을 빛냈다.

저니맨의 대명사 김태식.

저니맨의 대명사답게 항상 트레이드에 연루됐었던 태식이다.

그런데 이제는 상황이 달라져 있었다.

어느덧 트레이드에 포함되는가 여부를 신경 쓰지 않아도 되는 팀의 중심이자 간판선수가 됐다는 것이 실감이 나지 않았다.

그러나 트레이드를 진두지휘하는 마이크 프록터 단장에게 확답을 들었으니, 분명히 사실이었다.

"우리 팀에는 다른 여러 팀에서 탐내는 유망주들이 많습니다. 저는 트레이드 카드로 유망주들을 활용해서 에이스급 선발투수를 영입하려고 합니다."

"왜 선발투수입니까?"

"팀 셔우드 감독님이 선발투수를 원했습니다."

"하지만 에이스급 선발투수를 시즌 중에 내놓으려는 팀이 있을까요?"

"시즌 중이기 때문에 가능성이 높아졌습니다."

"……?"

"가을 야구 참가가 어려워진 팀들이 리빌딩에 돌입할 시점이거든요."

"그럼?"

"강력한 원투펀치를 구축할 겁니다."

'청사진!'

마이크 프록터 단장이 내놓은 것은 샌디에이고 파드리스의 월드 시리즈 우승을 위한 청사진이었다.

그리고 그가 제시한 청사진이 태식의 마음을 움직이는 데 성공했다.

'지금 우리 팀의 상황에서 에이스급 선발투수를 영입한다면?'

물론 에이스급 투수를 한 명 영입한다고 해서 당장 우승 후보로 뛰어오르는 정도는 아니었다.

그렇지만 전력 상승 요인이 될 것은 분명했다.

'도전해 볼 가치는 있지 않을까?'

태식이 침을 꿀꺽 삼켰을 때였다.

"감독님께도 말씀드렸지만, 올 시즌 개막 전 제가 품었던 목표는 내셔널 리그 서부 지구 탈꼴찌였습니다. 그런데 제가 감히 상상조차 못했던 월드 시리즈 우승이라는 새로운 목표를 가진 이유가 무엇인지 아십니까?"

"……?"

"바로 김태식 선수입니다."

"저 때문이라고 하셨습니까?"

"주제 파악을 못 한 것일 수도 있습니다. 또, 허황된 꿈을 꾸는 것일 수도 있습니다. 그렇지만 기왕 꿈을 꾸기 시작했으니 도중에 포기하고 싶지 않습니다."

마이크 프록터 단장이 태식을 바라보며 한마디를 더했다.

"제 꿈에 끝까지 동참해 주시겠습니까?"

* * *

샌디에이고 파드리스 VS 볼티모어 오리올스.

본격적으로 인터 리그 일정이 시작됐다.

샌디에이고 파드리스가 처음으로 상대하는 아메리칸 리그에 속한 팀은 볼티모어 오리올스였다.

아메리칸 리그 동부 지구에 속한 볼티모어 오리올스는 현재 보스턴 레드삭스에 이어 동부 지구 2위를 달리고 있는 강팀이었다.

특유의 화끈한 공격력이 강점인 팀.

팻 메이튼과 웨이드 마일리를 선발로 예고한 가운데 두 팀이 3연전 첫 경기 선발 라인업을 발표했다.

〈샌디에이고 파드리스 선발 라인업〉

1번. 에릭 아이바

2번. 호세 론돈

3번. 코리 스프링어

4번. 김태식

5번. 티나 코르도바

6번. 하비에르 게레로

7번. 미구엘 마못

8번. 맷 부쉬

9번. 이안 드레이크

피처: 팻 메이튼

"나왔다!"

팀 셔우드 감독이 발표한 샌디에이고 파드리스의 선발 라인업을 확인한 송나영이 속으로 쾌재를 불렀다.

이미 칼럼에 인터 리그가 개막되면 김태식이 지명타자로 경기에 출전할 것이라는 예상을 했던 상황.

물론 아무 근거도 없이 예상했던 것은 아니었다.

정보원의 제보가 있었다.

그것도 무척 확실한 정보원이었다.

바로 김태식 본인이었으니까.

"인터 리그가 본격적으로 시작되면 제가 지명타자로 경기에 나설 겁니다."

가장 신뢰할 수 있는 정보원인 김태식이 알려준 정보였다.

그렇지만 송나영이 칼럼에 김태식의 지명타자 출전 가능성이 높다는 내용을 적었을 때, 반응은 싸늘했다.

—확인된 정보만 씁시다. 소설 쓰지 마시고요.

—김태식이 잘하긴 해도 무슨 전가의 보도냐? 아무 때나 막 나오게.

—확실한 근거가 있나요?

—송 기자님 칼럼을 좋아하는 팬이지만, 이번엔 좀 오버한 것 같네염.

—야알못 기자.

부글부글.

칼럼 아래에 적혀 있던 댓글들을 확인한 순간, 송나영은 화가 치밀었다.

그래서 정보원의 실명을 드러내면서 반박하는 댓글을 달고 싶은 마음이 굴뚝같았지만, 송나영은 꾹 참았다.

시간이 지나면 누가 옳고 누가 틀렸는지 드러날 것이었기 때문이다.

"누가 야알못 기자야?"

생긋 웃던 송나영이 두 눈을 빛냈다.

솔직히 말하면 처음 샌디에이고 파드리스의 선발 라인업을 확인했던 당시, 송나영은 김태식이 건넸던 정보가 틀렸다고 판단했다.

명단에서 김태식의 이름을 찾을 수 없었기 때문이다.

그 이유는 김태식이 지명타자로 출전한다고 하더라도 당연히 하위 타순에 포진될 것이라 판단했기 때문이다.

그래서 하위 타순 쪽에서 먼저 찾아 헤매다 보니 김태식의 이름을 바로 발견하지 못했던 것이다.

"4번 타자 김태식이라."

이미 김태식이 지명타자로 출전할 것은 들어서 알고 있었다. 그렇지만 4번 타자로 출전할 것은 예상치 못했다.

"너무… 파격적인 라인업이 아닐까?"

김태식의 타격 능력이 뛰어난 것.

누구도 부인할 수 없는 사실이었다.

투수 부문 실버슬러거 상 수상은 이미 예약한 상태였고, 현재 내셔널 리그 대타자들 가운데서도 가장 높은 대타 성공률을 기록하고 있었으니까.

그렇지만 김태식의 주 포지션은 야수가 아니라 투수였다.

투수를 지명타자로 출전시키는 것만 해도 파격적이었는데.

하위 타순이 아니라 4번 타순에 포진시킨 팀 셔우드 감독의 선택은 모두를 놀래기에 충분했다.

"팀 내 반발이 있지 않을까?"

송나영이 우려 섞인 표정으로 아직 경기가 펼쳐지기 전인 그라운드를 바라보았다.

인터 리그는 내셔널 리그에 속한 팀과 아메리칸 리그에 속한 팀이 벌이는 경기였다.

그리고 내셔널 리그와 아메리칸 리그는 규칙이 달랐다.

가장 큰 차이는 지명타자 활용 여부였다.

내셔널 리그의 경우는 지명타자를 활용하지 않고 투수가 타석에 들어서는 반면, 아메리칸 리그는 투수가 타석에 들어서지 않고 지명타자를 활용했다.

그래서 MLB 사무국은 인터 리그 경기를 펼칠 때, 홈팀이 속한 리그의 규칙을 따르도록 규정을 정했다.

즉, 내셔널 리그에 속한 팀의 홈구장에서 경기를 펼치면, 아메리칸 리그에 속한 팀의 투수도 타석에 들어서야 했다.

반대로 아메리칸 리그에 속한 팀의 홈구장에서 경기를 펼치면, 내려널리그에 속한 팀도 지명타자를 활용해야 했다.

그리고 오늘 양 팀의 인터 리그 경기는 볼티모어 오리올스의 홈구장인 오리올 파크에서 열렸다.

따라서 샌디에이고 파드리스도 투수가 타석에 들어서는 대신, 지명타자 제도를 활용해야 했다.

"내가 지명타자로 나설 거야."

이미 팀 셔우드 감독과 합의한 부분이었다.

그래서 지명타자로 나설 것은 이미 예상하고 있었다.

'4번 타자 김태식?'

그렇지만 타순을 확인하고 난 후, 태식은 당혹스러운 기색을 감추지 못했다.

'하위 타순에 포진하지 않을까?'

막연하게 이렇게 생각하고 있었는데.

팀 셔우드 감독은 태식을 중심 타선에 포진시켰다.

그것도 3번이나 5번이 아닌, 4번 타순이었다.

파격적인 타순 변화.

태식이 결국 팀 셔우드 감독을 찾아갔다.

"감독님."

"왜? 놀랐어?"

"조금, 아니, 많이 놀랐습니다."

"놀랄 것 없어. 내가 판단하기에는 4번 타순을 맡을 자격이 충분하니까."

"그렇지만……."

"우리 팀에서 타율이 가장 높잖아. 그뿐인가? OPS를 비롯한 타격 지표들도 자네가 가장 높은 곳에 위치해 있어."

팀 셔우드 감독은 마치 당연하다는 듯이 대답했다.

"규정 타석을 채우지 못한 기록은 큰 의미가 없다는 것. 감독님께서도 알고 계시지 않습니까?"

"규정 타석을 채우더라도 아마 상황은 달라지지 않을걸."

"하지만……."

태식이 재차 우려 섞인 시선을 던지자, 팀 셔우드 감독이 다시 말했다.

"고개를 돌려봐."

"네?"

"팀원들을 살펴보라고."

태식이 고개를 돌려 팀원들을 살폈다.

그러나 특별한 점은 찾아볼 수 없었다.

평상시나 다름없이 팀원들을 각자의 방식으로 경기에 나설 준비를 하고 있었다.

'뭘 보라는 걸까?'

해서 태식이 고개를 갸웃한 순간이었다.

"달라?"

"네?"

"평상시와 똑같지?"

"네."

"저 녀석들이 모를까?"

"……?"

"자네가 오늘 경기에 4번 타순에 포진됐다는 사실을 다 알고 있어. 그런데 왜 아무런 동요나 불만이 없을까?"

"그건……."

"자넬 인정한다는 증거라고 난 생각해."

'정말… 그런 걸까?'

태식이 의문을 품은 순간이었다.

"안 믿기나 보군."

"아직은… 확실히 모르겠습니다."

열 길 물속은 알아도 한 길 사람 속은 모른다는 속담.

괜히 그런 속담이 있는 것이 아니었다.

평상시와 다름없이 행동하고 있었지만, 지금 팀원들이 마음속으로 어떤 생각을 하고 있는지는 알 수 없었다.

누군가는 불만을 품고 있을 수도 있었다.

그래서 태식이 대답한 순간, 팀 셔우드 감독이 다시 말했다.

"그럼 이렇게 하는 게 좋겠군."

"어떻게 말입니까?"

"자네가 4번 타순을 맡을 자격이 있다는 것을 오늘 경기에서 확실하게 증명해 주게."

15. 역효과

1회 초, 샌디에이고 파드리스의 공격.

마운드에는 웨이드 마일리가 올라와 있었다.

올 시즌, 볼티모어 오리올스의 1선발을 맡고 있는 웨이드 마일리의 나이는 이제 스물넷에 불과했다.

10승 6패 방어율 2.74.

현재까지 웨이드 마일리가 거두고 있는 성적이었다.

볼티모어 오리올스의 1선발을 맡기에 부족함이 없는 호성적.

그렇지만 팀 셔우드 감독은 경기 전에 통계의 함정이라는 표현까지 쓰면서 웨이드 마일리 공략법에 대해 설명했다.

5승 무패. 방어율 0.56.

올 시즌 개막 후, 다섯 경기에 선발투수로 출전했을 때 웨이드 마일리는 모두 승리를 챙겼다.

말 그대로 최고의 스타트.

실제로 당시까지만 해도 웨이드 마일리는 다른 특급 투수들을 모두 제치고 아메리칸 리그 사이영상 후보로 떠오르기도 했었다.

그렇지만 딱 거기까지였다.

그 후의 경기에서 선발투수로 등판했을 때, 웨이드 마일리의 투구 성적은 급격한 하락세를 드러냈다.

5승 6패.

승률이 채 오 할에도 미치지 못했고, 0점대를 기록하고 있었던 방어율도 가파르게 치솟았다.

"체력에 문제가 있어!"

웨이드 마일리의 부진에 대해서 팀 셔우드 감독이 내린 진단이었다.

그가 이런 진단을 내린 근거는 웨이드 마일리가 풀타임 선발투수로 뛰는 게 올 시즌이 처음이라는 부분이었다.

지난 시즌 중반, 웨이드 마일리는 선발투수였던 미겔 카스트로의 부상을 틈타 메이저리그로 승격했다.

그리고 그는 기회를 놓치지 않았다.

세 차례 선발 등판에서 모두 퀄리티 스타트 이상을 해내면서, 2승을 수확했다.

덕분에 그는 미겔 카스트로가 부상 복귀한 후에도 당시 부진했던 5선발을 밀어내고 메이저리그에 살아남았다.

그리고 시즌이 끝날 때까지 계속 호투를 이어나갔다.

—볼티모어 오리올스의 향후 10년을 책임질 최고의 유망주.

화려한 수식어를 얻으며 지난 시즌을 마감했던 웨이드 마일리는 올 시즌에도 2선발로 시작했다.

또, 시즌 초반의 빼어난 활약을 바탕으로 기존의 1선발이었던 브래드 브릭스를 밀어내고 1선발 자리를 꿰찼다.

무척 화려한 이력.

그렇지만 팀 셔우드 감독의 지적이 옳았다.

웨이드 마일리는 메이저리거가 된 후, 한 번도 풀타임 선발로 뛴 적이 없었다.

그래서 시즌이 중후반으로 접어들자, 체력적으로 문제를 드러내고 있는 것이었다.

오늘 경기도 마찬가지였다.

슈아악!

샌디에이고 파드리스의 리드오프인 에릭 아이바와 풀카운트 승부 끝에 웨이드 마일리는 직구를 선택했다.

154㎞.

직구의 구속은 빨랐다.

그렇지만 제구가 뜻대로 되지 않았다.

낮게 들어온 직구를 에릭 아이바가 골라내면서 첫 타자에게 볼넷을 허용했다.

그리고 2번 타자 호세 론돈과의 대결.

웨이드 마일리는 노 볼 투 스트라이크의 유리한 볼카운트를 선점했다.

슈악!

호세 론돈의 헛스윙을 유도하기 위해서 웨이드 마일리는 유인구를 구사했다.

그러나 제구가 뜻대로 되지 않으며 스트라이크존을 크게 벗어났다.

그러자 웨이드 마일리는 빠른 승부를 가져갔다.

슈아악!

따악!

웨이드 마일리가 4구째로 선택한 공은 직구.

스트라이크존을 통과하는 바깥쪽 직구를 호세 론돈이 노려쳤다.

투수의 곁을 스치고 지나간 잘 맞은 타구는 그대로 외야로 빠져나가면서 중전 안타가 만들어졌다.

무사 1, 2루.

절호의 득점 찬스에서 타석에 3번 타자 코리 스프링어가 들어섰다.

슈악!

코리 스프링어는 초구부터 과감하게 배트를 휘둘렀다.

딱!

그러나 타이밍이 너무 빨랐다.

높이 뜬 타구는 멀리 뻗지 못하고 앞으로 달려 나온 좌익수에게 잡혔다.

'너무… 서둘렀어!'

자신의 타격이 마음에 들지 않은 걸까.

콧김을 내뿜으면서 더그아웃으로 돌아가는 코리 스프링어를 바라보던 태식이 살짝 표정을 굳혔다.

"가능한 초구는 건드리지 마!"

팀 셔우드 감독과 타격 코치가 경기 전에 타자들에게 지시했던 내용이었다.

웨이드 마일리가 체력적으로 부담을 느끼면서 제구가 되지 않는다는 사실을 미리 간파했기에 내린 지시.

그러나 코리 스프링어는 초구를 공략했다.

팀 셔우드 감독의 지시를 무시한 셈이었다.

'왜?'

그 이유에 대해 고민하던 태식은 이내 답을 찾아냈다.

'지금의 상황에 불만이 생긴 거야!'

리빌딩을 거치면서 젊은 선수들이 주축이 된 샌디에이고 파드리스 팀에서 코리 스프링어는 가장 고참급에 속하는 선수였다.

또, 샌디에이고 파드리스 팬들의 사랑을 가장 많이 받았던 선수 가운데 한 명이기도 했다.

그렇지만 태식이 등장하고 난 후, 상황은 바뀌었다.

샌디에이고 파드리스 팬들의 관심이 온통 태식에게 쏠렸기 때문이다.

그동안 꾹 참고 있었지만, 코리 스프링어는 인터 리그 경기에 지명타자로 출전한 태식이 4번 타순에 포진되자 불만이 폭발했다.

투타 모두 태식을 중심으로 돌아가고 있는 샌디에이고 파드리스의 현 상황이 마음에 들지 않기 때문이리라.

그래서 그는 오늘 경기 4번 타순에 포진한 태식에게 찬스가 이어지는 것을 바라지 않았다.

자신이 직접 찬스를 해결하고 싶어 했다.

이것이 코리 스프링어가 초구부터 과감하게 배트를 내밀었던 이유.

'어쩌면… 당연한 거야!'

더그아웃으로 돌아가고 있는 코리 스프링어의 너른 등을 바라보던 태식이 희미하게 고개를 끄덕였다.

그가 이런 마음을 품은 것.

탓할 게재가 아니었다.

오히려 당연한 것이었다.

'이것도… 내 몫이지!'

타석으로 들어서며 태식이 생각했다.

비록 팀 내에서 고참급에 속하는 편이긴 했지만, 코리 스프링어도 비교적 어린 축에 속하는 선수였다.

그의 마음을 다독이는 것.

역시 자신의 몫이란 생각이 들었다.

그리고.

'감독님의 말씀이 옳았네!'

코리 스프링어의 마음을 다독이기 위해 필요한 것은 4번 타순에 들어설 자격과 실력이 있음을 증명하는 게 우선이었다.

'이게 다가 아냐!'

그 외에도 태식이 이번 찬스를 꼭 살려야 하는 이유는 또 있었다.

'선취점을 올리는 게 어느 때보다 중요해!'

태식이 두 눈을 빛냈다.

오늘 경기 샌디에이고 파드리스의 선발투수는 팻 메이튼.

현재까지 7승을 거두고 있는 팻 메이튼은 팀의 4선발 역할을 나름대로 잘 수행하고 있었다.

그렇지만 약점은 분명히 존재했다.

바로 기복이었다.

잘 던질 때는 각 팀의 에이스급 투수 못지않은 훌륭한 투구를 펼치지만, 경기가 풀리지 않을 때는 초반에 와르르 무너지는 경우가 잦았다.

그리고 팻 메이튼이 이런 기복을 드러내는 데는 심리적인 요인이 컸다.

'선취점을 올리는가 여부에 따라 투구가 완전히 달라져!'

팻 메이튼이 승리투수가 된 경우는 대부분 샌디에이고 파드리스의 타선이 선취점을 올렸을 때였다.

반면 패전투수가 된 경우는 선취점을 허용했을 때였다.

'경기 초반에 득점 지원이 있는 경우에 심리적으로 안정을 찾는 편이다!'

태식이 분석한 팻 메이튼의 투구 내용이었다.

그런 만큼, 이번 찬스에서 선취점을 올리는 것이 무척 중요했다.

여전히 1사 1, 2루의 찬스가 이어지고 있는 상황.

타석에 들어선 태식이 마운드에 서 있는 웨이드 마일리와 승부를 펼쳤다.

슈악!

웨이드 마일리가 선택한 초구는 커브였다.

그러나 너무 낮았다.

태식이 잘 참아내며 볼이 선언됐다.

슈악!

2구째는 슬라이더.

홈 플레이트 근처에서 밖으로 휘어져 나가는 궤적은 날카로웠지만, 스트라이크존을 살짝 벗어났다.

태식이 역시 참아내면서 또다시 볼이 선언됐다.

'역시 유인구는 제구가 안 돼!'

투 볼 노 스트라이크.

불리한 볼카운트에 몰린 웨이드 마일리가 모자를 고쳐 썼다.

그런 그가 고개를 돌려서 전광판 쪽을 힐끗 살피는 것을 태식이 놓치지 않고 지켜보았다.

'직구! 무조건 스트라이크를 넣는다!'

태식이 확신을 품은 채 배트를 고쳐 쥐었다.

슈아악!

웨이드 마일리가 셋포지션 투구를 한 순간, 태식이 기다리지 않고 배트를 휘둘렀다.

따악!

바깥쪽 직구를 힘껏 잡아당긴 태식의 타구.

정확한 타이밍에 배트 중심에 걸렸다.

1루수의 키를 넘긴 타구는 라인선상 안쪽에 떨어졌다.

타다닷.

타다다닷.

태식이 2루에 안착한 순간, 일찌감치 스타트를 끊었던 두 명의 주자는 모두 홈으로 파고들었다.

2 : 0.

지명타자로 출전하는 첫 경기, 첫 타석에서 2타점 적시 2루타를 터뜨린 태식이 환한 웃음을 머금었다.

최종 스코어 3 : 1.

샌디에이고 파드리스는 볼티모어 오리올스와의 인터 리그 3연전 첫 경기에서 승리를 거두었다.

태식이 첫 타석에서 때려낸 2타점 적시타가 결승타가 됐다.

또, 2점의 리드를 등에 업은 팻 메이튼이 볼티모어 오리올스의 강타선을 상대로 인상적인 호투를 펼치며 승리투수가 됐다.

3타수 1안타, 볼넷 1개.

처음 지명타자로 출전한 태식이 타석에서 남긴 기록이었다.

올스타전 MVP를 수상하면서 태식의 타격 능력이 널리 알려진 상황.

더구나 첫 타석에서 2타점 적시 2루타를 터뜨린 후였다.

그래서일까.

웨이드 마일리는 태식을 상대로 좋은 공을 던지지 않았다.

"첫 타석에서 적시타를 때려낸 것이 다행이었어!"

실질적으로 태식에게 주어졌던 기회는 단 한 차례.

태식은 그 한 번의 기회를 놓치지 않고 살렸던 셈이었다.

그리고.

태식이 적시타를 때려낼 수 있었던 것에는 정확한 분석을 바탕으로 한 수 싸움의 승리가 있었다.

노 볼 투 스트라이크 상황에서 태식이 주시했던 부분.

마운드에 서 있던 웨이드 마일리의 표정과 반응이었다.

그의 표정은 조급했다.

비록 루상에 두 명의 주자가 나가 있는 상황이었지만, 아직 경기 초반에 불과했다.

태식은 웨이드 마일리가 왜 그렇게 조급한 표정을 짓고 있는지 잘 이해가 가지 않았다.

그러나 웨이드 마일리가 전광판을 살피는 것을 확인하고서야 그가 조급해하는 이유를 비로소 짐작할 수 있었다.

웨이드 마일리가 전광판을 살피면서 확인했던 것.

구속이나 볼카운트가 아니었다.

그가 확인했던 것은 투구 수였다.

그리고 태식과의 승부 중에만 전광판을 살핀 것이 아니었다.

웨이드 마일리는 타자들을 상대할 때마다, 전광판을 살피면서 투구 수를 확인했다.

"체력에 문제가 있어!"

팀 셔우드 감독이 내렸던 웨이드 마일리의 최근 부진에 대한 진단이 떠오른 순간, 태식은 깨달았다.

'웨이드 마일리도… 알고 있어!'

초반의 상승세를 이어나가지 못하고 갑작스레 부진과 슬럼프에 빠졌을 경우, 가장 민감한 것은 선수였다.

당연히 부진에 빠진 이유에 대해 고민을 거듭하게 마련이었다.

웨이드 마일리 역시 마찬가지였을 터.

그는 자신이 부진에 빠진 이유를 고민 끝에 알아냈을 것이다.

체력적인 한계가 발목을 잡고 있다는 것을 알아냈기에, 그에 대한 해법을 찾기 위해서 노력했을 터였다.

그리고 웨이드 마일리가 찾아낸 해법.

최대한 투구 수를 줄이는 것이었다.

그러나 경기는 그의 뜻대로 흘러가지 않았다.

샌디에이고 파드리스의 리드오프인 에릭 아이바에게 풀카운트 승부를 펼친 끝에 볼넷을 허용했고, 호세 론돈에게도 안타를 허용했다.

게다가 태식과의 승부에서도 잇따라 두 개의 볼을 던지며 투구 수는 어느덧 15개에 근접해 있었다.

자신이 찾아낸 해법과는 다른 방향으로 흘러가는 경기 양상으로 인해 웨이드 마일리는 초조했던 것이다.

그리고 이것이 태식이 그가 3구째에 스트라이크를 꽂아 넣으려 할 것이라고 판단한 근거였다.

또, 경기 초반 웨이드 마일리의 유인구는 뜻대로 제구가 되지 않았다.

스트라이크를 꽂아 넣기 위해서 직구를 던질 것이라고 판단했던 이유는 바로 여기에 있었다.

"스타트는… 나쁘지 않았어!"
지명타자로 첫 출전한 경기.
첫 단추를 나쁘지 않게 꿰다고 자평한 태식이 다음 경기를 준비했다.

샌디에이고 파드리스와 볼티모어 오리올스의 3연전 2번째 경기.
두 경기 연속 지명타자로 출전한 태식은 역시 4번 타순에 포진했다.
그러나 첫 타석에서 태식은 2사 2루의 찬스를 살리지 못했다.
"스트라이크아웃!"
볼티모어 오리올스의 2선발인 브래드 브릭스와 풀카운트 승부 끝에 유인구에 속아 헛스윙 삼진을 당했다.
그리고.
2차전의 양상은 1차전과는 무척 달랐다.
난타전.
양 팀은 경기 초반부터 난타전을 펼치며 경기는 타격전으로 흘렀다.
3 : 4.
3회가 끝났을 때의 스코어였다.
그리고 4회 초, 샌디에이고 파드리스는 또 한 번 득점 찬스를 만들었다.
이안 드레이크와 에릭 아이바의 연속 안타가 터져 나오면서 무사 1, 2루의 찬스가 만들어졌다.

그렇지만 2번 타자 호세 론돈과 3번 타자 코리 스프링어는 적시타는커녕 진루타도 만들어내지 못했다.

2사 1, 2루로 바뀐 상황에서 두 번째 타석에 들어선 태식이 슬쩍 눈살을 찌푸렸다.

'역효과!'

2번 타자 호세 론돈과 3번 타자 코리 스프링어.

진루타를 때려내지 못한 것은 마찬가지였다.

그렇지만 상황은 달랐다.

호세 론돈은 어떻게든 진루타를 때려내기 위해서 2루 방면으로 타구를 보냈다.

다만 라인 드라이브성 타구가 나오면서, 진루타를 만들어내지 못했던 것이다.

반면 코리 스프링어는 진루타를 만들어내기 위해 노력하지 않았다.

시종일관 큰 스윙으로 일관하다가 헛스윙 삼진으로 물러났다.

'욕심!'

코리 스프링어의 스윙이 큰 이유.

능히 짐작이 가능했다.

찬스에서 자신이 해결하고 싶다는 욕심 때문이었다. 그리고 코피 스프링어가 욕심을 내는 이유는 4번 타순에 포진한 태식을 의식해서였다.

이것이 지명타자로 출전하고 있는 자신이 4번 타순에 포진한 것이 역효과를 내는 것이 아닐까 하고 우려한 이유.

어쨌든.

지금은 그 부분에 대해 더 깊이 생각할 여유가 없었다.

볼티모어 오리올스의 선발투수인 브래드 브릭스와의 승부에 집중해야 했다.

무사 1, 2루의 위기에서 두 개의 아웃 카운트를 잡아냈기 때문일까.

브래드 브릭스는 조금 안정을 찾은 느낌이었다.

슈아악!

딱!

태식은 방심의 허를 찌르기 위해서 초구부터 과감하게 배트를 휘둘렀다.

바깥쪽 직구를 밀어 쳤지만, 타구는 라인선상을 살짝 벗어났다.

'아쉽다!'

태식이 못내 아쉬운 기색을 드러낸 반면, 하마터면 동점 적시타를 허용할 뻔했던 브래드 브릭스는 안도의 한숨을 내쉬었다.

그리고 그 후, 브래드 브릭스의 투구 패턴이 바뀌었다.

"볼!"

"볼!"

"볼!"

잇따라 세 개의 유인구를 던졌다.

쓰리 볼 원 스트라이크.

타자에게 유리한 볼카운트에서 브래드 브릭스가 5구를 던졌다.

슈악!

부우웅!

당연히 스트라이크를 넣을 것이란 태식의 예상은 빗나갔다.

브래드 브릭스가 던진 슬라이더는 스트라이크존을 통과하기 직전에 바깥쪽으로 급격하게 휘어져 나갔다.

'볼이었어!'

툭. 툭.

유인구에 속아 헛스윙을 한 태식이 헬멧을 손으로 때렸다.

'좋은 공을 주지 않아!'

첫 타석 때도 느낀 점이었다.

두 번째 타석에 들어선 태식에게 브래드 브릭스는 여전히 유인구 위주로 좋은 공을 주지 않고 있었다.

슈악!

풀카운트에서 브래드 브릭스가 6구째 공을 던졌다.

태식의 예상대로였다.

브래드 브릭스는 6구째에도 유인구를 던졌다.

"볼넷!"

첫 번째 타석 때와 다른 점은 태식이 이번에는 참아냈다는 점이었다.

태식이 볼넷을 얻어 걸어 나가며 2사 만루로 상황이 바뀌었다.

그리고 타석에는 태식이 4번 타순에 포진하면서 5번 타순으로 밀려난 티나 코르도바가 들어섰다.

'어떻게 될까?'

1루 베이스 위에 선 태식이 티나 코르도바를 살폈다.

티나 코르도바의 타자로서의 능력.

의심할 바가 없었다.

그럼에도 불구하고 태식이 불안한 시선을 던지는 데는 그만한 이유가 있었다.

'역효과가 나지 않을까?'

태식이 4번 타순에 포진한 것.

3번 타자인 코리 스프링어에게는 역효과를 불러 일으켰다.

그 역효과가 티나 코르도바에게도 전염되지 않을까?

이것이 태식이 우려하는 부분이었다.

그리고 이런 우려를 하는 데는 근거가 있었다.

우선 코리 스프링어라는 전례가 있었고, 티나 코르도바는 태식이 지명타자로 나선 후 원래 타순에서 밀려난 상태였다.

코리 스프링어보다 더 큰 불만을 품었다고 해도 하등 이상할 것이 없었다.

그래서 걱정스러운 시선을 던졌는데.

태식의 우려는 기우에 불과했다.

슈아악!

따악!

티나 코르도바는 쓰리 볼 원 스트라이크의 볼카운트에서 스트라이크를 넣기 위해서 브래드 브릭스가 던진 바깥쪽 직구를 제대로 받아쳤다.

타다닷.

타다다닷.

티나 코르도바의 타구.

좌중간을 반으로 가르고 펜스까지 굴러갔다.

2사 후였기에 일찌감치 스타트를 끊었던 태식까지 홈으로 들어왔다.

6 : 4.

티나 코르도바의 주자 일소 2루타가 터지면서 경기는 단숨에 역전됐다.

경기 막바지까지 타격전은 계속 이어졌다.

9회 말 2사 2, 3루 상황.

경기를 마무리하기 위해 9회 말에 마운드에 오른 히스 벨은 두 명의 주자를 루상에 내보냈다.

그렇지만 볼티모어 오리올스의 지명타자로 출전한 마크 트롬보를 상대로 외야 뜬공을 유도해 내는 데 성공했다.

딱!

마크 트롬보의 타구.

높이 떠올랐지만, 멀리 뻗지는 않았다.

중견수가 원래 수비 위치에서 거의 움직이지 않고 타구를 잡아낸 순간, 더그아웃에서 경기를 지켜보던 태식이 안도의 한숨을 내쉬었다.

무척 길고 치열했던 경기.

마지막 순간까지 승부의 결과를 예측할 수 없었던 경기가 끝이 난 순간, 절로 한숨이 새어나왔다.

태식이 수비를 마치고 웃으며 더그아웃으로 돌아온 티나 코르도바의 곁으로 다가갔다.

“티나! 괜찮아?”

태식이 묻자, 티나 코르도바가 유난히 하얀 이를 드러내며 씩 웃었다.

“좋습니다.”

“뭐가 좋아?”

“결승타를 때려낸 것도 좋고, 경기에 이긴 것도 좋습니다. 우리 팀이 연승 가도를 달리고 있지 않습니까?”

티나 코르도바가 콧김을 내뿜으며 대답했다.

하지만 태식이 원하던 대답은 아니었다.

“그거 말고.”

“그럼 뭘 물으신 겁니까?”

“나 때문에 기분이 상하지 않았어?”

“선배님 때문에요?”

“그래.”

“왜요?”

티나 코르도바가 영문을 모르겠다는 표정으로 되물었다.

그런 티나 코르도바의 표정 변화를 유심히 살피며 태식이 다시 물었다.

“나 때문에 원래 타순에서 밀려났잖아?”

“그런데요?”

“응?”

“전 5번 타순이 더 맞는 것 같은데요.”

‘혹시 속내를 감추고 있는 것이 아닐까?’

태식이 의심을 가진 채 티나 코르도바의 표정 변화를 살폈다.
그렇지만 티나 코르도바의 표정에서 가식이나 거짓은 찾기 힘들었다.
"자존심이 상하지 않았어?"
"왜요?"
"나 때문에 타순이 밀려난 것 때문에 말이야."
2타수 무안타.
오늘 지명타자로 4번 타순에 들어섰던 태식은 경기 중에 안타를 때려내지 못했다.
다섯 차례 타석에 들어서서 볼넷 3개를 얻어냈을 뿐이었다.
반면 티나 코르도바는 5타수 3안타의 맹타를 터뜨렸을 뿐만 아니라, 타점도 다섯 개나 올리는 활약을 펼쳤다.
'내가 왜 4번 타순에서 밀려나야 하느냐?'
마치 이렇게 항의하는 듯한 활약상이었다.
"자존심은 상하지 않았는데요."
"그래?"
"오히려… 더 좋았습니다."
"더 좋았다고?"
"네."
"이유는?"
"찬스가 더 많이 찾아오니까요."
태식이 고개를 끄덕였다.
오늘 경기에서 티나 코르도바가 5타점을 올릴 수 있었던 이유.

그의 앞에 찬스가 많이 만들어졌기 때문이다. 그리고 거기에는 세 개의 볼넷을 얻어냈던 태식의 역할이 컸다.

"견제도 줄어들었거든요."

"견제가 줄어들었다?"

"예전에는 제게 좋은 공을 던지지 않는 경우가 많았습니다. 그렇지만 선배님이 4번 타순에 포진하니까 제게는 견제가 덜 들어오더라고요."

"그래서… 아무런 불만이 없다?"

"전혀 불만이 없습니다."

"진짜야?"

"솔직히 말씀드리면… 인터 리그가 끝나도 선배님이 계속 4번 타순에 포진했으면 좋겠습니다."

티나 코르도바가 꺼내고 있는 이야기.

진심이었다.

'여기서 문제를 해결할 방법을 찾을 수 있지 않을까?'

태식이 두 눈을 빛냈다.

지명타자로 출전하기 시작하면서, 코리 스프링어가 타석에서 서두르며 부진에 빠지는 역효과가 발생했다.

이 문제를 해결할 방법이 필요했는데.

지금 티나 코르도바와 나눈 대화를 통해 문제를 해결할 힌트를 얻은 것 같았다.

'기왕이면 스윕을 거두는 편이 좋겠지!'

지명타자로 출전하는 것은 일단 여기까지였다.

내일 경기 선발투수로 출전하는 태식이 티나 코르도바에게 부탁했다.

"내일 경기에서도 홈런 하나만 부탁한다."

*　　　　*　　　　*

김태식 VS 미겔 카스트로.

샌디에이고 파드리스가 위닝 시리즈를 확보한 상황에서 3연전 마지막 경기가 펼쳐졌다. 그리고 샌디에이고 파드리스의 선발 라인업에는 큰 변화가 있었다.

〈샌디에이고 파드리스 선발 라인업〉
1번. 에릭 아이바
2번. 호세 론돈
3번. 하비에르 게레로
4번. 코리 스프링어
5번. 티나 코르도바
6번. 라이언 피어밴드
7번. 미구엘 마못
8번. 맷 부쉬
9번. 이안 드레이크
피처: 김태식

김태식이 선발투수로 등판하는 관계로, 지명타자로 나서지 못했다.

그로 인해 지명타자 자리에는 올 시즌 김태식과 함께 주로 대타 요원으로 나섰던 라이언 피어밴드가 출전했다.

여기까지는 어렵거나 크게 고민할 부분이 없었다.

그러나 팀 셔우드는 타순을 짜는 과정에서 고민에 빠졌다.

"저는 5번 타순이 더 맞는 것 같습니다."

거기에는 기존에 4번 타순에 포진했던 티나 코르도바의 영향이 컸다.

단지 느낌이 아니었다.

5번 타순에 포진한 티나 코르도바는 두 경기 연속 타점을 올리면서 김태식과 함께 팀 공격의 중추 역할을 해냈다.

그래서 티나 코르도바를 5번 타순에 배치하다 보니, 다른 타순에도 변화가 생기는 것이 불가피했다.

고심을 거듭한 끝에 팀 셔우드는 기존에 3번 타순을 맡았던 코리 스프링어를 4번 타순에 배치했다.

그로 인해 6번 타순에 포진했던 하비에르 게레로가 3번 타순으로, 지명타자로 출전하는 라이언 피어밴드가 6번 타순으로 포진하는 연쇄 이동이 이뤄졌다.

"약해!"

장고 끝에 선발 라인업을 확정했다.

그렇지만 팀 셔우드는 타선이 마음에 들지 않았다.

파괴력이 현저히 약해진 느낌이랄까.

"김태식이 존재 유무가 이렇게 다르구나!"

든 자리는 몰라도 난 자리는 표가 크게 나는 법이었다.

지명타자는 물론이고, 대타자로도 김태식이 출전할 수 없는 상황이 되자, 샌디에이고 파드리스의 타선이 무척 약하게 느껴졌다.

"팀의 중심이자 간판선수를 트레이드 시장에 내놓는 정신 나간 단장은 세상에 없는 법이니까."

일전에 마이크 프록터 단장이 했던 말이 사실이었다.

김태식은 부지불식간에 투타에서 샌디에이고 파드리스의 중심이자 간판선수가 되어 있었다.

"오늘 경기는… 쉽지 않겠군!"

팀 셔우드가 한숨을 내쉰 순간, 경기가 시작됐다.

16. 야잘알 송 기자

1회 말, 볼티모어 오리올스의 공격.

태식이 마운드로 올라갔다.

이미 루징 시리즈가 확정됐기 때문일까.

스윕 패만을 당할 수 없다는 각오를 다지고 경기에 나선 볼티모어 오리올스 선수들의 눈빛은 매서웠다.

슈아악!

첫 타자, 트레이 만치니를 상대로 태식이 몸 쪽 직구를 던졌다.

"스트라이크!"

152km.

전광판에 찍힌 구속이었다.

몸 쪽 꽉 찬 코스로 파고든 직구를 그대로 흘려보낸 트레이

만치니의 눈빛이 더욱 매섭게 변했다.

슈악.

2구는 커브.

그렇지만 트레이 만치니의 배트는 끌려 나오지 않았다.

어느덧 풀카운트까지 이어진 승부.

슈아악!

태식이 6구째로 몸 쪽 직구를 선택했다.

153㎞의 구속을 기록한 몸 쪽 직구의 제구는 완벽했다.

따악!

그렇지만 트레이 만치니의 손목 힘은 대단했다.

강한 손목 힘을 바탕으로 힘껏 당겨 쳐서 유격수의 키를 살짝 넘기는 중전 안타를 만들어냈다.

볼티모어 오리올스의 리드오프인 트레이 만치니에게 첫 안타를 허용한 순간, 태식이 희미한 웃음을 머금었다.

'잘됐어!'

오히려 잘됐다는 생각이 들었기 때문이다.

지난 선발 등판에서 태식은 피츠버그 파이어리츠를 상대로 퍼펙트게임이란 대기록을 달성했었다.

당시의 기억들.

무척 좋았다.

또, 머릿속 깊은 곳에 각인되어 있었다.

그래서일까.

그 경기가 끝났음에도 태식은 욕심을 버리지 못했다.

'한 번 더 대기록을 달성할 수 있지 않을까?'

이런 욕심을 은연중에 갖고 있었다.

실제로 퍼펙트게임이나 노히트노런 같은 대기록을 달성한 투수가 다음 등판에서 와르르 무너지는 경우가 잦았다.

그 이유를 태식도 알지 못했는데.

직접 경험해 보니 알 수 있었다.

잇따라 대기록을 달성하고 싶다는 욕심을 버리지 못하기 때문이었다.

그런데 트레이 만치니에게 일찌감치 안타를 허용하면서 퍼펙트게임은 물론이고 노히트노런도 날아간 셈이었다.

그리고.

트레이 만치니에게 안타를 허용한 순간, 태식은 오히려 마음이 한결 편해졌다.

이것이 안타를 허용했음에도 오히려 잘됐다라고 판단했던 이유.

태식이 모자를 벗었다가 다시 썼다.

한 시즌을 치르는 동안 선발투수는 약 서른 차례가량 마운드에 오른다.

얼핏 보기에는 대부분 비슷해 보일 터였다.

그러나 직접 마운드에 오르는 투수의 입장은 달랐다.

한 경기, 한 경기.

상대가 달랐고, 경기에 임하는 감정도 달랐다.

그래서 똑같거나 비슷한 경기는 없었다.

늘 마운드에 오르면 새로운 감정을 갖고 경기에 임하게 마련이었다.

오늘 마운드에 오른 태식 역시 마찬가지였다.

'다 달랐어!'

태식이 두 눈을 감은 채, 기억을 반추했다.

메이저리그 진출 후, 첫 선발 등판에서는 기회를 놓치고 싶지 않았다.

'이번 기회를 놓치면 또 언제 기회가 찾아올지 모른다.'

이런 절박한 감정으로 마운드 위에 섰었다.

두 번째 등판에서는 첫 번째 등판에서의 호투가 우연이 아니었다는 것을 증명해야 한다는 과제가 있었다.

또, 여전히 언제든지 마이너리그로 강등될 수 있다는 부담감도 갖고 있었다.

호투가 이어지면서 증명과 강등에 대한 부담감이 어느 정도 사라지고 난 후에는 승수를 쌓고 싶었다.

'두 자릿수 승수를 채운다면?'

재계약에 성공하면서 메이저리그에서 생존할 수 있다고 판단했기 때문이다.

마침내 10승을 거두며 두 자릿수 승수를 거둔 후에는 대기록에 대한 욕심을 가지고 마운드에 섰다.

그리고 오늘.

태식이 마운드 위에서 느끼는 감정은 또 달랐다.

'올 시즌에 개인으로서 이룰 것은 이미 다 이루었다!'

이런 생각을 갖고 마운드에 섰다.

그래서일까?

그 어느 때보다 마음이 편했다.

그리고 트레이 만치니에게 일찌감치 안타를 허용하면서 기록에 대한 욕심마저 사라지고 나자, 더욱 그랬다.

'편하게 던지자!'

툭.

로진백을 바닥에 떨군 태식이 2번 타자 조이 리차즈를 상대하기 시작했다.

0 : 1.

6회가 끝났을 때의 스코어였다.

스코어에서 알 수 있듯이 경기는 팽팽한 투수전이 펼쳐졌다.

태식은 6이닝 동안 피안타 세 개만 허용하면서 무사사구 투구를 펼쳤다.

유일한 흠은 마크 트롬보에게 실투를 던지는 바람에 허용한 솔로 홈런이었다.

미겔 카스트로 역시 호투를 펼쳤다.

6이닝 무실점을 기록하고 있었고, 안타 하나 사사구 하나를 허용하며 루상에 주자를 두 명 내보냈던 것이 전부였다.

그리고 7회 초.

샌디에이고 파드리스의 공격은 3번 타자 하비에르 게레로부터 시작이었다.

슈악!

따악!

하비에르 게레로는 미겔 카스트로의 가운데로 몰린 커브를 놓치지 않고 받아쳐서 세 번째 타석에서 첫 안타를 터뜨렸다.

무사 1루.

동점 내지 역전을 만들 수 있는 찬스가 찾아온 순간, 타석에는 4번 타자 코리 스프링어가 들어섰다.

"지쳤어!"

마운드에 서 있는 미겔 카스트로를 살피던 태식이 두 눈을 빛냈다.

미겔 카스트로의 투구 수는 90개 언저리.

그리 많은 편은 아니었다.

그렇지만 팽팽한 투수전이 이어졌고, 연패에 빠져 있는 팀을 구하기 위해서 미겔 카스트로는 경기 초반부터 전력투구를 펼쳤다.

이것이 미겔 카스트로가 비교적 이른 시점에 지친 이유.

슈아악!

그때, 미겔 카스트로가 코리 스프링어를 상대로 초구를 던졌다.

"스트라이크!"

바깥쪽 직구가 스트라이크존을 통과한 순간, 미겔 카스트로가 재빨리 고개를 돌렸다.

154㎞.

그런 그가 전광판을 통해서 확인한 것은 방금 구사한 직구의 구속이었다.

오늘 경기 초반에 미겔 카스트로가 구사했던 직구의 최고 구속은 156㎞.

평균 직구 구속은 153㎞였다.

경기 초반과 비교해 직구 구속이 전혀 떨어지지 않았다는 것을 확인한 미겔 카스트로가 만족스러운 기색으로 고개를 끄덕였다.
그런 미겔 카스트로의 반응을 살피던 태식이 두 눈을 빛냈다.
'몰라!'
투수이기 때문에 투수의 심리는 누구보다 잘 알 수 있었다.
그리고 태식이 판단하기에 지금 미겔 카스트로는 자신이 지쳤다는 사실을 알지 못하는 상태였다.
그 이유는 직구 구속이 경기 초반과 엇비슷하게 나오고 있기 때문이다.
그렇지만 미겔 카스트로는 분명히 지친 상태였다.
유인구의 제구가 뜻대로 되지 않는 것이 그가 지쳤다는 증거였다.
'직구 승부를 할 거야!'
직구의 구속이 떨어지지 않았다는 것을 확인한 상황.
미겔 카스트로가 계속 직구 위주의 승부를 펼칠 확률이 높다고 태식이 막 판단한 순간이었다.
슈아악!
미겔 카스트로가 2구를 던졌다.
태식의 예상은 적중했다.
초구로 던졌던 바깥쪽 직구와 코스와 높이가 거의 흡사한 바깥쪽 직구가 홈 플레이트를 통과했다.
그렇지만 코리 스프링어는 배트를 휘두르지 않았다.
물끄러미 지켜보기만 했다.
'직구를 노리는 게 아냐!'
스트라이크존을 통과한 바깥쪽 직구 두 개를 그대로 흘려보낸 코리 스프링어를 보며 태식은 깨달았다.

'기회를 놓쳤어!'

노 볼 투 스트라이크.

이미 볼카운트가 타자에게 불리해진 상황이었다.

이제는 노림수를 갖고 공략하기 어려워져 있었다.

스트라이크와 엇비슷한 공이 들어오면 무조건 배트가 나가야 하는 상황이었다.

'바깥쪽 싱커!'

그 순간, 태식이 떠올린 구종이었다.

무사 주자 1루.

불리한 볼카운트에 몰려 있는 코리 스프링어는 스트라이크 엇비슷한 공에는 무조건 배트를 내밀어야 했다.

이런 상황에서 미겔 카스트로가 정직한 승부를 펼칠 리 없었다.

'싱커를 던져서 병살을 유도하려 할 거야!'

슈악!

태식의 예상은 이번에도 적중했다.

미겔 카스트로는 3구째로 바깥쪽 싱커를 구사했다.

딱!

코리 스프링어의 대처도 태식의 예상에서 크게 벗어나지 않았다.

스트라이크존을 통과하는 바깥쪽 직구를 염두에 두고 있던 코리 스프링어는 일단 배트를 휘둘렀다.

그러나 갑자기 뚝 떨어지는 싱커에 제대로 대응하지 못했다.

배트 끝부분에 맞은 타구는 2루수 정면으로 굴러갔다.

"아웃!"

어떻게든 병살은 막기 위해서 코리 스프링어가 전력 질주를 펼쳤지만, 역부족이었다.

무사 1루의 찬스가 순식간에 2사 주자 없는 상황으로 바뀌었다.

'아쉬워!'

미겔 카스트로와 코리 스프링어가 펼쳤던 일련의 승부 과정을 모두 지켜보았던 태식이 아쉬운 기색을 감추지 못했다.

그런 태식이 자신에게 향해 있는 시선을 느끼고 고개를 돌렸다.

팀 셔우드 감독 역시 아쉬운 기색을 감추지 못한 표정으로 태식을 바라보고 있었다.

"이야. 이렇게 차이가 클 줄이야."

관중석에서 경기를 지켜보고 있던 송나영이 혀를 내둘렀다.

6과 2/3이닝 무실점.

볼티모어 오리올스의 선발투수로 출전한 미겔 카스트로는 거의 완벽에 가까운 투구를 펼치고 있었다.

"확실히 다르네."

그라운드에서 시선을 떼지 못한 채 송나영이 혼잣말을 내뱉었을 때였다.

"잘 던지네."

옆에 앉아 있던 유인수가 툭 내뱉은 감상평을 듣고서 송나영이 고개를 돌렸다.

혼자서 경기 관람을 한 시간이 길어서일까.

누군가 곁에 있다는 것이 무척 불편하게 느껴졌다.

그래서 송나영이 미리 예고도 없이 불쑥 볼티모어로 날아와 있는 유인수를 못마땅하게 바라보았다.

"왜 그렇게 봐?"

"여기 온 이유가 대체 뭐예요?"

"휴가라니까."

유인수가 이전에 질문했을 때와 똑같은 대답을 꺼냈다.

그렇지만 송나영은 그 말을 곧이곧대로 믿을 정도로 순진하지 않았다.

"거짓말!"

"거짓말 아니라니까."

"진짜 이유가 뭐냐니까요?"

송나영이 추궁하자, 유인수가 머뭇거렸다.

"그게……."

"혹시 감시하러 온 건가요?"

"감시? 무슨 감시?"

"뛰어난 인재를 경쟁사에 빼앗길지도 모른다. 이런 걱정이 돼서 날 감시하러 온 것 아니에요?"

송나영이 두 눈을 가늘게 뜨고 추궁하자, 유인수가 한숨을 내쉬며 입을 뗐다.

"송 기자."

"맞죠?"

"내가 그 정도로 한가한 사람은 아니다."

"그럼 대체 이유가 뭔데요?"

"일종의… 대비 차원이지."

그제야 유인수가 더 버티지 못하고 볼티모어로 날아온 진짜 이유를 꺼냈다.

"무슨 대비요?"

"송 기자가 떠날 경우를 대비해야지."

"그 대비책이… 캡이라고요?"

"맞아."

"헐!"

"나 정도는 돼야 만약의 경우 송기자의 대체 인력이 될 수 있지 않겠어?"

유인수가 당당하게 말한 순간, 송나영이 코웃음을 쳤다.

"어렵죠."

"뭐?"

"KBO 리그와 메이저리그는 많이 다르거든요."

유인수의 야구를 보는 눈.

이것 하나만큼은 송나영도 인정하고 있었다.

또, 유인수에게 야구에 대해 많이 배우기도 했다.

그렇지만 이제는 상황이 달라졌다.

유인수의 전공 분야는 KBO 리그.

반면 송나영의 전공 분야는 메이저리그.

미국으로 날아온 뒤에 직접 몸으로 부딪히면서 메이저리그라는 낯선 무대를 배웠기 때문이다.

"야구는 어디나 똑같은……."

"똑같지 않아요."

"……?"

"아까 캡이 한 말이 메이저리그에 대해 잘 모른다는 증거죠."

"무슨 말?"

"잘 던진다고 했잖아요."

그제야 말뜻을 알아들은 유인수가 반박했다.

"저 흑인 선수, 잘 던지고 있잖아."

"미겔 카스트로가 잘 던지는 게 아니라, 샌디에이고 파드리스의 타선이 너무 형편없는 거예요."

송나영이 대꾸한 순간, 유인수가 억울한 표정을 지었다.

"그건 좀 아닌 것 같은데."

"뭐가요?"

"나도 공부 좀 하고 온 사람이야."

"그래요?"

"샌디에이고 파드리스의 공격력. 그 정도로 형편없지는 않던데?"

"진짜네요."

"응?"

"공부를 하긴 했네요."

"암, 내가 나름대로 얼마나 열심히……."

"그런데 수박 겉핥기식으로 공부를 했네요."

"……?"

"그래서 핵심을 놓치고 있어요."

송나영이 지적하자, 유인수가 억울한 표정을 지었다.

"내가 놓치고 있는 핵심이 대체 뭔데?"

"차이요."

"차이? 무슨 차이?"

"지난 경기와 오늘 경기의 차이. 무엇인 것 같아요?"

"그건……."

자신이 없어서일까.

유인수가 머뭇거린 순간, 송나영이 대신 답을 알려주었다.

"김태식."

"김태식?"

"김태식 선수가 타석에 설 수 있느냐? 그렇지 못하느냐? 이것이 지난 경기와 오늘 경기의 결정적인 차이죠."

"그렇지만……."

"김태식 선수 한 명으로 인해 그렇게 큰 차이가 발생하느냐? 이게 캡이 하고 싶었던 말이죠?"

"아주 귀신이 따로 없네."

유인수가 혀를 내둘렀다.

그러나 송나영은 무시한 채, 설명을 이어나갔다.

"고작 이 정도 갖고 놀라면 곤란한데. 어쨌든 그 질문에 대한 답은 김태식 한 명으로 인해 이렇게 큰 차이가 발생한다입니다."

"정말이야?"

"야잘알 송 기자, 못 믿으세요?"

야잘알 송 기자.

'야잘알'은 야구를 잘 안다는 말의 줄임말이었다. 그리고 '야잘알 송 기자'는 송나영에게 새로 붙은 별명이었다.

이런 별명이 붙은 것은 김태식이 인터 리그 경기에서 지명타자로 출전할 것이라는 예측을 한 후부터였다.

—확인된 정보만 씁시다. 소설 쓰지 마시고요.

—송 기자님 칼럼을 좋아하는 팬이지만, 이번엔 좀 오버한 것 같네염.

—야알못 기자.

당시 칼럼 아래에는 송나영을 비난하는 댓글들이 달렸었다.

그러나.

실제로 김태식이 인터 리그 경기에서 지명타자로 출전하자, 비난 댓글들은 일제히 자취를 감췄다.

대신 반성의 댓글들이 달렸다.

—소설보다 더 소설 같아서 그랬어요. 죄송합니다.

—오버한다고 욕했던 것 사과합니다.

—앞으로 송나영 기자님 말씀은 팥으로 메주를 쑨다고 해도 믿겠음.

—김태식이 인터 리그 경기에 지명타자로 나오면 손에 장을 지지겠다고 했던 사람입니다. 잘못했습니다. 한 번만 용서해 주세요.

—당신을 야잘알 기자로 임명합니다.

이때부터 '야잘알 송 기자'라는 별명이 붙은 것이었다.

물론 송나영이 인터 리그 경기가 시작되면 김태식이 지명타자로 출전할 것이라고 정확히 예측할 수 있었던 데는 다른 이유가 있었다.

김태식이 건네주었던 사전 정보가 있었기 때문이다.

그러나 굳이 그 사실을 밝히지는 않았다.

그럴 필요를 느끼지 못했기 때문이다.

또, '야잘알 송 기자'라는 별명이 무척 마음에 들기도 했고.

어쨌든.

송나영이 꺼냈던 이야기는 모두 사실이었다.

김태식이 타석에 등장할 때와 등장하지 않을 때, 샌디에이고 파드리스 타선의 파괴력은 극명한 차이를 드러냈다.

"못 믿겠다는 표정이네요."

"뭐. 아주 안 믿는 것은 아니지만……."

"그럼 내기할래요?"

"내기? 무슨 내기?"

"캡이 잘 던진다고 칭찬했던 미겔 카스트로요. 이번 이닝에 교체되는가 여부에 대해서 저녁 내기를 하죠."

"저렇게 잘 던지는데 왜 교체를 하겠어?"

"그러니까… 캡은 교체를 안 한다에 건다는 거죠?"

"당연하지."

"그럼 전 교체된다에 걸죠."

"무르기 없기다!"

"법인 카드 지참했죠?"

"응?"

"비싼 걸로 먹을 거니까 단단히 각오하세요."

잔뜩 엄포를 늘어놓는 유인수에게 지지 않고 대꾸한 송나영이 그라운드를 바라보았다.

송나영이 이렇게 자신감을 갖고 있는 이유.

김태식 덕분에 투수의 심리에 대해서 많이 배웠기 때문이다.

또, 두 팀의 사정을 속속들이 알고 있었기 때문이다.

그때였다.

슈아악!

따악!

티나 코르도바가 미겔 카스트로의 초구를 받아쳤다.

살짝 높게 형성된 몸 쪽 직구를 놓치지 않고 받아친 티나 코르도바의 타구는 멀리 뻗어나갔다.

'넘어갔나?'

동점 솔로 홈런이 터진 게 아닐까?

이렇게 생각했는데.

쭉쭉 뻗어나간 티나 코르도바의 타구는 폴대를 살짝 벗어났다.

홈 플레이트 근처를 떠나지 않고 타구를 살피던 티나 코르도바가 아쉬운 기색을 감추지 못하고 드러냈다.

반면 홈런을 허용했다고 판단해서 마운드 위에 주저앉았던 미겔 카스트로는 안도의 한숨을 내쉬었다.

각기 다른 반응들을 살피던 송나영이 두 눈을 빛냈다.

볼티모어 오리올스의 벅 쇼월츠 감독이 더그아웃을 빠져나와 마운드를 향해 걸어가는 모습을 확인했기 때문이다.

"왜 나오는 거야?"

벅 쇼월츠 감독의 모습을 확인한 유인수가 당황한 기색을 드러냈다.

"저를 위해서 등장한 거죠."

"뭐?"

"투수 교체를 하려는 거예요."

"그러니까… 왜 이렇게 서두르는 거야?"

무실점 호투를 펼치고 있는 선발투수 미겔 카스트로를 교체하려는 벅 쇼월츠 감독을 노려보며 유인수가 이해할 수 없다는 기색을 드러냈다.

그러나 송나영의 판단은 달랐다.

이것이 당연한 선택이라고 판단했다.

"상황이 급하거든요."

"무슨 상황?"

"볼티모어 오리올스 말이에요. 만약 오늘 경기마저 패하면 샌디에이고 파드리스에게 스윕 패를 당하면서 4연패의 늪에 빠져요. 그리고 지구 선두인 보스턴 레드삭스와의 승차도 더 크게 벌어지죠."

"……?"

"여기서 더 벌어지면 지구 선두를 탈환하는 것이 어렵다. 그러니 무조건 오늘 경기만은 잡아야 한다. 이런 생각을 갖고 있기 때문에 벅 쇼월츠 감독이 예상보다 이른 시점에 투수 교체를 단행하는 거예요."

비로소 이해가 간 걸까.

유인수는 아까보다는 납득한 기색이었다.

그렇지만 완전히 납득한 표정은 아니었다.

"그래도 너무 이른 것 같은데. 미겔 카스트로는 무실점 호투를 펼치고 있고, 구속도 아직 떨어지지 않았는데 말이야."

152㎞.

방금 전 티나 코르도바에게 동점 홈런을 허용할 뻔했던 미겔 카스트로가 던진 직구의 구속이었다.
유인수의 지적처럼 미겔 카스트로의 직구 구속은 경기 초반과 비교해도 크게 떨어진 상황이 아니었다.
"지쳤어요."
"응?"
"미겔 카스트로. 지쳤다고요."
"하지만……."
"캡 말씀처럼 구속은 떨어지지 않았어요. 그런데 제구가 안 돼요."
"제구가 안 된다?"
"그래서 더 위험하죠."
"……?"
"제구가 안 되니까 힘으로 승부하려고 하거든요. 유인구 대신 구속이 떨어지지 않은 직구의 비중이 늘어난다. 이런 뜻이랍니다."
송나영이 말을 마치고 유인수를 살폈다.
'이해했나?'
빤히 바라보고 있는 유인수를 보며 송나영이 의문을 품었을 때였다.
"송 기자!"
"왜요?"
"많이 늘었네."
유인수가 칭찬했다.
기분이 좋아진 송나영이 어깨를 으쓱하며 대꾸했다.
"이런 걸 흔히 청출어람이라고 하죠."

"인정! 그러니까 가지 마. 내가 더 잘할게."

유인수의 말에 대답하는 대신, 송나영이 쏘아붙였다.

"내기에 졌으니까 약속대로 밥은 꼭 사셔야 합니다."

따악!

타격음은 묵직했다.

벌떡 일어나서 타구의 궤적을 눈으로 좇던 팀 셔우드가 미간을 찌푸렸다.

"파울!"

미겔 카스트로가 던진 몸 쪽 직구를 받아친 티나 코르도바의 타구.

홈런이 되길 바랐는데.

폴대를 살짝 벗어나는 파울 홈런이 됐다.

'밀렸어!'

티나 코르도바가 때린 타구가 폴대 밖으로 살짝 벗어난 이유.

미겔 카스트로의 직구에 타이밍이 밀렸기 때문이다.

티나 코르도바가 아쉬워하는 모습이 눈에 들어왔다.

"아쉽네."

그리고 아쉬운 것은 팀 셔우드 역시 마찬가지였다.

"타임!"

그런 팀 셔우드의 눈에 마운드를 향해 걸어 올라가는 볼티모어 오리올스의 벅 쇼월츠 감독이 보였다.

그 모습을 확인한 순간, 팀 셔우드의 머릿속에 퍼뜩 떠오른 단어.

'패배'라는 두 글자였다.

'너무… 이른가?'

스코어는 아직 0 : 1.

한 점차에 불과했다.

그리고 아직 샌디에이고 파드리스에게는 경기 종료까지 7개의 아웃 카운트가 남아 있었다.

그래서 벌써 경기를 포기하는 것이 너무 이른 것이 아닐까.

이런 고민을 하고 있던 팀 셔우드가 자리에서 일어났다.

그가 향한 곳.

덩그러니 혼자 떨어져서 벤치에 앉아 있는 김태식의 곁이었다.

"내 생각엔 어려울 것 같은데."

"……"

"자네 생각은 어때?"

"솔직한 대답을 원하십니까?"

"당연하지."

"어려울 것 같습니다."

"자네 생각도 그렇군."

"티나가 방금 때린 타구가 많이 아쉽네요. 폴대 안으로 들어가서 홈런이 됐으면 좋았을 텐데요."

"나도 마찬가지야."

"아쉽긴 하지만 어쩔 수 없었다고 생각합니다."

"……?"

"티나가 아니라 제 탓입니다."

김태식이 꺼낸 말을 들은 팀 셔우드가 의아한 시선을 던졌다.

"무슨 뜻인가?"

"말씀 그대로입니다. 저 때문에 오늘 경기에 진 셈입니다."

"내가 보기엔 자네 잘못은 없는 것 같은데."

7이닝 1실점.

오늘 경기 선발투수로 출전한 김태식이 마운드에서 남긴 기록이었다.

퀄리티 스타트 이상을 해낸 호투였다.

아직 경기가 끝나지는 않았지만, 만약 경기에서 패한다면 김태식이 아니라 침묵한 타선이 패인이었다.

"1실점을 했으니까요."

"그것까지 자네 탓으로 돌릴 필요는 없네. 그보다는 어디까지나 타선이 침묵한 것이……."

"타선의 침묵에도 제 탓이 있습니다. 역효과가 일어났으니까요."

"역효과?"

"제가 지명타자로 출전하면서 코리가 욕심이 생겼습니다."

"좀 더 자세히 말해보게."

"투수인 제가 지명타자로 출전할 때 4번 타순에 포진했던 것이 코리의 자존심에 금이 가게 만들었습니다."

"섣부른 추측이 아닐까?"

"제가 지명타자로 출전하고 난 후, 코리의 타격 성적을 살펴보면 제 말을 이해하시게 될 겁니다."

김태식의 말이 끝나기 무섭게 팀 셔우드가 기억을 더듬었다.

'13타수 무안타로군!'

기억을 더듬는 데는 오래 걸리지 않았다.

인터 리그 경기가 시작된 후, 코리 스프링어는 단 하나의 안타도 때려내지 못한 상황이었으니까.

'확실히 부진하긴 하군!'

코리 스프링어의 타격감이 떨어진 것은 부인할 수 없는 사실이었다.

그렇지만 코리 스프링어의 타격 슬럼프가 김태식 때문이라는 것은 아직 순순히 받아들이기 힘들었다.

"단순한 슬럼프가 아닐까?"

"스윙이 커졌습니다."

"스윙이 커졌다?"

"그리고 타석에서 서두릅니다."

"서두른다?"

다시 기억을 더듬던 팀 셔우드가 고개를 끄덕였다.

김태식의 말대로였다.

인터 리그가 시작된 후 코리 스프링어는 스윙이 커졌고, 타석에서 서두르는 기색이 확실히 느껴졌다.

"가능하면 초구는 건드리지 마!"

볼티모어 오리올스와의 3연전 첫 경기.

경기에 앞서서 타자들에게 지시했던 내용이었다.

그렇지만 코리 스프링어는 그 지시를 따르지 않았다.

초구를 건드려서 범타로 물러났었다.

"그러니까… 주인공이 되고 싶어 한다는 뜻인가?"
"맞습니다."
"그럼 잠깐 라인업에서 제외할까?"
"그게 능사는 아닌 것 같습니다."
"왜지?"
"코리만 한 타자도 없으니까요."
팀 셔우드가 다시 고개를 끄덕였다.
중심 타선에 포진한 코리 스프링어가 상대 투수에게 주는 위압감은 분명히 무시할 수 없었다.
'만약 코리를 엔트리에서 제외한다면?'
그만한 위압감을 줄 수 있는 선수를 찾기 어려웠다.
"그럼… 어떻게 해야 할까?"
"역효과를 없애야죠."
"어떻게?"
"공존할 수 있는 방법을 찾아야 합니다."
"공존이라."
만약 그게 가능하다면 최선이었다.
그렇지만 공존할 수 있는 방법을 찾는 것.
절대 쉽지 않을 것 같았다.
"웃을 수가 없군."
비록 오늘 경기를 아쉽게 패한다고 하더라도, 샌디에이고 파드리스는 이미 위닝 시리즈를 확보한 상황이었다.
목표치는 이미 달성한 셈.
그렇지만 팀 셔우드는 환하게 웃지 못했다.

오늘 경기를 통해서 숙제를 받았기 때문이다.

그것도 하나가 아니라 둘이나 되는 숙제였다.

'코리가 욕심을 버리고 인터 리그 경기 동안 김태식과 공존할 수 있는 방법이 대체 뭐가 있을까?'

이것이 팀 셔우드가 받은 첫 번째 숙제.

'김태식이 타석에 서지 못할 경우 팀 타선의 파괴력이 떨어지는 문제는 또 어떻게 해결해야 할까?'

팀 셔우드가 받은 두 번째 숙제였다.

문제는 두 가지 숙제 모두 해결이 쉽지 않다는 점이었다.

'차차 해결 방법을 찾아야지.'

팀 셔우드가 결심을 굳히며 김태식을 찾아온 용건을 꺼냈다.

"오늘은 여기까지 던지는 게 어떤가?"

혹시 계속 던지겠다고 고집을 피우는 게 아닐까 우려했는데.

김태식에게서 돌아온 반응은 우려와 달랐다.

"알겠습니다."

김태식이 순순히 그 제안을 받아들였다.

17. 황금알을 낳는 거위

딱!

티나 코르도바의 타구는 배트 상단에 맞았다.

높이 떠올랐던 타구는 내야를 벗어나지 못했다.

'파울 홈런을 때린 후에 타격의 결과가 좋지 않은 것은 KBO 리그나 메이저리그나 마찬가지로군!'

KBO 리그와 메이저리그의 공통점을 간신히 찾아낸 유인수가 희미한 웃음을 머금었을 때였다.

"이제 가시죠."

송나영이 자리에서 일어나며 말했다.

그 모습을 확인한 유인수가 의아한 시선을 던졌다.

"왜 벌써 일어나?"

8회와 9회.

아직 2이닝이 남아 있었다.
게다가 스코어 차도 크게 벌어져 있는 상황이 아니었다.
스코어 차는 겨우 1점.
지금 경기장을 떠나기에는 너무 일렀다.
"벌써 잊었어요? 아니면, 잊은 척하는 거예요?"
"뭘?"
"아까 저하고 내기했잖아요. 내기에서 졌으니까 저한테 밥 사셔야죠."
"밥은 살 거야. 그렇지만……."
"괜히 더 꾸물대다가는 차 밀려요. 여기 교통 체증이 장난 아니거든요."
두 팀의 경기가 끝나고 나면, 관중들이 한꺼번에 경기장을 빠져나갈 테니 차가 밀릴 것은 당연했다.
또, 택시를 잡는 것도 무척 어려울 것이었고.
그렇지만 아무리 생각해도 너무 일렀다.
"그래도 경기는 끝까지 봐야……."
"더 볼 것도 없어요. 샌디에이고 파드리스가 졌으니까."
"샌디에이고 파드리스가 졌다고?"
"네. 아까 티나 코르도바가 파울 홈런을 때렸던 순간, 샌디에이고 파드리스의 경기 패배가 거의 확정됐어요."
"……?"
"티나 코르도바의 타석이 동점 내지 역전을 만들 수 있는 마지막 기회였는데. 아깝게 무산된 셈이죠."
송나영의 목소리는 확신에 가득 차 있었다.

그리고.

유인수는 지금의 상황이 낯설지 않았다.

"계속 더 볼 것도 없어. 얼른 일어나!"

"야구 보는 눈이 이렇게 없어서야. 내 말대로 빨리 일어나. 경기 끝났으니까."

"자, 얼른 일어나자고. 차 막히기 전에 빠져나가야지. 배고프다."

연차가 그리 많지 않았던 신입 기자들과 함께 경기장을 찾았을 때마다 자신이 했던 이야기들이었다.

그때와 엇비슷한 상황.

다른 점은 이런 이야기를 꺼낸 것이 자신이 아니라 송나영이라는 점이었다.

"그렇게 판단한 근거가 있어?"

"물론 있죠."

"뭐지?"

"볼티모어 오리올스는 선발진은 별로지만, 불펜진은 좋거든요. 반면 샌디에이고 파드리스의 타선은 파괴력이 많이 떨어진 상태고요. 이제 볼티모어 오리올스의 불펜진이 가동되기 시작했으니 동점을 만들 가능성은 희박해요."

"하지만……."

"마지막 기회였어요."

"마지막 기회?"

"7회가 시작되고 하비에르 게레로가 안타를 때려내며 무사 1루가 됐죠. 4번 타자인 코리 스프링어가 타석에 들어섰을 때가 오늘 경기의 승부처였어요. 그때, 진루타를 때려내지 못한 것이 아주 컸죠."

송나영의 말대로였다.

무사 1루 상황에서 타석에 들어섰던 코리 스프링어는 진루타를 때려내지 못했다.

그는 병살타를 기록하며 아까운 찬스를 무산시켰다.

"그때, 코리 스프링어가 진루타를 때려냈다면? 그래서 주자가 2루에 있었다면 상황은 많이 달라졌을 거예요."

"어떻게 상황이 달라졌다는 거지?"

"티나 코르도바의 스윙이 커지지 않았겠죠."

"……?"

"더 설명이 필요해요?"

이 정도 설명을 했는데도 아직 알아듣지 못했느냐?

설마 설명이 더 필요한 거냐?

송나영이 지금 던지고 있는 시선에는 이런 의미가 담겨 있었다.

그 시선을 마주한 순간, 자존심이 상한 것은 사실이었다.

그렇지만 유인수는 기자 생활을 오랫동안 한 덕분에 알고 있었다.

가끔씩은 자존심을 굽힐 필요도 있다는 것을.

또, 모르는 것은 모른다고 솔직하게 말하는 편이 낫다는 것도.

"응. 설명이 필요해."

"어느 부분이요?"

"티나 코르도바의 스윙이 커졌던 이유가 뭐지?"

"오늘 경기는 김태식이 타석에 설 수 없는 상황이다. 만약 내가 해결하지 못한다면 오늘 경기는 어렵다. 티나 코르도바가 이런 생각을 가졌기 때문이죠."

"그래서 일발 장타를 노리느라 스윙이 커졌다?"

"그게 몸 쪽 직구를 노리고 들어갔던 노림수가 통했음에도 불구하고 타격 타이밍이 밀렸던 이유죠. 만약 득점권에 주자가 있었다면 티나 코르도바의 스윙은 작아졌을 거예요. 그랬다면 타이밍이 밀리지 않으면서 다른 결과가 만들어졌겠죠."

송나영이 한 설명은 일리가 있었다.

그래서 고개를 끄덕이면서도 유인수는 쉽게 자리를 떠나지 못했다.

"그래도 김태식의 투구는 좀 더 지켜봐야 하지 않을까?"

"그럴 필요 없다니까요."

"왜?"

"8회에는 등장하지 않을 테니까요."

"확실해?"

"그렇게 못 믿으시겠으면 직접 확인하세요."

송나영에게 향해 있던 시선을 뗀 유인수가 그라운드로 고개를 돌렸다. 그리고 송나영이 장담한 대로였다.

샌디에이고 파드리스의 마운드 위에는 김태식 대신 다른 투수가 올라오고 있었다.

"이제 믿어요?"

"그래. 믿을 수밖에 없네."

"그럼 가시죠."

"그 전에… 마지막으로 하나만 더."
"또 뭔데요?"
"왜 김태식이 8회에는 마운드에 오르지 않은 거지?"
송나영이 대답했다.
"김태식도 철인은 아니니까요."

최종 스코어 0 : 1.
양 팀의 3연전 마지막 경기에서 샌디에이고 파드리스는 결국 득점을 올리지 못하고 패배했다.
볼티모어 오리올스를 상대로 위닝 시리즈를 거뒀지만, 팀 셔우드 감독의 표정은 그리 밝지 않았다.
이번 3연전을 치르는 과정에서 두 가지 숙제를 떠안았기 때문이다.
태식 역시 표정이 밝지 않은 것은 마찬가지였다.
일단 호투를 펼쳤음에도 불구하고 시즌 첫 패배를 떠안은 데다가, 태식 역시 샌디에이고 파드리스 소속 선수였다.
팀 셔우드 감독에게 두 가지 숙제를 모두 떠맡기고 모른 척할 수는 없었다.
"좋은 방법이 없을까?"
태식이 고민에 잠겼다.
이번 3연전을 통해 얻은 두 가지 숙제.
모두 해결이 쉽지 않은 것이 사실이었다.
그렇지만 둘 중 하나의 숙제는 해결할 힌트가 있었다.
바로 코리 스프링어의 타격 슬럼프를 해결할 방법이었다.

"이 방법으로 해결이 가능할까?"

확신은 없었다.

그러나 가능성이 있는데 시도조차 해보지 않을 수는 없었다.

그래서 태식이 팀 셔우드 감독을 찾아갔다.

*　　　*　　　*

샌디에이고 파드리스 VS 디트로이트 타이거스.

디트로이트 타이거스는 아메리칸 리그 서부 지구 최하위에 처져 있었다.

올 시즌 개막 전까지만 해도 아메리칸 리그 서부 지구 선두를 다툴 것이라는 예상이 지배적이었는데.

막상 시즌이 개막되고 난 후의 결과는 달랐다.

디트로이트 타이거스는 부진을 거듭하면서 시즌이 후반으로 접어들고 있는 현 시점까지 리그 최하위를 기록하고 있었다.

"총체적인 난국!"

팀 셔우드가 디트로이트 타이거스의 부진에 대해 내린 진단이었다.

그리고 팀 셔우드는 경기를 앞두고 선발 라인업을 발표했다.

〈샌디에이고 파드리스 선발 라인업〉

1번. 에릭 아이바

2번. 호세 론돈

3번. 김태식

4번. 코리 스프링어
5번. 티나 코르도바
6번. 하비에르 게레로
7번. 미구엘 마못
8번. 맷 부쉬
9번. 이안 드레이크
피처: 조셉 바우먼

팀 셔우드 감독이 발표한 선발 라인업을 살피던 마이크 프록터가 두 눈을 빛내며 흥미로운 시선을 던졌다.

"김태식이… 3번 타순이다?"

선발 라인업에 포함된 선수들의 면면

마이크 프록터의 예상과 다르지 않았다.

그렇지만 타순에는 또다시 변화가 있었다.

"왜… 코리 스프링어를 4번 타순에 배치한 거지?"

볼티모어 오리올스와의 지난 3연전.

올 시즌 처음으로 지명타자로 경기에 나섰던 김태식은 4번 타자로 출전했다.

4번 타자로 출전했던 김태식의 활약상.

결코 나쁘지 않았다.

3연전 첫 경기에서는 결승 2타점 적시타를 터뜨렸고, 두 번째 경기에서는 비록 안타를 뽑아내진 못했지만 무려 3개의 볼넷을 얻어냈다.

반면 코리 스프링어는 지난 3연전에서 단 하나의 안타도 때려내지 못했다.

14타수 무안타.

심각한 타격 슬럼프에 빠져 있었다.

그럼에도 불구하고 팀 셔우드 감독이 코리 스프링어를 4번 타순에 배치한 것.

분명히 뜻밖의 선택이었다.

"무슨… 노림수가 있는 건가?"

마이크 프록터가 혼잣말을 꺼내며 고민하기 시작했다. 그러나 고민할 수 있는 시간은 길게 주어지지 않았다.

디트로이트 타이거스의 단장을 맡고 있는 타일러 윌슨이 구단주 관람석으로 들어왔기 때문이다.

"오랜만이로군."

타일러 윌슨이 환하게 웃으며 손을 내밀었다.

"더 자주 연락을 드렸어야 했는데 죄송합니다."

그와 악수하며 마이크 프록터가 사과했다.

타일러 윌슨과 마이크 프록터의 인연.

결코 얕지 않았다.

선수 시절 한 팀에서 뛰었던 것이 둘 사이 인연의 시작이었고, 그 후로도 꾸준하게 연락과 만남을 이어왔었다.

"얼굴이 많이 상하셨습니다."

타일러 윌슨을 살피던 마이크 프록터가 걱정스레 말했다.

"야구가 내 뜻대로 안 되는군."

타일러 윌슨이 쓰게 웃으며 덧붙였다.

시즌 개막 전, 지구 우승을 노렸던 디트로이트 타이거스가 리그 최하위로 처진 것 때문에 꺼낸 말이리라.
"자네가 부럽군."
"네?"
"역대급 잭팟을 터뜨렸으니까."
타일러 윌슨이 방금 언급한 역대급 잭팟.
김태식과 계약한 것을 말하는 것이었다.
"운이 좋았습니다."
"나도 그런 운이 따르면 참 좋을 텐데."
"그동안 착하게 살았던 것에 대한 보답을 받은 것 같습니다."
"자네가… 착하게 살았었나?"
타일러 윌슨이 두 눈을 흘기며 농담을 던졌다.
픽 웃은 마이크 프록터가 다시 입을 뗐다.
"그런데… 좋기만 한 건 아닙니다."
"엄살은 여전하군."
"엄살이 아닙니다."
"대체 뭐가 문제인가?"
"황금알을 낳는 거위를 빼앗길 수도 있으니까요."
구구절절 길게 설명할 필요는 없었다.
타일러 윌슨도 경험이 풍부한 단장.
금세 마이크 프록터가 한 말뜻을 알아챘다.
"빅 마켓 구단들의 구애가 밀려들겠군. 지켜내기 어렵겠어."
디트로이트 타이거스 역시 빅 마켓 구단은 아니었다.
오히려 스몰 마켓에 속하는 구단이었다. 그래서 타일러 윌슨 역시 우려 섞인 시선을 던지며 물었다.

"황금알을 낳는 거위를 지켜낼 방법이 있나?"

"방법을 찾긴 한 것 같습니다."

"그 방법이 대체 뭔가?"

"돈이죠."

마이크 프록터가 대답한 순간, 타일러 윌슨이 의아한 표정을 지었다.

"돈… 이라고 했나?"

"네."

"혹시 내가 모르는 사이에 팀을 옮기기라도 했나?"

"네?"

"그러니까 LA 다저스나 뉴욕 양키스 단장으로 적을 옮겼냐고 물은 걸세."

LA 다저스와 뉴욕 양키스.

내셔널 리그와 아메리칸 리그를 대표하는 자금력이 풍부한 빅 마켓 구단들이었다.

역시 타일러 윌슨이 던진 농담이었다.

그러나 마이크 프록터는 웃지 않았다.

대신 정색한 채 대답했다.

"제안이 있기는 했습니다."

"응?"

"메츠에서 단장 영입 제안이 있었습니다."

"그게 사실인가?"

"네."

역시 빅 마켓 구단 가운데 하나인 뉴욕 메츠에서 자신을 신임 단장으로 영입하고 싶다는 제안을 했었다.

그리고 뉴욕 메츠가 이런 제안을 한 가장 큰 이유는… 김태식의 영입이었다.

『저니맨 김태식』 12권에 계속…